Hika Harada

3000 Yen fürs Glück

Hika Harada

# 3000 Yen fürs Glück

## Ein Familienroman über die Kunst des Sparens

Aus dem Japanischen
von Cheyenne Dreißigacker

dtv

Ein kleines Glossar und eine Nachbemerkung
der Übersetzerin befinden sich am Ende des Buches

1000 Yen entsprechen in etwa 7 €

MIX
Papier | Fördert
gute Waldnutzung
FSC® C083411

Deutsche Erstausgabe
dtv Verlagsgesellschaft mbH & Co. KG, München

Titel der japanischen Originalausgabe:
›SANZEN EN NO TSUKAIKATA‹ (Chuokoron-Shinsha, Inc., Tokyo)

Umschlaggestaltung und Illustration: KOSMOS – Visuelle Kommunikation,
Münster
Satz: Fotosatz Amann, Memmingen
Gesetzt aus der Aldus Nova
Druck und Bindung: CPI books GmbH, Leck
Printed in Germany · ISBN 978-3-423-28335-9

# Kapitel 1
# 3000 Yen fürs eigene Glück

»Wie du 3000 Yen verwendest, kann über dein ganzes Leben entscheiden«, sagte Großmutter immer.

Wie? 3000 Yen? Was wollte sie damit sagen?

Die junge Schülerin Miho Mikuriya sah auf und unterbrach ihre Lektüre.

»Wie du 3000 Yen benutzt, entscheidet über dein Leben … Wie meinst du das denn?«

»Genau so, wie ich es gesagt habe: Wie eine Person eine kleine Summe wie 3000 Yen verwendet, entscheidet oft über ihr weiteres Leben.«

Großmutter trank Tee, während Miho mit ihrem Buch ›Anne auf Green Gables‹ in der Sofaecke saß.

Damals verstand Miho gar nichts.

Bei Mihos verdutztem Anblick musste Großmutter laut auflachen. »Na sag, wann hast du dir dieses Buch gekauft?«

»Nach Neujahr, als du mir etwas Geld geschenkt hast.«

In diesem Jahr hatte Miho genau 3000 Yen von ihrer Großmutter bekommen. Sie hatte sich davon das Buch in ihren Händen gekauft und war ein paarmal mit ihren Freundinnen zu McDonald's gegangen. Jetzt war zwar alles aufgebraucht, aber ein schlechtes Gewissen hatte sie nicht. Sie hatte sehr viel Spaß bei McDonald's gehabt und den dritten Band von ›Anne auf Green Gables‹ las sie nun schon zum wiederholten Mal, so gut gefiel er ihr.

Auch wenn sie nicht das Gefühl hatte, das Neujahrsgeld verschwendet zu haben, war es doch so schnell weg, wie es gekommen war. So ging es ihr auch mit dem monatlichen Taschengeld.

»Schreibst du dir nicht auf, wofür du dein Taschengeld ausgibst?«

»Ach, dafür ist es nicht genug.«

Sie bekam 500 Yen pro Monat. Davon konnte sie mit ihren Freundinnen gerade mal zu McDonald's gehen oder sich ein Buch kaufen, das war's. Manchmal schaffte sie es, bei ihren Eltern noch ein wenig Extrageld rauszuholen.

Großmutter schüttelte den Kopf, als wollte sie sagen: ›Das ist typisch Miho.‹ »Und, was hat deine Schwester mit meinem Geldgeschenk zu Neujahr gemacht?«

Maho war schon in der Oberstufe. Miho noch in der Mittelstufe, doch beide bekamen von Großmutter immer 3000 Yen zu Neujahr.

»Hmm … Was war das noch? Ach ja! Sie war mit Mama im Einkaufszentrum und hat sich ein pinkes Lackportemonnaie gekauft.«

Miho dachte sich, dass das Portemonnaie ihrer Schwester erwachsen, aber durch das Pink immer noch süß aussah. Sie wusste, dass Maho sich darauf freute, es beim nächsten Schulausflug zu benutzen.

»Du hast das Geld für McDonald's und ein Buch ausgegeben, deine Schwester hingegen für ein Portemonnaie. Darin zeigen sich eure unterschiedlichen Charaktere, meinst du nicht?«

»Das liegt doch daran, dass ich Bücher und Maho eben

niedliche Dinge mag. Das hat nichts mit Charakter zu tun«, gab Miho zurück.

»Eines Tages wirst du es verstehen«, murmelte Großmutter.

Miho war ganz und gar nicht dieser Meinung. Ihr Leben begann doch gerade erst! Sie konnte sich nicht vorstellen, dass die Tatsache, wofür sie 500 Yen ausgab, Einfluss auf ihr Leben haben sollte.

»Oma, du bist genau wie Marilla.« Marilla war eine der Figuren aus ›Anne auf Green Gables‹.

»Wer soll das sein?«

»Ach, egal.«

***

Die Erinnerung an Großmutter traf Miho ganz plötzlich und unvorbereitet. Sie stand gerade in einem Einrichtungshaus vor einem Regal mit Teekannen und war so überrascht von diesen Gedanken, dass sie fast eine Teekanne fallen ließ.

Vor sechs Monaten war sie von zu Hause ausgezogen und hatte seitdem nur Teebeutel aufgebrüht oder sich einen Becher to go auf dem Weg zur Arbeit geholt.

Nachdem sie sich ein wenig umgesehen hatte, entschied sie sich für eine schlichte Kanne aus Glas. Die ist gut, dachte Miho. Sie kostete genau 3000 Yen. Während der Zubereitung und beim Trinken konnte sie darin die Farben des jeweiligen Tees beobachten. Außerdem passte sie perfekt zu Mihos Apartment, das sie in edlen Weißtönen eingerichtet hatte.

Sie versuchte sich zu erinnern, welche Teekanne ihre fünf Jahre ältere Schwester Maho benutzte. Sie war mittlerweile verheiratet und hatte ein Kind. Ach genau, ihre Kanne war mit Emaille verziert. Miho sah vor ihrem inneren Auge, wie

Maho die Kanne zum Wasserkochen nahm und sie sorgfältig per Hand reinigte, um ja keine Kratzer zu verursachen. Maho hatte sich auf den ersten Blick in ihre Kanne verliebt, die sie auf dem Instagram-Account einer Influencer-Hausfrau gesehen hatte. Sie sagte, sie habe dafür gespart, denn sie sei ziemlich teuer. Dabei kostete sie nur 3980 Yen.

Mihos Mutter verwendete eine skandinavische Teekanne, die sie von Freundinnen zum Geburtstag bekommen hatte. Sie waren seit ihrer Studienzeit befreundet und hatten deshalb wohl alle einen ähnlichen Geschmack, was Dinge wie Mode und Einrichtung anging. Wahrscheinlich, weil sie alle in jungen Jahren durch die Werbung während des Wirtschaftsbooms, der sogenannten »Bubble-Phase« Ende der 1980er Jahre, geprägt worden waren.

Mihos Großmutter besaß für die Teezubereitung eine blauweiße Porzellanteekanne der Marke Royal Copenhagen und ein traditionelles Kännchen, das sie auf ihren Reisen von einem Keramikkünstler erstanden hatte. Beide waren definitiv teurer als 3000 Yen gewesen, aber sie benutzte sie schon seit vielen Jahren.

Wann immer Miho an ihre Großmutter dachte, sah sie sie vor sich, wie sie Tee aus einer dieser Kannen eingoss, ein Zeichen dafür, wie sehr sie zu ihrem Leben gehörten.

Es stimmt, dachte sie, es sagt tatsächlich etwas über einen Menschen aus, wie er sein Geld ausgibt.

Miho stellte die gläserne Teekanne zurück ins Regal. Sie war sich nicht mehr sicher, ob die Kanne wirklich die richtige für sie war. Das Glas wirkte so zart und zerbrechlich.

***

In den letzten Jahren hatte sich Miho auf den Universitätsabschluss, die Jobsuche und die Suche nach einer eigenen Wohnung konzentriert.

Sie arbeitete für eine mittelgroße IT-Firma in Shinjuku-West. Auch wenn die IT-Branche für die Ausbeutung ihrer Mitarbeiter bekannt war und es reichlich schwarze Schafe unter diesen Firmen gab, war Mihos Arbeitsplatz ganz in Ordnung. Ihr direkter Vorgesetzter war recht locker, sie schätzte ihn noch ziemlich jung ein. Jedenfalls waren die hohen Tiere aus der Chefetage, die den Großteil des Managements ausmachten, im Vergleich zu ihm Fossilien. Ihre Firma war als ein Tochterunternehmen eines weiteren Tochterunternehmens einer großen Telefongesellschaft gegründet worden und hatte ihren Namen vor etwa zehn Jahren geändert, nach der Trennung von der Mutterfirma. Trotz der Abspaltung bekam ihre Firma nach wie vor Aufträge von der Regierung oder von Aktiengesellschaften und konnte somit gute Gewinne einfahren.

Miho hatte während ihres Studiums verschiedene Branchen als Arbeitsfeld in Erwägung gezogen und war lange nicht sicher gewesen, welche sie wählen sollte. Schließlich hatte sie sich für dieses Unternehmen entschieden, weil es Energie und Vitalität ausstrahlte, genauso wie man es in einem Bereich wie der IT-Branche erwartete. Außerdem bot es seinen Mitarbeitern tolle Zusatzleistungen an.

Ein Jahr nachdem sie zu arbeiten begonnen hatte, mietete Miho eine Wohnung in Yutenji. Sie hatte davon geträumt, allein in einer Wohnung zu leben, und sehnte sich danach, das Leben im Westen Tokyos kennenzulernen, nachdem sie im Osten der Stadt aufgewachsen war – ihr Elternhaus befand sich in Ost-Jujo, zehn Gehminuten vom Bahnhof Jujo entfernt und in der Nähe der überdachten Einkaufspassage Jujo Ginza. Sie liebte ihr neues Viertel, das genau dem entsprach, was ein Immobilienmakler als »ruhige Wohngegend« beschreiben würde. Das trendige Viertel Nakameguro war nur fünf Minuten mit dem Fahrrad entfernt, und nicht weit von der Wohnung gab es einen Blue Bottle Coffeeshop. Miho zahlte 98 000 Yen Miete pro Monat, inklusive Nebenkosten. Das war ein bisschen zu teuer für sie, aber in diesem Teil von Tokyo üblich, und sie war stolz darauf, ein so gutes Angebot für diese Art von Wohnung gefunden zu haben.

Im Studium und bei der Arbeit hatte Miho sich immer genau überlegt, was sie wollte, und darauf hingearbeitet, ihre Träume auch zu verwirklichen. Alles in allem war sie ziemlich zufrieden mit ihrem Leben.

Zumindest bis Machie Oda gefeuert wurde.

Machie war vierundvierzig Jahre alt. Sie war Mihos Mentorin gewesen, als diese noch neu in der Firma war. Miho fand, dass sie sehr begabt, freundlich und gut in ihrem Job war. Machie war nicht eine dieser typischen verbissenen IT-Mitarbeiterinnen, sondern eher eine ruhige, gefestigte Frau. Sie war in der Tat eine richtige Dame.

Einmal war Miho in das Haus ihrer Mentorin im ruhigen Suginami-Viertel eingeladen worden. Machie lebte dort mit ihrer Mutter zusammen in einem alten Herrenhaus mit hohen Mauern und dichtem Laubwerk.

Miho hatte die altertümliche, surrende Türglocke betätigt, woraufhin Machie und ihre zierliche Mutter gemeinsam an der Tür erschienen waren und sie begrüßt hatten. Machies Mutter war schon ziemlich alt, da sie ihre Tochter recht spät (erst nach ihrem 35. Geburtstag) zur Welt gebracht hatte.

»Das ist ein wirklich schönes Haus.« Bei den Worten von

Miho blickte Machie eher bekümmert als bescheiden abwehrend drein.

»Jedes Alter bringt seine Probleme mit sich.«

Machie Oda kam immer in den gleichen Kleidern ins Büro. Sie trug eine Kombination aus Rock und Bluse mit einem Cardigan, alles in einem hellen Braunton. Nur bei Meetings oder Kundengesprächen warf sie noch einen marineblauen Blazer über. Diesen speziellen Stil trug Machie schon, seit sie bei der Firma angefangen hatte, so erzählte man sich. Dass sie sich nicht für Mode interessierte, war keine Überraschung.

»Mein Vater starb sehr früh und ich bin das einzige Kind der Familie, müssen Sie wissen.«

Miho erkannte auf den ersten Blick, dass Machie und ihre Mutter schon lange gemeinsam hier lebten.

Sie nahm auf dem weißen Sofa im Empfangsraum Platz und hörte, wie Machie sich in der Küche leise über den Käsekuchen freute, den Miho im hippen Nakameguro gekauft hatte: »Mutter, sieh nur. Den hat Miho mitgebracht.«

»Also, das wäre doch nicht nötig gewesen.«

Sie war wirklich eine feine Dame, dachte Miho.

»Entschuldigen Sie, dass wir Sie haben warten lassen. Aber nun wollen wir Tee trinken.« Machie und ihre Mutter traten wieder in den Empfangsraum.

Fast hätte Miho reflexartig gerufen: »Machen Sie sich wegen mir doch keine Umstände!«

Die beiden Damen servierten lächelnd den Tee in edlen, mit Rosen bemalten Teeschalen. Der von Miho mitgebrachte Kuchen wurde von getrockneten Mochi flankiert.

»Die Mochi hat Mutter selbst gemacht«, sagte Machie, während ihre Wangen sich rosa färbten.

Daraufhin sagte Machies Mutter mit ebenfalls leicht rosigem Schimmer im Gesicht: »Die sind aus getrockneten Neujahrsmochi hergestellt. Wir lassen die Neujahrsmochi seit Jahren vom Konditor herstellen. Er macht sie jedes Mal so groß. Das können Machie und ich alleine gar nicht alles essen. Auch wenn wir schon oft gesagt haben, er soll sie doch bitte kleiner zubereiten!«

»Wir kennen ihn schon sehr lange«, fügte Machie hastig hinzu.

»Die Mochi sind als Kleinigkeit für zwischendurch gedacht.«

»Vielen Dank für den Käsekuchen. Darüber freuen wir uns!«

»Ja, wirklich. Sehr lecker.«

Die getrockneten Mochi erinnerten Miho an einen Geschmack, den sie kannte, auch wenn sie diese hier zum ersten Mal aß. Obwohl sie mit Öl zubereitet wurden, waren sie überhaupt nicht fettig. Um sie so zuzubereiten, musste man hochwertiges Öl verwenden.

»Hmm, ich meine mich zu erinnern, dass wir mal ähnliche von einem Kunden mitgebracht bekommen haben. Meine Großmutter macht immer eingelegten Kohl und will ihn dann an alle verteilen.«

»Das klingt doch toll! Gemüse einzulegen liegt mir gar nicht.«

Während Miho sich mit den beiden Damen unterhielt und sie gemeinsam lachten, hätte sie ihre männlichen Kollegen in Gedanken am liebsten aufgespießt für die unverschämten Bemerkungen, die sie oft machten, etwa ob Machie noch Jungfrau sei oder nicht. Sie konnte noch so ordentlich aussehen und ihre Arbeit gut machen, solches Geschwätz umgab sie trotzdem.

Im Frühling desselben Jahres hatte Machie einen Schlaganfall erlitten. Glücklicherweise wurde sie von zu Hause schnell ins Krankenhaus eingeliefert, so dass sie nach nur einem Monat Klinik und Reha wieder zur Arbeit konnte. Anfangs war sie noch von den Überstunden befreit. Auch der Chef und die Kollegen, Miho eingeschlossen, rieten ihr, sich nur ja richtig zu erholen. Daraufhin verlängerte Machie ihre Reha.

›Das ist eine gute Firma. Sie kümmert sich um ihre Mitarbeiter. Keines von diesen schwarzen Schafen der Branche‹, hatte Miho noch gedacht. Doch als im Herbst eine groß angelegte Umstrukturierung des Unternehmens anstand, war Machie Oda einer der ersten Namen, die fielen. Bald darauf wurde sie entlassen.

Nachdem Machie gegangen war, bemerkte Miho eine Veränderung an sich. Egal ob sie arbeitete, zu Mittag aß oder in einer Besprechung saß – sie vermisste Machie und musste unwillkürlich an sie denken. An ihre Redewendungen, ihre Ratschläge, ihren Gesichtsausdruck und ihr Lachen. Mihos Herz zog sich zusammen bei dem Gedanken, dass Machie mit ihrer zierlichen Mutter ganz alleine in diesem großen Haus ihre Tage zubrachte.

Machie war als eine der Ersten entlassen worden, da sie aufgrund ihrer Krankheit weniger Stunden arbeitete und dies nachweislich zu geringeren Ergebnissen führte. Sie wurde als »leichter Fall« eingestuft, da sie alleinstehend und ohne Kinder war und in einem großen Haus lebte. Auch wenn es ihrer Mutter gehörte. Jeder wusste, dass sie in dem gutbetuchten Suginami-Viertel wohnte. Sie hatte zwar einen Uniabschluss, aber keine wichtige Position inne. Ihr hohes Gehalt kam wohl durch die lange Firmenzugehörigkeit zustande.

Miho fragte sich, ob es jemals »leicht« war, eine Firma zu verlassen. Machies Mutter war zwar noch bei bester Gesundheit, wurde jedoch auch nicht jünger und würde wohl bald intensivere Pflege benötigen. Außerdem mussten die Chefs doch wissen, dass es für eine Frau über vierzig schwierig sein würde, wieder einen Job zu finden.

Am ersten Tag ohne Machie blickte Miho auf den verlassenen Schreibtisch gegenüber. Sie fühlte sich plötzlich wackelig auf den Beinen, als wäre alles, was ihr Sicherheit gegeben hatte, mit einem Mal verschwunden. Sie fühlte eine große Ungewissheit in sich aufsteigen.

Die Kollegen, Abteilungs- und Teamleiter lachten in den Pausen, machten ihre Witze und imitierten Golfschläge, als sei alles beim Alten. Für die hat sich rein gar nichts verändert. Machie ist ihnen egal, dachte Miho.

Das machte sie total fertig!

Auch wenn ihre Kollegen fragten, ob alles in Ordnung sei oder sie Hilfe bräuchte, konnte sie am Arbeitsplatz wohl kaum darüber sprechen, also ertrug sie es schweigend.

Als Machie von der Umstrukturierung betroffen war, konnte Miho sich ja nicht für sie feuern lassen. Auch wenn ihr bewusst war, dass sie im Vergleich zu Machie auf dem Arbeitsmarkt besser dastünde. Und sie wahrscheinlich sofort eine neue Stelle finden würde.

Miho war richtig wütend auf das Unternehmen, das sie in so eine emotionale Zwickmühle brachte.

***

Mit Beginn des Dezembers kam auch die Zeit der vielen Firmenfeiern zum Jahresende.

Natürlich veranstaltete auch Mihos Unternehmen solche Partys. Es gab immer zwei Feiern hintereinander. Zuerst fand die große Feier mit fast zweihundert Teilnehmern statt, darunter auch die hohen Tiere aus dem Management. Danach feierten die einzelnen Abteilungen im kleineren Kreis weiter. Beides mussten immer die neuen oder jüngeren Kollegen organisieren. Man sah ihnen während dieser hektischen und stressigen Zeit oft an, dass sie mehr tot als lebendig waren.

Miho hatte es letztes Jahr als Organisatorin auch ziemlich schwer gehabt. Ohne Machies Hilfe hätte sie es wohl nicht geschafft. Machie war die Einzige gewesen, die man wegen der Jahresendfeiern überhaupt fragen konnte. Jedes Jahr unterstützte sie die Neulinge dabei, solche großen Events richtig vorzubereiten, bei Nachfragen gute Ratschläge zu geben und am Ende noch eine letzte Kontrolle zu machen, damit keine peinlichen Fehler passierten.

Als Miho sich an all diese Ereignisse und gemeinsamen Projekte erinnerte, kamen ihr unwillkürlich die Tränen und sie musste während der Vorbereitungen für die diesjährigen Partys kurz innehalten. Schließlich hatte sie es letztes Jahr nur durch Machies Hilfe geschafft, alles zu organisieren und über die Bühne zu bringen. Sie war unendlich dankbar, dass Machie sie unterwiesen hatte. Dieses Wissen versuchte sie nun wiederum, so gut sie konnte, an ihre jüngeren Kollegen weiterzugeben. Fast schon wie ein geheimes Andenken an Machie.

Die größere Jahresendfeier verlief reibungslos, danach ging es für die zweite Party in eine Karaoke-Bar. Dort hatte Miho einen Raum gemietet, der groß genug für ihre gesamte Abteilung war. Sie merkte, dass ihre Chefs Lust auf Karaoke hatten, aber nicht den Anfang machen wollten. Deshalb wählte sie ein Duett als erstes Lied, das sie mit ihrem Abteilungsleiter gemeinsam anstimmte.

Nach dem Einstieg fingen alle an, um die Wette zu singen, und Miho konnte sich in einer Ecke des Raumes niederlassen. Während der ersten Party hatte sie kaum etwas gegessen, weil sie auf den Alkoholkonsum ihres Chefs achten und sich um den Hot Pot auf dem Buffet kümmern musste. Genüsslich schob sie sich jetzt ein Stück kalte Pizza und ein paar Pommes in den Mund, als ein geflüstertes Gespräch an ihre Ohren drang.

»Na? Hat der Chef es mit dieser, du weißt schon, getrieben?«

Miho bekam nur Teile des Gesprächs mit, aber der Ton und die Sprache der Unterhaltung waren so vulgär, dass sie sich am liebsten die Ohren zugehalten hätte.

»›Die werde ich auf keinen Fall rannehmen‹, soll er gesagt haben. Das sei unter seiner Würde.«

Sie hörte verächtliches Gelächter. Als sie einen Blick riskierte, sah sie inmitten der Gruppe die hohen Tiere aus dem Management mitlachen. Währenddessen sang der betreffende Chef, Minamiyama mit Namen, freudig Karaoke für alle. Die Gruppe schaute ihm zu, aß Knabbereien und klatschte Beifall, während sie gleichzeitig über ihn herzogen.

»Hey, also diese Machie ist immer noch Jungfrau?«

Als Miho hörte, dass sie über Machie sprachen, gefror ihr das Blut in den Adern und ihre Fingerspitzen wurden eiskalt.

»Man sagt sich, dass sie die Freundin des Chefs sei. Daher hatte ich ein Auge auf sie.«

»Nein, sonst wäre sie ja nicht entlassen worden.«

»Hm, ach so. Macht Sinn.«

»Oder sie musste genau deshalb gehen?«

»Auf jeden Fall hat sie das Gerücht für sich genutzt und so getan, als gehöre der Laden ihr.«

»Sie wird es woanders schwer haben«, sagte Mihos zweiter Schützling Saito irgendwie seltsam direkt und aufrichtig zugleich.

»Ihre Arbeit … Na ja, die machte sie halt und bekam zwar viel Lob von den Vorgesetzten, aber alles hat sie auch nicht richtig gemacht. In einer anderen Firma oder Abteilung wäre das so nicht durchgegangen.«

Wie konnten sie Machie nur so von oben herab beurteilen und es auch noch als Mitgefühl kaschieren. Als ob diese Kerle es viel schwerer hätten als sie nach der Entlassung.

»Machie war schon ein Opfer der Firma, nicht wahr?«, sagte der jüngere Abteilungsleiter wissend in die Runde.

Eine Stimme, die Miho nicht zuordnen konnte, fügte hinzu: »Sie hat es nicht anders verdient!«

Daraufhin stand Miho wortlos auf, um zur Toilette zu eilen. Ob sie sich wohl den Magen verdorben hatte? In ihrer Brust zog sich alles zusammen und sie übergab die gesamte Jahresendfeier der Kanalisation.

***

»Ich fühle irgendwie alles und nichts und das gleichzeitig«, sprudelte es aus Miho heraus.

Daiki Hasegawa hörte seiner Freundin zu und stellte die Tasse Milchkaffee, die er in der Hand hielt, ab. Sie hatten sich wegen ihrer unterschiedlichen Terminkalender eine Zeit lang nicht treffen können, waren aber schon länger ein Paar. Jetzt erzählte sie ihm einfach alles, was passiert war und wie sie darüber dachte.

»Ich frage mich, welchen Sinn meine Loyalität zur Firma hat … Wenn sogar über Machie, die so viel für das Unternehmen getan hat, so hergezogen wird.«

»Wenn du anfängst, dauernd über den Sinn des Lebens nachzudenken, oder dir zu viele Gedanken über die Arbeit machst, dann ist es kein Wunder, dass du dich so elend fühlst. So geht es nicht nur uns jungen Leuten. Auch die alten Herren im Unternehmen kennen das.« Daikis Blick wurde leicht unscharf, als er seine Antwort mit Bedacht aussprach.

»Das glaube ich kaum.«

»Na ja, wir sind alle nur einfache Leute. Deshalb reden auch die alten Herren in der Firma schlecht übereinander. Sie sind unsicher, also müssen sie über die anderen herziehen. Allein das zu erkennen ist sehr wichtig. Ich finde dein Feingefühl bewundernswert. Wie du die Schwächen und Eigenheiten bei anderen erkennst und unverblümt benennen kannst.«

Das war typisch Daiki. Er war schon immer gut darin gewesen, andere zu trösten und dabei so einfühlsam zu sein. Trotz ihres guten Aussehens hatte Miho oft mit solchen Themen zu kämpfen und ließ sich schnell davon herunterziehen. Er ermutigte Miho, hielt sie davon ab, depressiv zu werden. Das liebte sie so an ihm.

»Außerdem gibt es ja vielleicht einen Grund für das Gerede der alten Herren.«

»Hm?« Plötzlich fühlte Miho einen Schauder. Ihr wurde irgendwie ganz anders. Sie dachte, es läge daran, dass sie seine Zuneigung lange nicht mehr gespürt hatte.

»Meinst du nicht, es gibt vielleicht eine Machie, die du nicht gekannt hast? Oder einen Teil von ihr?«

»Das kann nicht sein. So jemand ist Machie einfach nicht. Also gut. Was würdest du denn an meiner Stelle machen, wenn in deiner Firma so über jemanden geredet wird?«

»Na ja, ich würde nicht damit anfangen … Aber ich würde wahrscheinlich einfach den Mund halten und an den passenden Stellen mitlachen. Tratsch hält die Belegschaft zusammen, oder nicht? Und was ist schon weiter schlimm an solchen Gerüchten über eine Frau, die die Firma sowieso verlassen hat? Das Gerede kümmert oder verletzt ja niemanden mehr.«

Wie aus den Richtlinien einer Firmensatzung zitiert. Plötzlich roch Daiki für Miho nach altem Kerl.

»Das ist ganz schön gemein von dir.«

»Nö. Wenn überhaupt, sind die Leute gemein, die das zuerst gesagt haben, oder?«

Was für ein Schock. Wie eine Ohrfeige. Kurz, aber heftig.

»Auch wenn du so von dieser Machie schwärmst, so eine Position erreicht man nur über Vetternwirtschaft. Bei all deinen Erzählungen habe ich noch nie gehört, dass sie aktiv etwas zur Abteilung beigetragen oder den Umsatz des Unternehmens durch ihre Arbeit ausschlaggebend gesteigert hat. Das ist für mich nicht die Definition von ›gut in seinem Job sein‹. Bei mir in der Firma gibt es auch solche Frauen, die schon lange da sind und meinen, sie hätten etwas zu sagen. Ich finde diese Weiber schrecklich. Kein Wunder, dass sie überrascht sind, wenn die Kündigung kommt. Ich kann verstehen, dass man sie in einer wachstumsstarken Wirtschaftsperiode oder der Bubble-Phase gebraucht hat … Aber heutzutage? Das kann sich kein Unternehmen leisten, so jemanden weiter durchzufüttern.« Diese Wortwahl: ›Durchzufüttern‹. Es ließ Mihos Herz erschaudern, Daiki so reden zu hören.

»So oder so, da kann man nichts machen. Du kannst nichts dagegen tun.«

Diese Worte versetzten Miho einen Stich. »Also ist es für dich okay, wenn ich so weiterarbeite und über mich bald genauso gesprochen wird wie über Machie?«

»Das wird nicht passieren. Du wirst irgendwann heiraten, vielleicht Kinder haben und dann eines Tages ganz normal in Rente gehen.«

Wie bitte? Heirat? Irgendwann? Wovon sprach er da?

Seine Worte hätten romantisch klingen können, wenn er sie nicht zur falschen Zeit und am falschen Ort ausgesprochen hätte. Jetzt, in diesem Moment, waren sie total unpassend. Miho starrte ihn konsterniert an, doch ihr Freund wandte den Blick ab.

»Ich habe noch keinen Job aus reiner Herzensgüte bekommen. Normalerweise arbeiten alle gleich hart, egal ob mit oder ohne Kinder«, fügte Daiki hinzu.

Sie war völlig überrascht von Daikis altmodischer Denkweise. Wie ein alter Mann saß er nun vor ihr.

»Tja, du kannst ja so lange arbeiten, wie du willst«, sagte Miho und fühlte sich seltsam entfernt von ihm. Es schien, als wolle er ihr durch die Blume sagen, dass ihre Leben zu unterschiedlich seien.

Ohne Mihos Gefühlschaos zu bemerken, begann Daiki über ein neues Projektteam zu sprechen, das in seiner Firma zusammengestellt wurde.

***

Um Neujahr herum ging es für Miho zurück in ihr Elternhaus nach Jujo. Sie hatte von ihrer Mutter immer wieder Nachrichten erhalten wie: »Komm doch etwas früher nach Hause und hilf uns beim Neujahrsputz und den Vorbereitungen fürs Neujahrsessen.« Doch als sie am 27. Dezember ihre Arbeit für dieses Jahr beendet hatte, ging sie mit Uni-Freunden Ski fahren und kehrte erst in der Nacht des 30. Dezember zurück. Daher kam Miho nicht wie gebeten etwas früher, sondern stand im Gegenteil erst gegen Mittag auf und fuhr dann erst zu ihrem Elternhaus.

»Du bist spät dran! Was war denn los, Miho?«

Sie hörte schon beim Eintreten die Stimme ihrer Mutter. Sie klang nicht wütend, eher belustigt.

»Nun bin ich ja da.«

Eine richtige Antwort blieb sie ihr schuldig. Miho spürte ein beklemmendes Schuldgefühl in sich aufsteigen, ausgelöst durch das Lachen ihrer Mutter.

»Na, jetzt gibt es gar nichts mehr zu tun für dich!«, lachte auch Mihos Schwester.

»Gar nichts, Tante Miho!«, ertönte wie ein Echo aus dem Flur die Stimme von Mahos dreijähriger Tochter Saho, die dabei den Gesichtsausdruck von Mihos Mutter nachahmte. Auch wenn Miho wusste, dass ihre kleine Nichte dies nicht mit böser Absicht tat … Ihr Herz wurde heute besonders schnell schwermütig.

»Wenn du so frech bist, gibt es nichts zu Neujahr für dich, Saho«, antwortete Miho mit ernstem Ton und fieser Grimasse, was Saho gehörig einschüchterte, so dass sie zu ihrer Mutter flüchtete.

Miho folgte ihrer Nichte in den Ess- und Küchenbereich. Dort saßen Mihos Großmutter, Mama und ihre Schwester zusammen am Esstisch. Dieser war voll mit lauter Osechi-Gerichten für den bevorstehenden Feiertag.

Als die drei sie anblickten, erkannte Miho, wie verblüffend ähnlich sie sich sahen. Dabei waren Mutter und Großmutter väterlicherseits nicht einmal blutsverwandt. Sie hatten nur beide dieses große, rundliche Gesicht mit kleinem Schmollmund, was ihnen die Ähnlichkeit verlieh. Mit Mihos Schwester in der Mitte wirkten die drei wie ein und derselben Bohnenschote entsprungen. Und sie hatten ganz und gar keine Ähnlichkeit mit dem Gesicht, das Miho morgens total erschöpft im Spiegel erblickte.

»Du bist noch zu klein«, sagte ihre Mutter zu Saho, tausendmal strenger als Miho zuvor.

Saho vergrub ihr Gesicht an Mahos Brust.

»Willkommen zurück.« Ihre Großmutter begrüßte sie als Einzige ganz normal.

»Hi, schön, dich zu sehen«, sagte Miho.

»Warum bist du nicht früher gekommen?«, fragte ihre Mutter. »Ich bin schon fertig mit dem Putzen und das Neujahrsgeschirr ist fast schon vorbereitet.«

»Ich war noch Ski fahren.«

»Also wirklich! Du kommst immer erst zum Essen. Ich dachte, du hilfst mir dabei, die Dachrinne und das Bad auf Vordermann zu bringen.«

»Aber ich …«

Miho wusste, dass es sinnlos war zu widersprechen, also verstummte sie und ließ sich während der Tirade auf dem Sofa im Wohnzimmer nieder.

»Jetzt sitz da nicht nur rum, hilf mir lieber!«

»Ich kann die Süßkartoffeln zur Vorbereitung fürs Kinton sieben.«, bot Miho an. Selbst als schlechteste Köchin in der Familie Mikuriya konnte sie diese grundlegenden Gerichte für das Osechi zubereiten.

»Beides schon fertig.«

Miho fand die ganze Prozedur für das Osechi zu Neujahr, insbesondere das Siebverfahren, mehr als mühsam. Aber aus irgendeinem Grund waren ihre Großmutter, ihre Mutter und neuerdings auch ihre ältere Schwester ziemlich davon angetan.

»Na gut. Was ist mit den Kombu-Rollen? Ich könnte den Seetang um den Fisch wickeln und mit einem Kürbisstreifen zu einem Päckchen binden.«

Wenn die Vorbereitungen für das Osechi abgeschlossen waren, musste alles noch zu Rollen und Päckchen kombiniert werden.

»Das lass ich gerade deine Schwester machen.«

»Okay. Wie sieht es mit dem Anrühren des Konjakgelees zum eingelegten Hühnchen aus?«

»Auch erledigt.«

»Soll ich die Kartoffeln schälen?«

»Das haben wir gestern schon gemacht.«

»Die Karottenblumen schneiden?«

»Hat deine liebe Schwester erledigt.«

»Die schwarzen Bohnen?«

»Da fehlt nur noch der letzte Schliff, aber das traue ich dir nicht zu.«

Denn die wichtigste aller Aufgaben beim Neujahrsessen war für Mutter und Großmutter, die dunklen Bohnen so zu kochen, dass die Haut schön glatt blieb. Dafür sorgten sie jedes Jahr unter Einsatz ihres Lebens. Ihr höchstes Ziel war es, zu verhindern, dass die Bohnen hässlich und schrumpelig wurden.

Bei solchen Gelegenheiten wie Neujahr, an denen die Familie zusammenkam, verstanden sich Mutter und Großmutter recht gut. Aber da Miho wusste, wie ihre Mama mit ihrer eigenen Mutter im heimischen Dialekt telefonierte, hörte sie den distanzierten Unterton gegenüber der Großmutter väterlicherseits heraus.

Ihre Mutter wusste, dass Miho und ihre Schwester Großmutter verehrten, und sprach daher nie schlecht über sie. Aber sie würde auch nie behaupten, dass ihre Schwiegermutter für sie ebenfalls wie eine echte Mutter war.

»Die schwarzen Bohnen sind schon seit drei Tagen in Wasser eingeweicht … Dieses Jahr gehen wir kein Risiko ein und sind zu der traditionellen Zubereitungsart zurückgekehrt. Wir haben uns entschieden, die Bohnen ganz vorsichtig und langsam mit Zuckerwasser zu behandeln.«

Wenn Mihos Mutter erst einmal anfing, über schwarze Bohnen zu sprechen, hörte sie nicht so schnell wieder auf. Daher musste Miho ihren Vortrag aktiv unterbrechen. »Sind die übrig gebliebenen Süßkartoffeln schon gestampft und für den Kinton vorbereitet?«

»Du weißt doch, ich habe es dich versuchen lassen und er ist angebrannt. Da mache ich es dieses Jahr lieber selbst.«

»Irgendetwas muss es doch noch zu tun geben?«

»Das eingelegte Hühnchen und die Bohnenbeilage müssen noch gewürzt und die Garnelen und der Fisch mit Salz angebraten werden … Ach, und danach bleibt nur noch, alles in kleine Portionen zu verpacken. Das ist auch nichts für Miholein.«

»Also kann ich wirklich gar nichts mehr tun?«

»Du musstest ja so spät kommen.«

Egal was sie sagte, die Unterhaltung verlief im Kreis.

Miho ließ sich verärgert wieder aufs Sofa sinken.

»Ich werde mit Saho spielen.«

»Klingt gut.«

Miho drehte sich zu Sahu um. Die schien aber noch verängstigt wegen ihrer Grimasse von vorhin. Normalerweise kam sie auf ihre Tante zugerannt, doch jetzt klammerte sie sich an Maho und rührte sich nicht vom Fleck.

Großmutter sagte sanft: »Miho, du musst von der Anreise und Arbeit müde sein. Ruh dich ein bisschen aus.«

»Großmama, du verhätschelst Miho immer so. Ich bin auch müde von der Hausarbeit und der Kindererziehung«, klagte Maho lautstark. Miho tat so, als ob sie schlief.

Daraufhin wandten sich die drei Frauen wieder ihren Vorbereitungen und Plaudereien zu. Ohne zu klagen. Es interessierte anscheinend niemanden sonderlich, ob Miho da war oder nicht, solange das Osechi vorbereitet und der Wohnungsputz erledigt wurde. Dank ihrer putzwütigen Mutter sah es im Haus immer blitzblank aus.

Maho bat ihre Mutter und die Großmutter um Rat, wo sie arbeiten sollte, sobald Saho in den Kindergarten kam. Sie sprach davon, dass es schwierig sei, eine Stelle zu finden, die ihren Wünschen entsprach. Gleichzeitig erwähnte sie das niedrige Gehalt ihres Mannes. Miho wusste: Wenn ihre Schwester sagte, sie hätte Geldsorgen, dann waren es keine echten Geldsorgen. Denn wenn es wirklich so brenzlig um ihre Finanzen stünde, würde sie Arbeit finden und annehmen. Das wussten wohl auch die beiden anderen Frauen, denn sie ließen Maho reden, ohne ein Wort zu sagen.

Für Miho war es unerklärlich, wie jemand mit einem Monatsgehalt von 230 000 Yen heiraten und ein Kind bekommen konnte. Ihr Schwager, Taiyo, arbeitete als Feuerwehrmann. Er war ein gutaussehender Mann mit gebräunter Haut und strahlend weißen Zähnen. Er und ihre Schwester kannten sich schon seit der Oberstufe und hatten geheiratet kurz nachdem Maho begonnen hatte zu arbeiten. Nach dem Fachhochschulabschluss hatte sie ihren Job bei der Anlageberatung gekündigt. Für Miho käme es überhaupt nicht in Frage, ein Kind zu bekommen und gleich anschließend ihren Job hinzuschmeißen. Geschweige denn jemanden mit einem Gehalt von nicht mal drei Millionen Yen im Jahr zu heiraten.

Miho wunderte sich über ihre negativen Gedanken heute. Ihr Schwager war doch ein guter Mann in den Diensten der Stadt mit einem festen Einkommen. Saho war so niedlich, und als sie geboren wurde, hatte Miho sogar weinen müssen vor Rührung. Und trotzdem …

»Omi, was machen wir? Stehst du aaaauf?«

Irgendwann stand Saho direkt vor Miho und schaute ihr fragend ins Gesicht.

»Nenn mich nicht Omi. Sag Tante Miho zu mir.«

»Waah, die Omi schläft gar nicht«, rief Saho mit einem glucksenden Lachen aus und flüchtete wieder.

Auch wenn sie nur drei Jahre alt war, wusste Saho genau, wie sie ihre Tante Miho drankriegte.

»Na warte!«

Miho stand vom Sofa auf und hechtete ihrer Nichte hinterher. Saho rannte kichernd und freudig strahlend durchs Haus. Plötzlich hatte Miho das dumpfe Gefühl, einem Glück nachzujagen, das sie selbst nie erreichen würde.

***

Die Atmosphäre in ihrem Elternhaus wurde immer bedrückender. Deshalb flunkerte Miho ein wenig, um am zweiten

Nachmittag wieder heimfahren zu können. »Die Arbeit ruft«, was sonst.

Die Bäckerei in der Nähe des Bahnhofs Yutenji mit dem selbstgebackenen Brot war noch geöffnet. Dort kaufte sie auf dem Heimweg ein normales Brot und einen Laib mit Walnüssen und Feigen. Als sie durch die Tür ihrer Wohnung trat, stieß sie einen langen, erleichterten Seufzer aus. Darüber war sie selbst überrascht.

Als sie damals aus ihrem Elternhaus ausgezogen war, war das noch anders gewesen. Auch wenn sie auf eigenen Wunsch ausgezogen war, hatte sie nachts oft Angst gehabt. Jedes Geräusch war gruselig, und sie hatte oft mit ihrer Mutter telefoniert. Und an den Wochenenden war sie immer zu ihren Eltern nach Hause gefahren.

Miho wurde bewusst, dass sie vor Neujahr mehrere Monate nicht bei ihren Eltern gewesen war. Sie dachte über die Gewissheit nach, die sie damals empfunden hatte, dass sie im Notfall immer nach Hause zurückkehren konnte. Vielleicht war es gar nicht mehr ihr Zuhause und würde es auch nie wieder sein.

Mit diesem Gedanken ließ Miho sich ein Bad mit ihrem Lieblingsbadesalz ein. Sie wusch vorher jeden Zentimeter ihres Körpers und wärmte sich auf. Nach dem Baden nahm sie eine angebrochene Flasche Rotwein aus dem Kühlschrank, die noch von Weihnachten übrig war. Sie spülte damit ein wenig Feigenbrot hinunter. Der Wein war kalt, aber lecker.

Noch ein Seufzer stieg aus Mihos tiefstem Inneren auf. Daiki hatte die Flasche an Weihnachten mitgebracht. Aber auch der Wein hatte den Abend nicht aufgepeppt. Sie hatten vorher kaum Zeit füreinander gehabt und gingen direkt in ein stinknormales Restaurant zum Abendessen, danach kaufte er eine kleine Halskette für Miho. (Sie hatte ihm einen Füllfederhalter für etwa 10 000 Yen geschenkt.) Sie streamten noch einen Film bei Miho – das war's gewesen.

Sie war wirklich überrascht, dass die Bäckerei seit zwei Tagen wieder offen war. Anscheinend brauchten viele Leute sofort im neuen Jahr frisches Brot. Wahrscheinlich alleinstehende Menschen wie Miho oder solche, die ihre Eltern nicht besuchten. Dank dem Rotwein und dem frischen Feigenbrot fühlte sich Miho wieder besser und dachte: »Ich mag diese Stadt eben doch.«

***

Die Situation der Tiere in Großstädten war zurzeit ein viel diskutiertes Thema in den Medien. Miho hatte sogar eine Sondersendung auf NHK gesehen und die Beiträge auf Twitter verfolgt. Doch nun war es das erste Mal, dass sie selbst damit konfrontiert wurde. An Neujahr war sie alleine in Nakameguro unterwegs. Es war keine gute Idee, denn hier wimmelte es nur so von Pärchen und Freundesgruppen. Vor allem in den Restaurants und Cafés am Fluss Meguro tummelten sich viele Frauengrüppchen, die in einige der vielen Themenshops wollten. Sie waren anscheinend allesamt Fans der aktuellen männlichen Popidole.

Daiki war im Moment offenbar sehr beschäftigt. Miho hatte ihn seit ihrem Date an Weihnachten nicht mehr gesehen, und die beiden hatten sich nur per Messenger oder Telefon ausgetauscht. Das machte Miho jedoch erstaunlich wenig aus. Sie hatte so eine Ahnung. In den letzten sechs Monaten hatte sich das Gefühl in ihr breit gemacht, dass es zwischen ihnen bald vorbei sein könnte. So als hätte sie gar keine Wahl. Daiki und sie arbeiteten für verschiedene Firmen, sie hatten verschiedene

Ansichten über das Leben, und auch ihre Beziehung zueinander veränderte sich. Früher war er verständnisvoll gewesen, wenn sie von sich oder ihren Kolleginnen erzählte. Doch bei ihrem letzten Gespräch hatte er diese Sachen gesagt. Vielleicht bedeutete das, dass er kein Interesse mehr an Miho hatte.

»Wau!« Ein leises Bellen ertönte.

Miho drehte sich schnell um. Sofort folgte ein lauteres Bellen.

Es klang fast wie: »He! Übersieh mich nicht!«

Sie stand an einem Haltebereich für Busse und Taxen vor dem Bahnhof Nakameguro. In einer Ecke des Vorplatzes, der von Essensständen gesäumt war, sah sie ihn: Ein Chihuahua-Rüde mit schwarzem Rücken schaute Miho mit seinen Glubschaugen an. Neben ihm stand ein großer weißer Hund mit ruhigem Gesichtsausdruck. Als Miho genauer hinsah, stellte sie fest, dass sie sich vor einem Infostand von ehrenamtlichen Helfern, die Hunde und Katzen aus dem Tierheim betreuten, befand. Viele Fotos von Vierbeinern aus dem Tierheim waren zu sehen. Neben ihnen stand eine Spendenbox. Zwischen den Essensständen, an denen frisch gegrillte Würste und regionales Gemüse feilgeboten wurden, wirkte der Tierheim-Stand sehr unscheinbar. Die geballte Niedlichkeit der Tiere und Fotos machte diesen Eindruck wieder wett. Miho ging unwillkürlich vor den Hunden in die Hocke.

»Schön, dass Sie sich Zeit nehmen! Wir sind freiwillige Helfer des Tierheims ›Engelchen‹ für Hunde und Katzen«, sprach sie eine freundlich aussehende Frau an. Sie war in Khaki-Farben gekleidet und trug einen Hut.

»Sind die Kerlchen hier auch aus dem Tierheim?«

Miho wollte nicht nur den süßen Chihuahua streicheln, also tätschelte sie auch den großen Hund. Daraufhin jaulte der kleine Hund vor Eifersucht. Das ließ den großen Hund jedoch kalt. Er schaute lieb, aber wachsam drein.

»Genau. Sie haben bei uns Schutz gefunden.«

»Haben Sie noch mehr Chihuahuas wie diesen hier?«

»Oh ja! Wir nehmen alle auf, die wir retten können.«

»Wie alt ist der hier denn ungefähr?«

»Da sind wir uns nicht so sicher, wahrscheinlich um die fünf Jahre.«

Der Chihuahua rieb seinen Kopf an Mihos Beinen.

»Du bist ja goldig!«

Miho wusste, dass es viele Hunde in Tierheimen gab, aber sie hatte gedacht, das seien eher Mischlinge oder große Hunde. Oder solche, die viel Pflege benötigten. Solch eine Pflege zu leisten war schwierig für sie, deswegen bewunderte sie die freiwilligen Helfer umso mehr. Und doch wurde ihr beim Anblick des kleinen Hundes warm ums Herz. Vielleicht konnte sie sich um ein gesundes Kerlchen wie ihn kümmern?

»Sie mögen also Hunde, ja?«

»Wir hatten einen, als ich ein Kind war …« Mehr brachte Miho nicht heraus.

»Wohnen Sie denn im Moment in einem haustierfreundlichen Zuhause?«

»Nein, leider nur zur Miete.«

Die Helferin gab Miho eine Broschüre. »Hier finden Sie noch andere Hunde und Katzen. Auf unserer Homepage haben wir auch immer aktuelle Informationen, schauen Sie gern mal rein.«

»Vielen Dank.«

»Es gibt einige Auflagen, bevor Sie ein Tier bekommen können. Aber wenn Sie sie erfüllen, melden Sie sich bitte.

Wir sind immer auf der Suche nach einem neuen Zuhause für die Tiere.«

»Okay, danke noch mal.«

Danach durfte Miho den Chihuahua auf den Arm nehmen. Er war überraschend warm und sah ihr treuherzig in die Augen.

***

Seit Miho den Hunden aus dem Tierheim begegnet war, musste sie ständig an den kleinen Chihuahua denken. Als sie ein Kind war, hatten sie einen Zwergdackel gehabt. Sein Name war Peanuts, denn seine Körperform und -farbe erinnerte an eine Erdnuss. Damals hatte Miho sich so sehr einen Hund gewünscht und so lange bei ihren Eltern gebettelt, bis sie einen gekauft hatten. Als sie dann in die Mittelstufe kam und Peanuts über zehn Jahre alt war, verschwand er spurlos. Anscheinend hatte es schon zuvor ein paar Vorfälle gegeben, doch ihre Erinnerung war unscharf. Oder besser gesagt, verblasst. Sie wusste nur noch, dass er an einem regnerischen Tag einfach verschwunden war. Miho war untröstlich gewesen.

Sie hatte geschworen, sich um diesen Hund zu kümmern und ihn zu versorgen, aber als sie in die Mittelstufe kam, waren ihr andere Dinge wichtiger gewesen. Clubaktivitäten, Lernen und mit ihren Freunden abhängen. Ihr Eltern kümmerten sich in der Zeit um Peanuts. Manchmal waren sie wütend und Miho verteidigte sich mit den Worten: »Das kann man nicht ändern! Ich bin halt beschäftigt und habe Besseres zu tun!« Zu der Zeit gab es oft Streit.

Miho erinnerte sich an Peanuts' Blick von damals. Er starrte nur mit traurigen Augen die streitenden Menschen an. Er war ein kluger Hund. Er hatte sicher gespürt, dass sie seinetwegen stritten. Vielleicht dachte er auch, dass sie ihn nicht mehr mochten. Nach seinem Verschwinden hatte sie lange nach ihm gesucht. Später erfuhren sie, dass er in einem Tierheim gelandet war.

Bei dem Gedanken zog sich Mihos Brustkorb zusammen. Denn sie erfuhr damals die grausame Realität. Das Tierheim war verpflichtet, diejenigen Tiere, die nicht von ihrem Besitzer abgeholt wurden, zu töten. Miho hatte sich lange Zeit Vorwürfe gemacht, dass sie nicht auf die Idee gekommen war, im nächstgelegenen Tierheim nach Peanuts zu suchen. Sie hatte lange um ihn getrauert.

Vielleicht könnte sie diese Schuld schmälern, indem sie ein Tier aus dem Heim aufnahm. Einen verlorenen Hund, wie Peanuts damals. Miho spürte, wie ihre Lebensgeister bei dem Gedanken zurückkehrten und er zu einem Lebensziel für sie wurde.

Zu Hause angekommen, öffnete sie sofort die Homepage der ›Engelchen‹.

Dort waren unzählige Fotos von Hunden zu sehen. Es gab sogar ein Foto von dem Chihuahua, den Miho auf dem Arm gehalten hatte. Und noch weitere kleine Hunderassen. Sie ertappte sich dabei, wie sie nur nach den niedlichen Welpen Ausschau hielt, und fühlte sich gleich ganz schlecht und oberflächlich. Fast hätte sie die Website geschlossen, dann erinnerte sie sich an die Bedingungen, von denen die Frau gesprochen hatte. Miho kam zu dem Schluss: Wenn sie einem Hund für viele Jahre Obhut geben wollte, sollte dieser zu ihr und ihren Vorstellungen passen. Mit dieser Ausrede gab ihr Gewissen sich zufrieden, so dass sie sich weiter auf der Website umsehen konnte.

Sie klickte auf den Button mit der Aufschrift ›Für interessierte Tierhalter‹. Dort wurden alle Auflagen erläutert. Zuerst mussten die Hunde und Katzen geimpft und sterilisiert werden, wobei die Kosten der neue Halter übernahm. Danach gab es eine Eingewöhnungsphase. Die Tierheimmitarbeiter würden die Tiere persönlich vorbeibringen. So konnten sie auch das neue Zuhause überprüfen. Als letzten großen Punkt musste es noch einen Bürgen geben, der den Schutzvertrag über das Tier mitunterschrieb und im Falle von Krankheit oder Tod des Tierhalters die Pflege übernehmen würde.

Es gab noch ein paar weitere Auflagen, aber das waren die wichtigsten. Miho fand sie zwar etwas zu streng, auf der anderen Seite wurde dadurch die ausgeprägte Fürsorge der Tierheimorganisation deutlich.

Sofort suchte Miho nach haustierfreundlichen Wohnungen in der Umgebung. Nur wenige Ergebnisse tauchten auf, und diese waren wie zu erwarten auch sehr teuer. Die meisten kosteten mehr als doppelt so viel Miete wie ihre aktuelle Wohnung. Mit ihrem Gehalt war es schwierig, einen Kredit zu bekommen, um die hohe Kaution zu bezahlen. Und selbst wenn sie sich das Geld zusammenleihen konnte – sobald sich etwas an ihrem Job oder im Unternehmen verändern würde, zum Beispiel eine Gehaltskürzung, würde sie mit dem Hund auf der Straße stehen. Das wäre kein stabiles Zuhause für ein Tier. Einen Hund diesem Risiko aussetzen wollte Miho nicht.

Plötzlich machte es Klick. Miho wurde klar, dass all das nicht nur für einen Hund galt. Sie brauchte ebenfalls ein bezahlbares Dach über dem Kopf, einen gesunden Körper und Rücklagen. All das waren grundlegende Dinge, die sie auch ohne Haustier benötigte.

Miho war nach Neujahr bewusst geworden, dass das Haus ihrer Eltern gar nicht mehr ihr Zuhause war und es wahrscheinlich nie wieder sein würde.

Sie hatte auch nicht vor, demnächst zu heiraten. Im Moment war sie noch mit ihrer Arbeit verheiratet. Bis vor Kurzem hatte ihr ihre Firma ein Gefühl von Sicherheit und Vertrauen gegeben, war ihr eine Zuflucht gewesen. Doch seit Machie in den Ruhestand versetzt worden war, merkte Miho, dass ihre Position nicht so sicher war wie gedacht. Diese Stelle und diese Firma waren vielleicht gut für ihre Zwanziger, aber wenn sie älter wurde? Würde man sie dann auch feuern?

Wie sollte sie von nun an ihr Leben gestalten?

Die kleinen Hunde auf der Website fragten Miho flüsternd nach ihrer ›Zukunft‹.

Miho fragte sich, ob sie einen sichereren Arbeitsplatz finden könnte. Am besten mit einem guten Gehalt. Sie wusste, dass das ohne ein langes Studium, zum Beispiel der Medizin oder Rechtswissenschaft, nicht einfach war. Diese Branchen waren unrealistische Ziele für sie. Sie wollte auch gar nicht in dieser Richtung arbeiten. Es blieb ihr wohl nichts anderes übrig, als nach und nach kleine Erfolge zu sammeln und sich hochzuarbeiten.

Miho sah sich erneut die Fotos der kleinen Hunde an.

›Was kann ich jetzt schon ändern?‹, fragte sie sich.

Vielleicht eine haustierfreundliche Wohnung oder ein Haus im Grünen kaufen, anstatt zu mieten, überlegte sie weiter. Sie kannte Geschichten von jungen Frauen, die eine Eigentumswohnung besaßen. Aber sie war immer überzeugt gewesen, dass sie sich das sowieso nicht leisten konnte.

Etwas verzagt öffnete Miho eine weitere Seite in ihrem Browser. Sie hatte zwar keine große Hoffnung und hielt es im

Grunde für unmöglich, wollte aber auch wissen, wie ›unmöglich‹ es war.

Sie gab den Suchbegriff »Meguro-Viertel, Eigentumswohnungen« ein und schaute sich die Ergebnisse an. Ein lauter Seufzer. Ein Objekt im Setagaya-Bezirk brauchte sie sich gar nicht anzusehen. Es folgten weitere Suchbegriffe weit außerhalb des Stadtzentrums von Tokyo, wie »Suginami-Bezirk«, »Yokohama City«, »Apartments entlang der Bahnlinie Toyoko«, »Taito-Umgebung«.

Die Webrecherche zog sich bis in die Morgenstunden.

***

An einem Feiertag im folgenden Monat war Miho bei ihrer Schwester in Jujo eingeladen, wo Maho mit ihrem Mann und ihrer Tochter lebte.

»Komm doch mal zum Abendessen vorbei«, hatte Maho mehrmals geschrieben. Wahrscheinlich war sie besorgt, weil die Verabschiedung an Neujahr bei ihren Eltern etwas holprig gewesen war.

»Komm doch nächsten Sonntag zu uns, wir vermissen dich schon!«, hieß es in der nächsten Mail. Das war typisch für Maho. Sie drückte gern auf die Tränendrüse und brachte Miho so dazu, vorbeizukommen. An diesem Feiertag war es so weit. Bei ihren Eltern schaute Miho nicht vorbei, obwohl es auf dem Weg lag.

»Sag bloß, du bist jetzt zum Sparbrötchen mutiert, Miholein?«

Die Zweizimmerwohnung ihrer Schwester war aufgeräumt und sauber wie immer. Der japanische Lunch, bestehend aus Spaghetti mit einer Frikadelle und Tomatensoße als Topping, war ziemlich unspektakulär, ein perfektes Kindergericht. Die Hackfleischfrikadelle war dafür sehr saftig und lecker. Vom Nachtisch, einem selbstgemachten Apfelkuchen, war Miho beeindruckt.

Obwohl die unangenehme Atmosphäre von Neujahr noch zwischen ihnen schwebte, war Maho immer noch ihre Schwester. Deshalb erzählte Miho ihr von der Idee eines neuen Zuhauses, in dem sie auch ein Haustier halten konnte, und dass sie jetzt versuchte, dafür Geld zu sparen.

Ihre Schwester wirkte wie eine Bilderbuch-Ehefrau, aber sie war ein Mensch, dem solche Dinge wichtig waren.

»Was, Miholein will in ein abgelegenes Haus ziehen und es sogar kaufen? Keine Wohnung mehr mieten? Wie aufregend! Wir werden wohl bis an unser Lebensende zur Miete wohnen.«

Nach dem Essen schlief Saho, die sich zuvor mit Quengeln ausgepowert hatte, sofort ein, und die beiden Schwestern hatten Zeit, sich leise auszutauschen.

»Genau, deshalb dachte ich, ein kleines Häuschen wäre realistischer als eine Wohnung in so einem Apartment-Komplex«, sagte Miho, während sie den Bildschirm ihres Smartphones hochhielt.

»Eigentumswohnungen sind zurzeit sehr gefragt, nicht? Deshalb kann es sein, dass ein kleines renovierungsbedürftiges Häuschen wirklich günstiger wäre. Je nachdem wo man hinwill …«

»Ach, wirklich?«

»Bei Wohnungen muss man außerdem die Kaution und Verwaltungsgebühren zahlen. Wenn ich dran denke, was das monatlich kosten würde, wäre ein Haus vielleicht die bessere Option?«

»Dann musst du das Haus aber auch selbst in Schuss halten. Das ist bestimmt auch teuer und zeitaufwendig. Mutter beschwert sich jedenfalls oft darüber, wie schwer es ist, das Haus der Familie zu verwalten.« Von einer guten Hausfrau wie Maho war natürlich nichts anderes zu erwarten, als dass sie auf solche Details achtete.

»Stimmt schon, aber es gibt auch andere Grundstücke.« Miho zeigte ihrer Schwester ein Haus in einem Vorort im Wert von zehn Millionen Yen.

»Mit Garten sind es hier 13,8 Millionen Yen. Vielleicht kann ich eines Tages so ein Häuschen kaufen?«

»Normalerweise ist es schwieriger, einen Kredit für ein renovierungsbedürftiges Haus zu bekommen.«

Miho war mal wieder beeindruckt, wie gut ihre Schwester sich mit solchen Dingen auskannte. Dann fiel ihr ein, dass Maho vor ihrer Heirat bei einer Anlageberatung gearbeitet hatte.

»Ich dachte, ich tue mein Bestes und fange einfach an zu sparen. Nach der Olympiade in Tokyo könnte es günstiger werden.«

»Du hast dir ja schon einen richtigen Plan zurechtgelegt! Da bin ich erleichtert. Du meinst es ernst«, sagte Maho lächelnd und nickte.

»Natürlich habe ich einen Plan!«

»Es hätte ja auch nur eine spontane Idee sein können. Haustiere und Häuser sind etwas fürs Leben. Eine echte Verantwortung.«

»Ja, ich weiß.«

Der Hund aus dem Tierheim war wahrscheinlich nur das letzte Steinchen gewesen, das die Gedanken zum Thema Geld und Sparen ins Rollen gebracht hatte. Eigentlich wuchsen diese Gedanken in ihr schon seit der Sache mit ihrer Kollegin Machie und der Meinungsverschiedenheit mit ihrem Freund Daiki. Der kleine Chihuahua hatte das bereits glimmende Feuer lediglich komplett entfacht.

Miho trank die zweite Tasse des Tees, den ihre Schwester aufgebrüht hatte. Sie benutzte die schöne Emaille-Teekanne.

»Also brauchst du zehn Millionen Yen?«

»Korrekt.«

»Da ein Kredit nicht in Frage kommt, musst du versuchen, so viel es geht zu sparen.«

Zehn Millionen Yen. Das schien keine ganz unrealistische Zahl zu sein. Doch Miho hatte sich nie mit einer so großen Summe beschäftigt.

»Wir versuchen auch zehn Millionen zusammenzukriegen. Für Sahos Schulgeld.«

»Was, echt? Also hast du dir auch Gedanken gemacht? Wie viel konntest du schon zurücklegen?«, rutschte es Miho heraus, bevor sie nachdenken konnte. Vielleicht gehörte es sich nicht, Maho so eine Frage zu stellen. Andererseits war sie ihre Schwester, das sollte eigentlich kein Problem sein.

»Oh, sorry. Du musst nicht die genaue Summe nennen, wenn du nicht willst.«

»Es sind jetzt etwas mehr als sechs Millionen«, sagte Maho ohne Umschweife.

»Wow!«

Das überraschte Miho. Ihr Schwager verdiente circa drei Millionen Yen im Jahr, sie hatten Saho und waren seit sechs Jahren verheiratet. Sie hätte nicht gedacht, dass sie so viel ansparen konnten.

Maho deutete Mihos ›Wow‹ offenbar falsch und begann zu erklären: »Eine Million habe ich mit in die Ehe gebracht.

Taiyo konnte keine Ersparnisse beitragen. Ich konnte daraus sechs Millionen machen, weil ich ein Drittel meiner Millionen in Investmentfonds angelegt hatte. Daher schwankt es immer ein wenig. Nur im Jahr von Sahos Geburt habe ich einen kleinen Teil davon ausgegeben. Seitdem spare ich.«

»Das war nicht abwertend gemeint! Ich meinte nur, wow, das ist eine Menge Geld. Fast eine Million pro Jahr. Wie konntest du nur so viel ansparen …?«, fragte Miho hastig und dachte, so könnte sie in zehn Jahren tatsächlich zehn Millionen Yen haben. Den Gedanken, dass sie mehr verdiente als ihr Schwager, behielt sie für sich. Auch dass sie keine Kinder oder einen Partner zu versorgen hatte, sprach sie nicht aus und schaute ausweichend auf den Tisch.

»Esst ihr die ganze Zeit nur Tofu und Sojasprossen? Hast du meinetwegen viel ausgegeben heute?«

»Nein, mach dir keine Sorgen. Ich koche zwar keine Fünf-Gänge-Menüs, gebe dafür aber nur etwa 20 000 Yen im Monat für Lebensmittel aus«, sagte Maho lachend und wie zu erwarten mit Stolz in der Stimme.

»Wie bitte?!«

Das war schon die zweite Überraschung heute. »Ich gebe zwischen 30 000 und 40 000 für Lebensmittel aus … Und das ganz alleine!«

»Gerade weil du alleine bist. Du arbeitest viel, Miho, da muss es schwierig sein, auch noch selbst zu kochen.«

»Aber wie kommt man auf so eine niedrige Summe?« Miho seufzte. »Ehrlich gesagt versuche ich bereits Geld zu sparen, aber es funktioniert nicht. Letzten Monat habe ich das mit dem Kochen probiert und mein Bestes gegeben. Beim Durchrechnen am Ende des Monats kam ich auf eine noch höhere Summe! Ich versteh einfach nicht, wieso ich immer ins Minus rutsche.«

Genauso war es. Um Geld zu sparen, hatte Miho Lebensmittel im Supermarkt gekauft. Sie hatte sogar eine neue Bento-Box aus natürlichem Zedernholz in einem Gemischtwarenladen für 8000 Yen erworben, weil sie anfangen wollte, sich Brote zu machen. Schlussendlich hatte sie die Box nur ein Mal benutzt.

Miho war es nie gelungen, die Zutaten aus dem Supermarkt vollständig zu verwerten und hatte das meiste davon am Ende wegwerfen müssen. Dann hatte sie, um Strom zu sparen, die Heizung zurückgedreht und in der Badewanne geduscht. Daraufhin hatte sie sich erkältet und musste zum Arzt gehen, der auch nicht umsonst war.

»Die Schuldgefühle, Essen übrig zu lassen, haben mich belastet, und ich habe wieder mehr auswärts gegessen. Ich war echt deprimiert, weil ich dachte, dass ich nicht in der Lage bin, für mich selbst zu kochen …«

»Wie viel Geld hast du auf deinem Sparkonto?«

»Hm, etwas über 300 000 Yen …?«

»Was?! Mehr nicht?« Maho schaute Miho ernst an. »Oje, dann müssen wir uns das Ganze genauer ansehen. Zu Beginn sollten wir deine Fixkosten überprüfen, damit wir wissen, wie viel du ausgibst.«

»Meine Fixkosten?«

»Ich meine die Summe, die du unbedingt für Dinge wie deine Miete oder dein Smartphone ausgibst.«

»Na ja, es heißt doch nicht umsonst Fixkosten … Was sollte da zu machen sein?«

»Es schadet nicht, sich seine Ausgaben für Lebensmittel und Strom anzusehen. Die Fixkosten zu kontrollieren und zu senken ist der einfachste Weg, um Geld zu sparen … Du zahlst im Moment 98 000 Yen Miete? Das ist viel. Außerdem sind die Lebensmittel in deiner Gegend auch nicht gerade günstig, oder? Moderne Supermärkte sind zwar schick, aber auch teuer.«

Miho machte sich in Gedanken Notizen. Ihre derzeitige Wohnung in Yutenji war komfortabel und gefiel ihr sehr gut. Sie war Mihos ganzer Stolz.

»Ich finde ja schon länger, du solltest wieder hier nach Jujo ziehen. Es ist näher an Shinjuku und die Miete ist auch zehn- bis zwanzigtausend Yen billiger. Was zahlst du für deinen Handyvertrag?«

»So 10 000 Yen pro Monat …?«

»Wow, das ist viel. Ich zahle nur 2000 Yen und kann so viel telefonieren, wie ich will.«

»Echt?!«

Maho hielt ihr Smartphone hoch. Es war hübsch und rosa.

»Hast du da ein Sparpaket oder so?«

»Ja, genau! Ich habe es während einer Rabattaktion geholt. Also, du könntest fast 30 000 Yen im Monat sparen, wenn du nur deine Miete verringerst und deinen Handyvertrag wechselst.«

»Hm … zurück nach Jujo?«

»Ach, so schlimm ist es hier gar nicht. Das Gemüse ist schmackhaft und günstig. Außerdem gibt es viele unabhängige Supermärkte mit Angeboten. Du könntest ab und an mal zu unseren Eltern zum Abendessen gehen und dir Reste mitnehmen.«

»Ich weiß nicht …« Miho war ausgezogen mit der Ansage, von nun an alleine und unabhängig leben zu wollen. Das wäre irgendwie ein Eingeständnis, es nicht geschafft zu haben.

»Mama und Großmama würden sich bestimmt freuen. Ich bin einmal die Woche bei Mama und kriege immer was mit. Zu Großmama gehe ich auch, dann sieht sie Saho auch öfter. Zwei Fliegen mit einer Klappe!«

»Aha.«

»Am besten ziehst du wieder ganz zu unseren Eltern. Dann sparst du nicht nur 30 000 Yen im Monat, sondern kannst alles zur Seite legen. Das wäre meine Empfehlung!«

»Ähm, ganz bestimmt nicht!«

Miho war so deprimiert von alldem, dass sie den Kopf auf den Tisch sinken ließ. Das war zu viel für sie.

***

Ihre Schwester hatte eigentlich immer recht. Miho war sich ihrer Situation bewusst.

Als Nächstes schlug Maho vor: »Wie wäre es, wenn du anfängst, 100 Yen am Tag zurückzulegen?«

Miho fühlt sich ein wenig veräppelt bei der kleinen Summe. So als traue ihr Maho nicht mehr zu.

»100 Yen lassen sich gut verschmerzen. Das ist mal hier ein Tee oder da eine Süßigkeit im Supermarkt. Wenn du das einen Monat lang durchziehst, hast du 3000 Yen zusammen. Und das könntest du dann jeden Monat in einem Investmentfonds anlegen.«

»Ein Investmentfonds? Macht man das über die Hausbank?«

»Man kann es bei der eigenen Bank machen, aber dafür braucht man ein gesondertes Konto. Dafür musst du dann auch wieder Gebühren zahlen, und die Bank macht oft nur Indexpapiere. Wenn du 3000 Yen zusammenhast, komm wieder zu mir. Ich bring dir alles Nötige bei. Und sag Bescheid, falls du so ein Konto eröffnen willst, dann kann ich eine Vermittlungsprämie bekommen. So eine ›Freunde werben Freunde‹-Aktion gibt es häufiger.«

Maho murmelte zufrieden: »Das wird ein Fest …« Und noch etwas, was Miho nicht verstand.

Miho kicherte. »Okay, dann kaufe ich auf dem Heimweg eine Spardose!«

»Dummerchen. Was für Geld willst du denn da hineintun?«

Miho konnte sich nicht erinnern, wann sie zuletzt als ›Dummerchen‹ bezeichnet worden war. Sie fand es aber nicht gemein, es erinnerte sie eher an ihre gemeinsame Zeit als Kinder.

»Ich kann ja eine billige aus dem 100-Yen-Laden holen.«

»Das machst du auch nicht. Die 100 Yen kannst du dir sparen.« Maho kramte in einem ihrer Küchenregale und zauberte eine Dose mit kleinem Deckel hervor.

»Hier, die war ein Souvenir von einem Freund aus Hawaii. Damit kannst du genauso gut sparen.«

Danach wachte Saho auf und jegliche ernsteren Themen waren vom Tisch. Miho dankte ihrer Schwester und verabschiedete sich.

Zuerst war sie ein wenig verärgert, doch jetzt hatte sie das Gefühl, sie könnte wirklich etwas ansparen.

Am nächsten Morgen vor der Arbeit gönnte Miho sich einen der neuen Frappuccinos bei der Seattle Coffee Company und dachte beim Kaffeetrinken nach. Das machte sie gerne, früh aufstehen und in der Nähe ihres Büros in diesem Café Halt machen und Pläne für den Tag schmieden. Das gab ihr Energie für alles Weitere. Meist ging sie danach noch in den Supermarkt und dann zur Arbeit.

Heute jedoch sollte es ganz anders sein. Miho hatte sich ihren Tee in einem gut isolierten To-go-Becher mitgebracht und konnte damit 150 Yen sparen. Das waren zwar noch keine zehn Millionen, aber ein Anfang. Die 150 Yen hatte sie in die provisorische Spardose von ihrer Schwester gesteckt, die sie auf dem Schreibtisch im Büro platziert hatte. Sie hatte sich noch nicht dazu durchringen können, ihre Fixkosten zu senken, wie von Maho empfohlen. Ihr Handyvertrag lief in etwa sechs Monaten aus, bis dahin war noch etwas Zeit zum Überlegen. Miho war dem Ganzen nicht völlig abgeneigt.

Wahrscheinlich werde ich den Anbieter wechseln, dachte sie sich.

Für einen süßen kleinen Hund würde sie auch ein älteres und hässlicheres Handymodell in Kauf nehmen. Doch was den Wohnort anging … Es war immer ihr Traum gewesen, im Westen Tokyos zu leben. Außerdem, welch ein Eingeständnis wäre es, wieder zu ihren Eltern oder auch nur in deren Nähe zu ziehen. Das fühlte sich an wie eine Niederlage für Miho. Sie hatte das Gefühl, nicht mehr dorthin zu passen.

Ihre Schwester erklärte: »So ein Quatsch! Jujo ist neben Akabane aktuell eine der lebenswertesten Gegenden in Tokyo!«

Miho wollte lieber über andere Optionen zum Sparen nachdenken. Das tat sie, während sie den Rest ihres Frappuccinos austrank.

Ich sollte mehr recherchieren. Ein Buch lesen oder ein Seminar besuchen. Bis jetzt habe ich ja nur mit meiner Schwester darüber gesprochen. Sie hat mich auf viele verschiedene Ideen gebracht, und jetzt sollte ich mir vielleicht lieber genauen Rat bei einem Experten einholen, grübelte Miho weiter.

Mittlerweile war der Frappuccino durch die Eiswürfel so dünnflüssig geworden, dass er kaum noch nach einem Frappuccino schmeckte. Miho fiel plötzlich auf, dass sie ihn nie schnell genug trank, damit er am Ende nicht wie wässriger süßer Kaffee schmeckte. Ihr wurde klar, dass genau das Verschwendung war. Sie überprüfte den Preis erneut. Der günstigste Frappuccino kostete 420 Yen (ohne Steuer), ein einfacher Eiskaffee kostete 280 Yen (ohne Steuer) und einer aus dem Supermarkt lag bei 100 Yen.

Miho war überrascht, denn sie hatte nicht vermutet, dass es bei Kaffee so große Preisunterschiede gab. Sie dachte immer, ob 100 Yen mehr oder weniger, was machte das schon aus.

Aber mit dem neuen Ziel, jeden Tag 100 Yen zu sparen, sah die Sache ganz anders aus.

Ganz auf Cafébesuche möchte ich nicht verzichten, dachte sich Miho und fügte laut hinzu: »Ach, dieses Mal ist es noch in Ordnung. Beim nächsten Mal ändere ich etwas.«

***

»Ist hier noch frei?«

Ein leger gekleideter Mann, offenbar ein Student, blickte auf. Sie zeigte fragend auf den Platz neben ihm.

»Oh, ja klar.«

Fast alle Plätze im Veranstaltungssaal waren schon belegt.

Beim Abstellen ihrer Tasche stellte sie fest, dass der Mann recht jung, aber nicht sonderlich attraktiv war.

Heute fand das Spar-Seminar von Suko Kurofune statt, einer erfolgreichen Spar- und Finanzberaterin und Autorin von ›8 x 12 – Eine magische Zahl‹. Miho hatte sie zufällig im Fernsehen gesehen und mit ihrem Smartphone weitere Infos zum beworbenen Seminar gesucht. Es wurde anlässlich ihrer Buchveröffentlichung gehalten und die Seminargebühr betrug 3000 Yen. Das Buch hatte Miho noch nicht gelesen. Ihr gefiel aber der Untertitel: ›Gewidmet den Männern und Frauen zwischen zwanzig und vierzig. Insbesondere für Geschäftsleute und Studenten‹.

Das passte viel besser zu Miho als ein Hausfrauen-Seminar zum Thema Geldsparen.

Nach einer kurzen Einführung durch einen Moderator erschien Suko Kurofune mit energischen Schritten auf der Bühne. Sie war eine rundliche Frau und musste im gleichen Alter wie Mihos Mutter sein. Sie sah etwas dicker aus als im Fernsehen. Das war unüblich, denn sonst sahen Menschen, die man aus dem Fernsehen kannte, in echt eher dünner aus.

»Ich will, dass Sie sich das hier als Erstes einprägen!«

Ohne Begrüßung stieg Suko Kurofune direkt ein und schrieb große Zahlen auf eine Tafel.

8 x 12. Acht mal zwölf.

›War das nicht der Buchtitel?‹, dachte Miho bei sich.

»Das ist alles, was Sie heute hier mitnehmen müssen. Merken Sie es sich gut! Diese Zahlen sollen sich in Ihr Gehirn einbrennen. Wie viel ist 8 x 12?«

Jemand aus dem Publikum rief: »Sechsundneunzig!«

»Ja. Richtig. Wir werden jeden Monat 80 000 Yen ansparen, plus 20 000 Yen aus dem Jahresbonus. Das klingt wie ein Wunder, nicht? So schaffen Sie es, in einem Jahr eine Million Yen zu sparen! Wenn Sie eine Million Yen pro Jahr sparen, sind Sie bei Renteneintritt mit sechzig Jahren schon bei 30 Millionen, wenn Sie in Ihren Dreißigern anfangen. Und bei 40 Millionen, wenn Sie schon in Ihren Zwanzigern anfangen. Wenn Sie diese Summen dann zu einem Zinssatz von drei Prozent anlegen können, erzielen Sie nochmals 49 Millionen beziehungsweise 77,6 Millionen Yen, ohne Steuer! Für Ihren Lebensabend ist dann gesorgt!«

Ein Raunen ging durch die Menge, das weder Lachen noch Zustimmung war.

»Oh, Sie dachten gerade ›Das ist unmöglich!‹, nicht wahr? Ganz bestimmt, das ist immer die erste Reaktion.«

Nun musste Miho wirklich nicken und lachen. Aus den Augenwinkeln sah sie den jungen Mann neben sich ebenfalls kichern.

»Sie stehen jetzt alle unter meinem Bann. Wenn Sie diese Zahl einmal gesehen haben, denken Sie ab sofort immer an meine 80 000. Und wenn Sie diese Zahl verinnerlicht haben, können Sie jeden Monat 80 000 Yen sparen. Auch wenn Sie es nicht auf Anhieb schaffen, versuchen Sie es! Versuchen Sie so nah wie möglich an die Zahl heranzukommen. Denn wenn Sie 80 000 im Monat zur Seite legen, können Sie ganz beruhigt Ihr restliches Geld ausgeben. Egal wofür! Ihren Jahresbonus ebenfalls, bis auf 20 000 davon.«

Es herrschte einen Moment lang Stille, bis das ganze Publikum in Lachen ausbrach. Denn Suko Kurofune hatte die Arme ausgebreitet und den Schluss wie eine Opernsängerin vorgetragen. Aber es lachte sie niemand aus. Es war ein warmes und herzliches Lachen. Während Miho glucksend einstimmte, trafen sich ihre Augen mit denen des Jungen neben ihr. Dieser nickte ihr grinsend zu.

»Sie alle haben heute sehr sinnvoll 3000 Yen investiert.

Jetzt lassen Sie uns gemeinsam herausfinden, wie Sie 80 000 Yen im Monat sparen können. Zunächst schauen wir uns die Fixkosten an.«

»Wie?!«, entschlüpfte es Miho. Sie hatte ein Déjà-vu. Nach diesem herzhaften Lacher konnte Miho es wohl nicht mehr leugnen.

›Schwesterherz, du machst alles richtig‹, dachte sie sich und öffnete ihr Notizbuch. Sie war sich nicht sicher, wie gut sie die Ratschläge umsetzen konnte, schrieb aber alles mit, wie eine fleißige Schülerin.

## Kapitel 2
# Mit 73 zur Berufsberatung?!

Kotoko Mikuriya genoss gerade eine fünfzehnminütige Ganzkörpermassage in ihrem modernen elektrischen Massagesessel. Sie blätterte in der Zeitung und hörte dabei das leise Surren des Sessels, als sie fast vor Schreck von ebendiesem rutschte.

›Mango Bank – Rentenbonus-Aktion! Sonderzins von zwei Prozent jährlich (nach Steuern)‹, las sie.

Die Lehne ihres Sessels war so weit nach hinten eingestellt, dass er eher einer Liege glich und sie sich nur mit Mühe in eine sitzende Position vorschieben konnte.

»Brille, wo ist die Brille«, murmelte sie, den Blick auf die Zeitung geheftet, während sie wie in einem Comedy-Sketch blind danach suchte. Ihre Brille lag wie immer direkt neben ihr auf dem Tisch. Nachdem sie diese endlich auf ihre Nase gesetzt hatte, las sie das Kleingedruckte der Anzeige langsam und mit großer Sorgfalt durch.

»Mal sehen … Mango Bank … Rentenbonusaktion … Sonderzins … zwei Prozent Jahreszins. Nur Rentner und Ehepartner über sechzig sind antragsberechtigt. Aber …«

Es gab immer einen Haken und der stand jedes Mal im Kleingedruckten ganz unten. Doch als kluge Verbraucherin las Kotoko natürlich auch diesen Teil.

Die winzige Schrift, nicht größer als ein Stecknadelkopf, war viel, viel kleiner als alles andere, was in der Zeitung stand. Für alte Augen war sie besonders schwer zu lesen, fast so, als ob sie sagen wollten: ›Versucht es gar nicht erst, was hier steht wird euch nicht gefallen!‹ Genau aus diesem Grund hielt Kotoko ihre Brille beim Zeitung lesen stets griffbereit.

»›Für Einlagen von mindestens zehn Millionen Yen, die länger als drei Monate angelegt sind, gibt es in den ersten drei Monaten zwei Prozent Zinsen, danach beträgt der Zinssatz 0,01 Prozent …‹ Na ja, das wäre immerhin etwas, oder?«, sagte sie zu sich selbst.

So funktionierten Aktionen wie diese. Sie lockten Kunden an, indem sie mit anfangs hohen Zinssätzen warben, die dann nach einem bis sechs Monaten auf das Niveau des üblichen Festgeldes sanken. Dennoch waren 0,01 Prozent besser als bei manch anderen Banken. Der durchschnittliche Zinssatz für einfache Sparkonten bei städtischen Banken lag bei 0,001 Prozent.

»Lächerlich«, kommentierte Kotoko zum Schluss.

›Jetzt, wo sich die Wirtschaft ein wenig erholt, müssen die Banken mit 0,001 Prozent ein Vermögen machen‹, dachte sie.

Aber es hatte keinen Sinn, die Bank ins Visier zu nehmen. »Zehn Millionen Yen für drei Monate, bei zwei Prozent, das wären … 50 000 Yen Zinsen?«

Kotoko erhob sich von ihrem Stuhl, ging in die Küche, holte einen großen, abgenutzten Rechenschieber aus einer Schublade und rechnete fix nach. Sie war nach der Schule Verkäuferin in einem Kaufhaus in Ginza gewesen und konnte mit dem Schieber viel schneller rechnen als mit einem herkömmlichen Taschenrechner.

»Ha! Zehn Millionen Yen für drei Monate ergeben

49 998 Yen … Nach Abzug der Steuern sind das 39 546 Yen. So viel Zinsen könnte ich verdienen«, rief sie laut.

Kotoko nahm ihr Smartphone in die Hand, das sie schon drei Jahre in Benutzung hatte, um etwas über die Mango Bank herauszufinden.

»Der Name ›Mango‹ ist nicht sehr vertrauenserweckend, aber das gilt auch für die Tomato Bank. Wie kommen die nur auf diese dummen Namen?«, murmelte sie.

Wie sich herausstellte, hatte die Mango Bank ihren Sitz in der Präfektur Miyazaki, unten in Kyushu, und bis vor zehn Jahren hatte sie den weitaus seriöseren Namen Miyazaki Bank of Commerce and Industry getragen.

Regionale Banken wie diese führten oft große Hochzinsaktionen durch. Man brauchte nur anzurufen und die Zusendung des Informationspakets anzufordern, die Formulare auszufüllen, ein Konto zu eröffnen und das Geld einzuzahlen – man musste nicht mal mehr zu den Bankfilialen fahren. Natürlich wollten sie so an die wertvollen Sparguthaben der Senioren herankommen. Vor einigen Jahren hatte es eine ganze Reihe solcher »Kampagnen« gegeben, bei denen einige Banken sogar »garantierte fünf Prozent Zinsen« versprachen und sich anmaßten, unaufgefordert Sparmodelle für die Verwaltung von Kotokos Geldsummen zu entwerfen. Das Land befand sich damals unter der Regierung der Demokratischen Partei Japans in einer tiefen Rezession, und es war eine Ära der Deflation: Aktien waren billig, der Yen stand günstig, und da es keine nennenswerte Möglichkeit gab, ihr Geld anzulegen, war Kotoko kurzzeitig sogar in Versuchung geraten.

Zum Glück hatte ihre Enkelin Maho, die früher für ein Wertpapier-Unternehmen arbeitete, sie stoppen können, bevor sie über den Tisch gezogen wurde.

»Oma, lass es! Ich weiß, dass sie dir garantieren, dass du dein Geld plus fünf Prozent zurückbekommst, aber es steht nirgends, wie lange sie dafür Zeit haben. Sie könnten dich warten lassen, bis du stirbst. Wenn ihr Kapital gekürzt wird, übernehmen sie keine Verantwortung. Und du stehst dann quasi im Regen. Das ist praktisch Betrug.« Maho war sehr wütend gewesen. »Es ist zwar eine namhafte Firma, aber sie sind skrupellos.«

Danach hatte sich die Wirtschaft unter Abenomics, der Wirtschaftspolitik der nächsten Regierung, jedoch verbessert, so dass sie die fünf Prozent vielleicht doch noch erreicht hätte. Wäre dies der Fall gewesen, hätten sich die Leute in der Bank zweifellos aufgeplustert und weitere Investitionsmöglichkeiten empfohlen – natürlich mit völlig unschuldigem Gesichtsausdruck. Aber letztendlich funktionierte das System zugunsten der Bank.

Kotoko hatte danach keine Lust mehr gehabt, zu investieren. Dann hatte ihr ein Freund ins Ohr geflüstert, dass es eine Möglichkeit gäbe, etwas Taschengeld zu verdienen und ihre Ersparnisse zu vermehren. Dabei handelte es sich nicht um eine Investition, sondern um eine clevere Nutzung der hochverzinslichen Produkte, die die Banken inzwischen gezielt für Senioren und deren Altersvorsorgeprämien anboten. Die Idee war, Banken wie Mango zu finden, die für kurze Zeit hohe Zinssätze vergaben, und das Geld von einer Bank zur anderen zu transferieren.

Als Kotoko Maho um Rat gefragt hatte, hatte ihre Enkelin die Prospekte sorgfältig durchgelesen und schließlich zugestimmt. »Das ist vielleicht in Ordnung«, sagte sie, »Aber ich bin neidisch, Oma. Man sieht nie, dass Banken jungen Leuten diesen Zinssatz anbieten. Und wir sind diejenigen, die hohe Zinsen brauchen, um für unsere Zukunft zu sparen!«

Sosehr Kotoko ihre Enkelin auch liebte und ihren Rat schätzte, hatte sie doch zu jedem Mittel gegriffen, das sich ihr bot. Man konnte es vielleicht nicht direkt als Ausbeutung bezeichnen, aber die Banken hatten es auf die Senioren abgesehen, und Kotoko war der Meinung gewesen, dass sie genauso gerissen sein musste. Außerdem wäre es eine Schande gewesen, das Vermögen, das ihr Mann in seinem Job in einer Handelsfirma hart erarbeitet und ihr hinterlassen hatte, nicht zu nutzen.

Er war vor fünf Jahren an Lungenkrebs gestorben, obwohl er in seinen Zwanzigern nur eine kurze Zeit geraucht hatte. Allerdings war er so gut wie nie zur Vorsorgeuntersuchung gegangen, und als er wegen eines schlimmen Hustens zum Arzt gegangen war, befand sich der Krebs bereits im vierten Stadium und hatte seine Lymphdrüsen befallen.

Kotoko hatte es anfangs nervenaufreibend gefunden, eine Summe von zehn Millionen Yen verwalten zu müssen. Sobald sie sich jedoch daran gewöhnt hatte, war es ein Kinderspiel. Wenn eine Bank in erreichbarer Nähe war, stopfte sie das ganze Geld in einen Wanderrucksack, um es einzuzahlen. So war sie zu allen möglichen Banken gegangen. Es war keine große Sache gewesen, dies einmal im Monat oder alle drei Monate zu tun. Und obwohl sie viele Formulare ausfüllen musste, machte sie es trotzdem. An Zeit fehlte es ihr schließlich nicht.

»Machst du dir keine Sorgen, was die Bankangestellten denken, wenn du das Geld von einem Ort zum anderen verschiebst?«, hatte Maho neckend gefragt. Bankangestellten wurde traditionell großer Respekt entgegengebracht. Aber Kotoko hatte sich angewöhnt, alle Bedenken und Höflichkeiten zu ignorieren. Auch was sie denken könnten, war ihr egal.

Ihr Ziel war es, von den Zinserträgen einen Massagesessel zu kaufen. Und vor einem Jahr, nachdem sie drei Jahre lang darauf hingearbeitet hatte, war ihr Wunsch endlich in Erfüllung gegangen. Sie hatte mehr als 400 000 Yen für das neueste Modell gezahlt. Es konnte ihr eine Ganzkörpermassage vom Nacken bis zu den Zehenspitzen geben, gründlich, aber ohne durch Überstimulation Schmerzen zu verursachen. Ihr größtes Vergnügen im Leben war es jetzt, jeden Morgen darin zu liegen und die Zeitung von vorne bis hinten durchzublättern.

Aber vielleicht ging es mit der Wirtschaft genau deshalb bergab. Nicht wegen des Massagesessels, sondern weil mehrere Leute die gleiche Taktik wie Kotoko angewandt hatten. Was auch immer der Grund sein mochte, seit vergangenem Jahr waren solche Aktionen so gut wie verschwunden. Diese Mango-Bank-Werbung war die erste große Kampagne seit Langem.

Das war eine Chance. Und doch …

Kotoko las sich das Kleingedruckte durch, dann legte sie die Zeitung abrupt zur Seite. Ich habe schon meinen Stuhl, dachte sie. Ihr fiel nichts ein, wonach sie sich sehnte. Zugegeben, nichts zu wollen war an sich schon ein Luxus, und dafür war sie dankbar, aber …

Es gab eine Zeit, da hatte sie sich immer etwas gewünscht. Als ihre Söhne klein waren, liebten sie die kleinen Plastikflaschen des probiotischen Yakult-Getränks, das damals neu auf dem Markt war. Heutzutage kosteten sie im Supermarkt nicht mehr als jedes andere vergleichbare Produkt, aber damals waren sie so teuer, dass Kotoko sie sich nicht leisten konnte. Doch der Freude auf den Gesichtern ihrer Söhne konnte sie nicht widerstehen, und da sie gehört hatte, dass

Yakult gut für die Gesundheit sei, hatte sie auf Mahlzeiten verzichtet, um sie für die Kleinen zu kaufen.

Die Familie war nicht arm gewesen, bei Weitem nicht. Sie lebten komfortabel und alle anderen um sie herum befanden sich mehr oder weniger in einer ähnlichen finanziellen Lage. Aber trotzdem hatten sie damals kein Geld zum Verschwenden!

Kotokos Gedanken kehrten mit einem Ruck in die Gegenwart zurück. Wenn sie etwas aus dieser Aktion herausholen wollte, musste sie bei der Bank anrufen, um die Unterlagen anzufordern, die Formulare ausfüllen und sie zurückschicken. Dann würde sie zu der Bank gehen, bei der das Geld derzeit angelegt war, und weitere Formulare ausfüllen, um eine große Summe Bargeld abzuheben. Es schien irgendwie seltsam, dass sie nur ein bisschen Geld hin- und herschieben musste, um fast 40 000 Yen an Zinsen zu erhalten. Doch dann hatte sich auf einmal alles mühsam angefühlt. Mit dem Traum vom Massagesessel hatte sie immer ein genaues Ziel vor Augen gehabt. Sie hatte Spaß dabei gehabt, mehrere Konten zu verwalten und den Überblick zu behalten … Aber nun?

Doch das war nicht der einzige Grund gewesen, aus dem Kotoko sich nicht hatte aufraffen können, die zehn Millionen Yen zu verschieben. Etwas Unvorhergesehenes war dazwischengekommen.

Als ihr Mann starb, hinterließ er seine Rente und ein Sparbuch mit einigen Millionen Yen darauf. Die Rente, von der sie gelebt hatten, wurde jedoch nach seinem Tod halbiert und Kotoko musste das Sparkonto von Zeit zu Zeit anzapfen. Bald waren nur noch ein paar Hunderttausend Yen auf dem Konto.

Das schien damals genau der richtige Zeitpunkt, um ihre Ersparnisse aufzustocken. Aber wenn sie das tat, würde es mindestens drei Monate dauern, bis sie aus ihrer Geldanlage etwas zurückerhielt, und wenn in der Zwischenzeit eine unerwartete Ausgabe anstand, würde sie mit ihren Finanzen ins Schwimmen kommen.

Mehrere Millionen Yen waren ihr einmal wie eine übermäßig große Summe vorgekommen, und sie konnte nicht glauben, wie schnell sie geschrumpft war. Umso mehr beruhigte sie der Gedanke an einen Pauschalbetrag von zehn Millionen Yen. Er war für den Fall da, dass sie in eine Pflegeeinrichtung gehen oder ihr eigenes Haus für die häusliche Pflege renovieren musste, aber der Gedanke daran, dass sie ihn womöglich für andere Dinge aufbrauchen müsste, machte sie nervös. Diese Sorge war ihr seit dem letzten Jahr, als sie angefangen hatte darüber nachzudenken, ständig durch den Kopf gegangen. Sie hatte sich immer wieder geärgert und war zornig auf sich selbst gewesen, aber da keine Lösung in Sicht war, hatte sie beschlossen, sich nicht mehr damit zu befassen. Der Anblick der Werbekampagne der Mango Bank löste in Kotoko jedoch wieder genau diese Ängste aus und sie hatte erneut das Gefühl, am Abgrund zu stehen.

***

»Ihr Problem würde mich nicht stören«, sagte Yasuo Komori mit einem herzhaften Lachen, als Kotoko ihm von der Rentenbonuskampagne erzählte – ohne den Teil, dass ihre Rente nicht zum Leben reichte.

»Ich frage mich, ob Sie die Kampagne nutzen würden.«

»Wenn ich die Chance hätte, 40 000 Yen zu verdienen, würde ich das sofort tun. Ich kann problemlos von einer Million Yen im Jahr leben, also wären 40 000 Yen die Lebenshaltungskosten für zwei Wochen. Damit könnte ich einen Monat länger reisen. Bangkok ist um diese Jahreszeit sehr schön, aber den Berg Khao zu besteigen ist nicht mehr so günstig. Oder ich könnte nach Malaysia gehen – mich in Malakka oder irgendwo da in der Nähe zurückziehen. Andererseits ist es auch nicht schlecht, zu Hause rumzuhängen und zu lesen.« Yasuos sonnengebräuntes Gesicht verbreiterte sich zu einem Lächeln.

Er war viel jünger als Kotoko, aber sie hatten sich angefreundet, nachdem sie sich im letzten November in einem größeren Gartencenter kennengelernt hatten. Kotoko hatte damals über einer großen Kiste mit Viola-Setzlingen gegrübelt, die zum Preis von 600 Yen pro Stück angeboten wurden. Die Kiste enthielt dreißig Setzlinge, also 20 Yen pro Pflanze – ein unglaubliches Schnäppchen. Der Laden hatte offensichtlich zu viele Pflanzen auf Lager und war nicht in der Lage, sie alle abzuverkaufen. Die Pflanzen sahen nicht mehr so gut aus und waren wahrscheinlich fast nichts mehr wert, also konnte der Laden auf diese Weise seine Verluste begrenzen.

Kotoko hatte sich hingehockt und sorgfältig den Zustand der einzelnen Setzlinge untersucht. Einige hatten keine Blüten oder waren ganz braun und schlaff. An manchen hingen die Blüten gerade noch so dran, während andere lange Stiele hatten und in voller Blüte standen, aber ihre Blütezeit noch nicht hinter sich hatten. Jeder, der sich ein wenig mit dem Gärtnern beschäftigte, konnte das leicht erkennen. Dies ist eine vorübergehende Form der Viola. Wenn man sie in reichhaltige Erde umpflanzt, die langen Stiele und verwelkten Blüten abschneidet und sie düngt, werden sie bald wieder aufblühen. Eine nach der anderen. Es war erst November. Sie könnte sie von jetzt an bis zu den Feiertagen im Mai genießen. Dreißig Pflanzen sind wirklich eine Menge. Kotoko, die den ganzen Weg hierher mit einem Elektrofahrrad gekommen war, konnte sie nicht tragen oder transportieren. Und zu guter Letzt hatte sie keinen Platz, um sie in ihrem Garten anzupflanzen. Vielleicht könnte sie fünfzehn Pflanzen … fing sie an zu grübeln.

Wenn Kotoko sie alle zusammen in den Raum neben der Eingangstür stellen würde, würden sie in weniger als einem Monat blühen und einen schönen Hingucker abgeben.

Für nur 300 Yen … Was sie am meisten erschreckte, war die Tatsache, dass diese Setzlinge, wenn Kotoko sie nicht kaufte, wahrscheinlich als unverkäuflich entsorgt werden würden. Wenn sie daran dachte, spürte Kotoko sogar einen traurigen, herzzerreißenden Schmerz in ihrer Brust.

»Oh! Das ist aber günstig.«

Die Stimme eines jungen Mannes holte Kotoko zurück ins Hier und Jetzt. Sie drehte sich um und sah schräg hinter sich einen braungebrannten jungen Mann mit einem netten Lächeln stehen. Er sah zu ihr hinunter und sie stand eilig auf.

»Sie sind gerade echt billig. Ich würde auch gerne ein paar mit nach Hause nehmen, aber so viele brauche ich nicht.«

»Das Gefühl kenne ich«, antwortete Kotoko widerwillig. Sie war Fremden gegenüber immer recht misstrauisch. Er war ein Mann mittleren Alters, der allein lebte und offenbar über ein gewisses Vermögen verfügte. Aber man konnte ja nie wissen, wen man vor sich hatte. Im Fernsehen, in Zeitungen und in den Zeitschriften, die man manchmal in der Bibliothek lesen konnte, gab es viele Gruselgeschichten von Belästigungen, auch wenn ihr dies in diesem Fall sehr abwegig erschien.

Kotoko wurde nur durch die Tatsache beruhigt, dass sie

sich in einer Gärtnerei befanden, und durch die Freude darüber, dass jemand anders das Gleiche dachte wie sie.

Sein Lächeln, das zwar nicht schön, aber sehr angenehm und irgendwie aufgeschlossen war, beruhigte sie ebenfalls.

»Ich bin zuversichtlich, dass er sich erholen wird, wenn ich ihn nach Hause bringe …« Er hockte sich wieder hin und berührte den Setzling vorsichtig.

»Die Wurzeln sehen völlig in Ordnung aus.«

Kotoko freute sich immer, wenn sie über Gartenarbeit sprechen konnte.

»Wenn man ihn umpflanzt und herausnimmt, wird er im Handumdrehen wieder zum Leben erwachen.«

»Ja, ich weiß. Aber ich kann sie auch nicht alle in meinem Garten anpflanzen. Ich habe den größten Teil des Gartens vor einem Monat bepflanzt, als der Preis noch 80 Yen pro Setzling betrug. Es gibt noch etwas Platz, aber nicht für 30 Stück.«

»Aber 80 Yen sind immer noch billig. Als der Preis von 150 Yen auf 100 Yen fiel, konnte ich nicht widerstehen und habe sie gekauft.«

»100 Yen ist viel zu früh, um zuzuschlagen.«

»Aber wissen Sie, ich wollte früh anpflanzen und die Violen im Frühherbst blühen sehen.«

»Ich weiß, wie Sie sich fühlen. Wenn ich das Geld hätte, würde ich sie auch kaufen«, sagte er und legte seine Hand sanft auf die sterbenden Blumen.

»Ich frage mich, ob sie weggeworfen werden, wenn sie niemand kauft …«

In diesem Moment kamen die Worte »Wollen Sie sie aufteilen?« wie aus der Pistole geschossen aus seinem Mund. Kotoko konnte nicht anders, als ihn anzusehen und zu lachen.

»Ja, lassen Sie uns halbe-halbe machen.«

Bei einer Summe von 600 Yen hatte Kotoko etwas mehr zahlen wollen als er, aber Yasuo lehnte entschieden ab. Schon nach wenigen Worten war klar, dass er doch nicht so viel Geld zu haben schien. Dennoch hatte sie einen guten Eindruck von ihm und fand, dass er nicht mit Geld geizte, denn er war bereit, die Rechnung mit ihr fair zu teilen.

Während sie die Rechnung bezahlten und die Setzlinge aufteilten, erzählte er ihr, dass er in einem kleinen, alten Haus mit einem Garten in der Nähe der Jujo-Einkaufsstraße wohnte, auf der gegenüberliegenden Seite von Kotokos Haus.

Er sagte, er wäre mit dem Motorrad da, und bot ihr an, die Setzlinge zu ihr nach Hause zu bringen, aber wie zu erwarten lehnte die alte Dame das ab.

Damals wusste sie noch nicht, wer er war, und sie fragte sich, ob er Ehemann und Vater eines kleinen Kindes war und deshalb kein Geld hatte. Sie hatte angenommen, dass er vielleicht wie Mahos Mann im Schichtdienst arbeitete, da er tagsüber Zeit zum Einkaufen hatte.

Danach sahen sie sich ab und zu, im gleichen Gartencenter und in der Jujo-Einkaufsstraße. Sobald er ihr Gesicht erkannte, war es seltsam, wenn sie aneinander vorbeigingen. Wann immer er Kotoko erblickte, ging er lächelnd auf sie zu, als träfe er einen alten Bekannten oder eine alte Geliebte.

Er fragte dann solche Sachen wie: »Hallo Viola, wie ist es gelaufen? Meine stehen schon in voller Blüte«, »Es war kalt in letzter Zeit, nicht?« oder »Kann ich die Violen vor Jahresende noch einmal zurückschneiden?«.

Im Frühjahr fragte er Kotoko, ob sie mit ihm eine Tasse Tee trinken wolle. Sie befürchtete, er könnte versuchen, sie für eine religiöse Gruppe oder so etwas zu gewinnen. Also sagte

Kotoko Nein zu einem Treffen zu Hause und sie gingen zusammen in ein günstiges Café.

Dort erfuhr Kotoko, dass er nicht verheiratet war, geschweige denn Kinder hatte, dass er keiner geregelten Arbeit nachging und dass er die Hälfte des Jahres nicht zu Hause war, weil er entweder ins Ausland reiste oder als Saisonarbeiter unterwegs war. Bei seinem Haus handelte es sich um das fünfzig Jahre alte Haus seiner Großmutter, das er vorübergehend verwaltete, weil dort niemand mehr wohnte. Außerdem nannte er sich selbst »Omas Liebling«.

»Ich habe zwar kein Geld, aber meine Oma hat ihren Garten immer gehegt und gepflegt, sodass ich ihn wenigstens etwas auf Vordermann bringen wollte.« Mit diesen Worten hatte er Kotokos Vertrauen gewonnen.

Heute kam Yasuo vorbei, um die Schlüssel für sein Haus abzugeben, bevor er für eine Weile ins Ausland ging. Während seiner Abwesenheit würde Kotoko die Blumen im Garten gießen und das Haus ein wenig durchfegen. Bis zum letzten Jahr hatte er immer eine Nachbarin um diesen Gefallen gebeten. Doch nachdem die Nachbarin diesen Herbst zusammengebrochen und zu ihrer Tochter nach Yokohama gezogen war, hatte Kotoko diese Aufgabe übernommen.

»Oma, so einen Mann kannst du nicht in deinem Haus haben.«

Als Kotoko ihrer Enkelin von Yasuo erzählte, verschärfte sich Mahos Blick.

»Er könnte ein Dieb oder Einbrecher sein.«

»Ich habe doch einen Zweitschlüssel zu seinem Haus.«

»Das könnte eine Falle sein, damit du dich sicher fühlst, verstehst du?«

»Nun ja, aber …«

»Er hat nicht einmal einen richtigen Job, oder?«

Es stimmte, Yasuo hatte keinen festen Job.

Nachdem Kotoko öfter mit ihm darüber gesprochen hatte, festigte sich jedoch ihre Überzeugung, dass sein Charakter und seine Seriosität deshalb in Frage gestellt wurden, weil er keine reguläre Arbeit hatte. Bei seiner Teilzeitarbeit handelte es sich offenbar hauptsächlich um Saisonarbeit in Okinawa und Hokkaido. Yasuo schien sich überall schnell einzufügen und die Arbeiten zügig zu lernen. Er kümmerte sich um ältere Menschen und hörte allen zu. Deshalb konnte er ein solches Wanderleben führen.

Außerdem kam sie im Vorbeigehen mit den Nachbarn ins Gespräch, die sie ebenfalls baten, nach Yasuos Haus zu sehen. Über die Schwätzchen mit den Nachbarn fand sie heraus, dass alles, was Yasuo über seine Hintergrundgeschichte und seinen derzeitigen Lebenswandel erzählt hatte, stimmte. Jedenfalls vertraute Kotoko ihm jetzt und gewann ihn sehr lieb.

»Ich bin Ihnen zu Dank verpflichtet! Auf meinen Reisen kaufe ich ein paar Souvenirs für Sie. Außerdem stehen die grünen Erbsen und Zuckererbsen kurz vor der Ernte, also pflücken und essen Sie sie nach Lust und Laune«, sagte Yasuo.

»Ich werde sie nicht verkommen lassen.«

Zu dieser Jahreszeit war nur wenige Bewässerung erforderlich. Da die Pflanzen direkt in den Boden gepflanzt waren war einmal pro Woche völlig ausreichend. Natürlich hatte Kotoko als Rentnerin viel Zeit, sodass auch häufigeres Gießen kein Problem für sie gewesen wäre.

Kotoko sprach dann unbeabsichtigt über die Aktionskampagne der Mango Bank und deren Zinssätze.

»Diese Art von leicht verdientem Geld ist für mich ein wahr gewordener Traum.« Sie bedauerte ihre Worte einen

Moment lang und dachte, dass sie vielleicht nichts hätte sagen sollen, das einen Hinweis auf den Betrag ihrer Ersparnisse gab.

Aber Yasuo schien Kotokos Sorge nicht zu bemerken und lachte mit entspannter und großherziger Miene.

»Es ist keine große Summe. Jeder in meinem Alter hat diese Summe übrig.«

»Ist das so? Als meine Großmutter starb, kamen alte 10 000-Yen- und 100-Yen-Scheine aus dem Altar. Ich glaube, meine Großmutter dachte, sie wären wertvoll. Das war alles, was sie hatte.«

»Sie haben ein Haus, nicht wahr?«

»Das alte Haus taugt nur als Brennholz, um Wasser für die Bäder aufzukochen.«

»Sagen Sie doch nicht so was. Ich kümmere mich nicht um die Qualität, aber es ist immer noch Land in Jujo.«

»Es ist vielleicht nicht mehr so hochpreisig wie zu Zeiten der Bubble-Phase, aber ich bin sicher, dass es immer noch einen gewissen Wert hat.«

»Ist das so? Haben Sie, Kotoko-san, all dieses Geld angehäuft, indem Sie das angewendet haben, was Sie die Kunst des Sparens nennen?«

Da sie nicht zu viel über ihr eigenes Geld sprechen wollte, schüttelte Kotoko den Kopf.

»Es ist nicht so besonders oder beeindruckend, wie es jetzt vielleicht klingt. Die Zeiten waren gut zu uns.«

»Sie meinen die Hochkonjunkturphase nach dem Krieg und die Bubble-Phase Ende der 1980er Jahre?«

»Das ist ein Grund, ja, aber als wir anfingen zu arbeiten, lag das Anfangsgehalt bei etwa 10 000 Yen. Als wir dann in den Ruhestand gingen, war das Geld etwa fünfzigmal mehr wert, nicht wahr? Das ist die Art dieses wundersamen Wirtschaftswachstums, deshalb ist meine Generation so weit gekommen, und das mit weniger Startkapital.«

Selbst wenn Kotoko es versuchte, konnte sie nicht aufhören, über solche Dinge zu philosophieren. Es war ja auch kein Tabuthema. Auch in der Zeitung oder im Fernsehen gab es immer wieder Berichte dazu.

»Mir tun die jungen Leute von heute leid, die nicht mehr die Starthilfe von damals haben«, murmelte sie mit leiser Stimme.

»Ich habe immer nur ein Kakeibo geführt, weil meine Mutter es mir so beigebracht hat. Das ist alles, was ich je gemacht habe.«

»Ein Kakeibo? Davon habe ich noch nie in meinem Leben gehört …«, sagte Yasuo in einem ungläubigen Ton.

»Meine Mutter wurde 1924 geboren. Kakeibo, also Haushaltsbücher, erschienen erstmals im Jahr 1900, dem Jahr des Russisch-Japanischen Krieges, in den damaligen Frauenzeitschriften.« Dieser junge Mann interessiert sich sicher nicht für solche alten Kamellen, dachte sie sich. Aber er tat immer noch so, als würde er ihr zuhören, und er ließ keine Chance aus, nachzufragen. Kotoko war der Meinung, dass diese Art von Persönlichkeit bei Menschen nur angeboren sein konnte.

Im Gespräch mit Yasuo Komori war Kotoko klar geworden, dass es schwierig war, bei der Beantragung einer solchen Zinsaktion die richtige Entscheidung zu treffen. Wenn man ein hochverzinsliches Produkt von einer Ruhestandsaktion beantragen wollte, sollte man das lieber früher als später tun. Man musste zuerst bei der Bank anrufen und die Unterlagen bestellen. Und zwar so schnell wie möglich bei der Bank, bei der Kotoko derzeit ihr Altersguthaben einzahlte. Wie Yasuo gesagt hatte, könnte sie die Zinsen sicher für ihren Lebensunterhalt verwenden.

Kotoko dachte ständig darüber nach, aber richtig aufraffen konnte sie sich nicht. Früher hätte sie solche Aufgaben sofort erledigt. Heute lag sie einfach in ihrem Massagesessel und döste vor sich hin.

Als sie jedoch ernsthafter darüber nachdachte, fühlte sie sich stark mit ihrer derzeitigen Situation konfrontiert, dass ihre Rente nicht ausreichte und sie nicht ausreichend Geld zur Verfügung hatte. Kotoko stieß einen lauten Seufzer aus.

»Oh, der ist sogar für mich tief gewesen …«, sagte sie, dem Seufzer in ihrem Körper nachspürend.

Kotoko erhob sich mit großem Elan von ihrem Sessel und dachte, dass es gerade in solchen Zeiten wichtig war, ihr Budget sorgfältig im Blick zu behalten und über ihr Kakeibo nachzudenken.

Nachdem ihr Mann nach sechzig Jahren aus dem Handelsunternehmen ausgeschieden war, war er bis zu seinem fünfundsechzigsten Lebensjahr noch Direktor eines Tochterunternehmens gewesen. Danach war er in Rente gegangen, und als Ehepaar erhielten sie alle zwei Monate eine Summe von knapp 260 000 Yen. Es war nie übermäßig viel. Aber damals hatte Kotoko noch reichlich Guthaben auf ihrem Sparbuch, sie war viel gereist und hatte nie das Gefühl, das Geld zu brauchen. Doch jetzt, wo sie allein war, betrug ihre Rente nur etwa 80 000 Yen pro Monat.

Ich werde alleine kaum noch Geld brauchen, hatte sie anfangs noch gedacht. Sie hatte ein ruhiges Leben, musste nicht viel ausgeben und konnte das Haus behalten. Aber die Dinge hatten sich anders entwickelt.

Es machte keinen großen Unterschied in den Kosten, ob sie für sich alleine oder für zwei kochen musste.

Außerdem wurde Kotoko, seit sie alleinstehend war, immer öfter von langjährigen Freunden zum Mittagessen eingeladen: »Es gibt ein neues italienisches Restaurant in Akabane« oder »Wir fahren nach Fukushima, um Pfirsiche zu essen«. Solche Einladungen erhielt sie jeden Monat. Als ihr Mann noch lebte, war das nicht der Fall gewesen. Jedenfalls konnte sie zu diesen Treffen natürlich nicht immer in den gleichen Outfits oder Schuhen erscheinen. Also musste auch neue Kleidung her.

Es war nicht so, dass Kotoko nicht die Möglichkeit hätte, Nein zu sagen, aber sie hatte das Gefühl, alt zu werden, und glaubte fest daran, dass es am wichtigsten war, in den kommenden Jahren möglichst viel Zeit mit Freunden und Familie zu verbringen. Ihre Freunde sagten auch immer wieder, dass es keinen Sinn machte, Geld mit ins Jenseits oder in den Sarg zu nehmen.

Sollte sie jedoch in Zukunft pflegebedürftig oder krank werden, wusste sie nicht, wie viel das im Endeffekt kosten würde. Die widersprüchlichen Gedanken dazu – »Ich kann es nicht mit ins Jenseits nehmen, also gebe ich es aus« und »Die alte Dame, die Geld sparen musste, weil sie sich Sorgen machte, wie viel Geld sie noch übrig hatte« – kamen von ein und derselben Kotoko Mikuriya.

Erst neulich hatte ihr ein Freund erzählt, dass die Pflege eines Familienmitglieds im Durchschnitt mehr als 900 000 Yen pro Jahr kostete, also fast fünf Millionen Yen, wenn jemand fünf Jahre lang gepflegt werden musste. Daher konnte sie die zehn Millionen Yen auf keinen Fall anbrechen.

Wenn Gott ihr nur sagen würde, wie es weitergehen sollte,

dachte sich Kotoko, als sie ihr Kakeibo öffnete. Wahrscheinlich wäre sie zunächst geschockt von der Antwort und würde vor Schreck weinen. Jedoch wüsste sie, was die Zukunft mit sich brächte, und das Wissen darum wäre eine Erleichterung.

»Kotoko, deine Lebenserwartung beträgt achtzig Jahre und du wirst an Krebs sterben. Also brauchst du keine Pflege!«

»Kotoko, du wirst keine schweren Krankheiten haben, aber mit achtundsiebzig Jahren eines Morgens nicht mehr aufwachen.«

»Kotoko, du stürzt und wirst bettlägerig. Also solltest du Geld zurücklegen.«

So etwas wäre hilfreich, dachte sich Kotoko grummelnd und widmete sich ihrem Kakeibo. Denn so einen direkten Gott gab es nicht und so blieb ihr nur das tröstende Gefühl des Kakeibo in ihren faltigen Händen.

Kotoko war sehr besorgt gewesen, als sie in Rente ging. Doch beim Besuch einer Buchhandlung hatte sie erleichtert festgestellt, dass sie ein komplettes Sortiment an Haushaltsbüchern für Senioren und Rentner führte.

Die Unterschiede zu den früheren Haushaltsbüchern bestanden darin, dass die monatlichen Übersichtsseiten mit dem 15. begannen, dem Tag der Rentenzahlung, dass es eine ganze Spalte nur für Krankheitskosten gab und dass die beiden Monatshälften zu einer zusammengefasst wurden, um genaue Berechnungen durchführen zu können.

Das Buch basiert auf dem Haushaltsbuchsystem von Motoko Hani, der ersten Person, die in Japan ein Haushaltsbuch erstellt hatte. Der vertraute Einband ihres eigenen Kakeibo gab Kotoko die Gewissheit, dass sie tatsächlich eine folgsame Schülerin von Meisterin Hani war.

Nach verschiedenen Vergleichen hatte Kotoko im ersten

Rentenjahr mit der Führung eines ›Haushaltsbuchs für das Leben älterer Menschen‹ begonnen, ab dem zweiten Jahr war sie zur Führung eines einfacheren und billigeren Rentner-Kakeibo übergegangen.

Kotoko öffnete ihr Kakeibo und holte den Kassenbon des Supermarktes, in dem sie gestern eingekauft hatte, aus ihrer Brieftasche. Pflichtbewusst und sorgfältig schrieb sie den Betrag in ihr Büchlein. Dieses Ritual allein gab ihr ein Gefühl von Sicherheit und beruhigte ihren Geist.

***

Etwa eine Woche nachdem Yasuo ins Ausland gegangen war, nahm Tomoko, die Frau ihres Sohnes, Kontakt zu Kotoko auf.

»Hallo Schwiegermutter, es ist schon eine Weile her.« Im Gegensatz zu ihren Enkelkindern rief sie stets über das Festnetz an. Tomoko benutzte noch immer kein Smartphone und hatte anscheinend keine Ambitionen, das zeitnah zu ändern.

»Ich bin noch bei meiner Mutter und verspäte mich. Hätte sie ein normales Smartphone, könnte ich einfach eine LINE-Nachricht schicken. Es gibt Telefonleitungen nur noch, um mit den Eltern zu kommunizieren«, sagten Maho und Miho oft in diesem Zusammenhang.

Maho und andere jüngere Leute beschwerten sich immer, denn überraschenderweise war die Generation von Tomoko oft konservativer und widerwilliger als die Großelterngeneration. Tomoko war zwar jünger als Kotoko, aber immer noch älter als die Generation, die gelernt hatte, mit Computern zu arbeiten, so dass sie sich mit Elektronik und dem Internet immer unwohl fühlte. Das war wahrscheinlich einer der Gründe, warum ihre Töchter so gut mit der Technik umgehen konnten und ihrer Mutter bei allem, was das anging, halfen. Wenn Tomoko etwas nicht verstand, nahm sie ein Wörterbuch zur Hand oder ging in die Bibliothek. Und wenn sie es dann noch immer nicht verstand, rief sie ihre Töchter an und ließ sie es im Internet für sie nachschlagen.

»Also, liebe Schwiegermutter, ich muss dich um einen Gefallen bitten …« Einen Moment lang hoffte Kotoko, dass sie nicht etwas für ihre Schwiegertochter im Internet nachschauen musste.

»An Neujahr hatten wir doch Osechi, erinnerst du dich?«

»Hm? Das Osechi-Essen mit den ganzen Beilagen? Ja, wieso?« Kotoko war überrascht. Damit hatte sie nicht gerechnet.

»Ich bin doch in diesem Englischkurs …«

Kotoko bewunderte an Tomoko, dass sie schon immer sehr wissbegierig und ehrgeizig gewesen war. Sie hatte ihre Zwanziger in der Bubble-Phase verbracht und daher schon früh Zeit für Yoga, Tennis, Blumenbinden und viele andere Hobbys gehabt.

Als Absolventin eines Studiums der französischen Literatur hatte sie insbesondere ihre englischen und französischen Sprachkenntnisse aufrechterhalten. Selbst als ihre Töchter, Maho und Miho, zur Schule und später zur Universität gegangen und die Studiengebühren sehr hoch gewesen waren, hatte sie günstigere Kurse im Gemeindezentrum besucht. Kazuhiko träumte davon, dass sie in Zukunft, wenn er in Rente war, zusammen auf einem luxuriösen Kreuzfahrtschiff herumreisen und sich auf Englisch und Französisch mit Menschen aus anderen Ländern unterhalten würden. Sie hatten jedoch nie gesagt: »Komm doch mit, liebe Schwiegermutter.« Es war keineswegs so, dass Kotoko unbedingt mit auf eine Schiffsreise wollte. Es wäre allerdings nett gewesen, wenn sie sie dazu eingeladen und ihre Gesellschaft wertgeschätzt hätten. Sie würde das nicht denken, wenn es der Traum ihrer Enkelinnen wäre … Aber von ihrem eigenen Sohn und ihrer Schwiegertochter wäre es nett gewesen.

Kotoko war nicht unbedingt glücklich über die Partnerwahl ihres Sohnes. Sie hatte immer versucht, ein gutes Verhältnis zu Tomoko aufzubauen, und ihr oft die Hand gereicht, manches nahm sie einfach mit einem Lächeln hin. Dass Tomoko nun versuchte, über reine Höflichkeiten hinauszugehen und auf eine tiefergehende Gesprächsebene zu gelangen, überraschte Kotoko. Natürlich würde sie ihr nichts abschlagen, sie war schließlich eine vorbildliche Schwiegermutter, so wie es die Gesellschaft von ihr erwartete. Aber die Gefühle und das Vertrauen ihrer Schwiegertochter gegenüber waren nicht sonderlich tief, falls sie überhaupt vorhanden waren.

Kotoko schluckte ihre negativen Gedanken hinunter. »Oh ja, es ist schön, dass du all die Jahre drangeblieben bist.«

»Das liegt an meiner Lehrerin Miss Elaine. Es macht jede Woche viel Spaß.«

»Das ist doch das Wichtigste, nicht?«

»In der letzten Stunde haben wir darüber gesprochen, wie wir Silvester verbracht haben. Auch Familienfotos wurden herumgezeigt«, erklärte Tomoko den Ablauf ihres Englischkurses und wie dort Konversation geübt würde.

»Ich habe den anderen Bilder von unserem Neujahrsessen gezeigt. Alle waren begeistert und haben mir Komplimente gemacht. Dann baten sie mich, ihnen zu zeigen, wie man das Osechi zubereitet.«

Kotoko konnte sich bei der Wendung ein Kichern nicht verkneifen.

»Ich dachte, du fühlst dich geschmeichelt?«

»Das tue ich auch, aber mal im Ernst … Ausländer wie diese Elaine wissen nicht, was Osechi für uns bedeutet.«

»Nein, nein. Nicht die Lehrerin, die anderen Sprachschüler haben mich gefragt.«

»Sind es dann junge Mitschüler? Die gerade erst geheiratet haben?«

»Nein, nein … Es gibt zwar junge Leute, aber auch welche in meinem Alter oder noch ältere.«

Kotoko ahnte, worauf das Ganze hinauslaufen würde. »Warum haben sie es nicht von ihren Eltern gelernt? Osechi zuzubereiten ist doch eine Familientradition …«

Tomoko erklärte ihrer Schwiegermutter, dass eine Frau nach der Hochzeit das Neujahrsfest heutzutage im Haus ihres Mannes verbrachte. Wenn die Eltern des Ehemannes kein Osechi machten, sondern es im Supermarkt kauften, würde sie nie Gelegenheit haben, ein traditionelles Neujahrsessen zuzubereiten. Wenn die Schwiegereltern dann starben und plötzlich die Frau das Osechi zubereiten musste, war sie ratlos, da sie nicht mal wusste, wo sie anfangen sollte.

»Na ja, das ist doch nicht so schwierig. Es gibt zahlreiche Kochbücher zu Osechi-Gerichten und am Ende des Jahres erscheinen sogar Sonderbeilagen in Zeitschriften. Man muss nur die Anweisungen befolgen.«

»Das stimmt schon. Ich glaube, in meinem Alter ist es wahrscheinlich schwieriger, Dinge zu tun, die man vorher noch nie getan hat, und etwas Neues zu lernen.«

»Hmm … verstehe«, antwortete Kotoko, ohne es so zu meinen.

»Es ist schwer, alles auf einmal zu lernen, also hatte ich dich damals gebeten, jeden Monat auf eine Tasse Tee zu mir zu kommen, und wir kochten dann jeweils ein paar der Gerichte. Erinnerst du dich? Ich würde dich gern wieder bitten, mir zu helfen. Du hast mir beigebracht, wie man Osechi-Gerichte wie Sesampaste und zweifarbige Eier zubereitet. Statt dass ich es meinen Klassenkameraden zeige, wäre es besser, wenn sie von jemandem lernen, der wirklich gut darin ist.«

»Oje … ich kann den anderen doch überhaupt nichts beibringen«, sagte Kotoko ohne schlechtes Gewissen. Nein, sie war sogar sehr glücklich. Sie vergaß die Unzufriedenheit, die sie zuvor noch empfunden hatte, und freute sich, dass Tomoko auch eine ehrliche und liebenswerte Seite an sich hatte.

Kotoko ließ sich überreden, und sie beschlossen, im folgenden Monat einen Osechi-Kochkurs abzuhalten. Als Erstes sprachen sie darüber, welche klassischen Gerichte sie kochen sollten. Wie etwa Kurikinton, eine Art Kastanien-Süßkartoffel-Püree, Chikuzen-ni, einen japanischen Gemüseeintopf, oder Gomame, getrocknete und gewürzte Sardellen. Das war erst der Anfang …

***

Ihr Osechi-Kochkurs war ein voller Erfolg! Tomoko nahm als Aufwandsentschädigung und für die Materialkosten von jedem Teilnehmer einen Beitrag von 5000 Yen. Kotoko war anfangs ziemlich erstaunt, dass sie Geld dafür nahm, es schien jedoch niemanden abzuschrecken. So fanden sich bald sechs Leute ein und es gab noch mehr, die dazukommen wollten.

Obendrein brachte ein Mitglied eine amerikanische Freundin mit zum Kurs, was dem Ganzen ein internationales Flair verlieh. Einige machten auch Fotos mit ihren Smartphones und luden sie auf Social Media hoch.

Tomoko hatte vor Unterrichtsbeginn die Zutaten und Arbeitsschritte auf einem Handout zusammengeschrieben. Dieses verteilte sie an alle Kursteilnehmer und erklärte beim Kochen die einzelnen Schritte. Nachdem sie in der Küche gemeinsam gekocht hatten, saßen sie im Essbereich mit den fertigen Gerichten und Snacks und unterhielten sich bei einer Tasse Tee.

»Vielen Dank, Mütterchen!«, sagten die Schüler im Chor.

Nachdem sich alle verabschiedet hatten, ließ Kotoko den Kopf etwas sinken. »Wie erstaunlich … es hat mir tatsächlich Spaß gemacht.« Sie meinte das genauso, wie sie es sagte. Es war schön, Menschen zu treffen. Alle mochten die ältere Kotoko, und sie freute sich über die vielen Fragen der jungen Leute. Zunächst hatte sie die Fragen mit »Ach, dazu kann ich euch doch nichts mehr beibringen« abgewehrt. Doch ehe sie es sich versah, sprach sie über Kindererziehung, die Herausforderungen ihres Alters und einiges mehr.

Auf dem Heimweg überreichte Tomoko ihrer Schwiegermutter einen Umschlag mit der Aufschrift ›Honorar‹ und sagte: »Hier, für dich!«

»Das ist doch nicht nötig«, wiederholte Kotoko mehrmals und winkte ab.

»Sei brav und nimm es an. Ich kann dich sonst nie wieder reinen Gewissens um so einen Gefallen bitten«, antwortete Tomoko und schob den Umschlag resolut in die Tasche ihrer Schwiegermutter. Sie lachte dabei verschmitzt und fügte hinzu: »Ich habe auch meinen Anteil behalten.« Als Kotoko zu Hause ankam und den Inhalt überprüfte, fand sie einen 5000-Yen-Schein vor.

Ein Scheppern weckte Kotoko, gefolgt von einem dumpfen Geräusch. Es war frühmorgens im März und noch sehr kühl. Sie zog sich ihren Fleece-Morgenmantel, der neben dem Bett parat lag, über und ging im Dunkeln den Flur entlang. Den Mantel hatte sie von ihren Enkelinnen geschenkt bekommen, weil sie früher gerne einen wattierten Kimono getragen hatte. Der war aber sehr schwer und hielt trotzdem nicht richtig warm. Seitdem trug sie nur noch den Fleece-Morgenmantel. Das scheppernde Geräusch war vom Postboten verursacht worden, der die Zeitung durch den Briefkastenschlitz geschoben hatte und den Deckel zufallen ließ. Wenn man im Zimmer neben der Haustür schlief, das früher ein Kinderzimmer war, wurde man um vier Uhr morgens von ebendiesem Geräusch geweckt. Kotoko nahm die Zeitung und ging in Richtung Küche. Dort stellte sie die Kaffeemaschine an, während sie die Zeitung aufschlug. Seit Neuestem überflog Kotoko nur die Schlagzeilen der Zeitung und widmete sich dann ganz den beigelegten Prospekten.

Dass sie die 5000 Yen von Tomoko bekommen hatte, machte einen großen Unterschied für sie. Es machte sie schlicht und einfach glücklich. Sie grübelte, ob sie noch mal Geld verdienen sollte …

Als sie an dem Abend des Kochkurses nach Hause gekommen war und den Geldschein aus dem Umschlag genommen hatte, hatte sie eine unbeschreibliche Freude empfunden. Eine Zufriedenheit und gleichzeitige Aufregung, wie sie sie seit Jahren nicht mehr gespürt hatte. Dass sie zum ersten Mal seit Langem ein anderes Einkommen als ihre Rente in das Kakeibo eintragen konnte, erfüllte sie mit Stolz. Diese pure Freude ließ ihr Herz so schnell schlagen, dass sie sich sogar Sorgen machte, ob sie nicht gerade einen Herzanfall hatte. So wild klopfte es in ihrer Brust. Als sie an diesem Abend zu Bett ging, dachte Kotoko betrübt, dass es ihr wohl nur ums Geld ging. Die Oberflächlichkeit stimmte sie erst traurig, doch dann fiel ihr noch etwas anderes ein. Vielleicht wollte sie einfach wieder mehr gewürdigt werden …?

Das schien dem Gefühl am nächsten zu kommen. Sie musste zugeben, Maho bedankte sich immer, wenn Kotoko sich um ihre Urenkelin kümmerte. Yasuo dankte ihr auch, wenn sie die Pflanzen im Garten goss. Mit anderen Worten: Sie wollte nicht nur geschätzt, sondern auch bezahlt werden! Sie war überrascht von diesem Bedürfnis.

Wollte sie wirklich wieder arbeiten?

›Nein, das ist unmöglich‹, dachte Kotoko und schüttelte vehement den Kopf.

Sie war immerhin dreiundsiebzig Jahre alt und wusste nicht, wie lange ihr Körper noch mitmachen würde. Und ihre Enkel zogen sie mit ihrem immer schwächer werdenden Gedächtnis auf. Wie sollte das gehen? Vielleicht wenn sie noch in ihren Sechzigern wäre, ging es ihr durch den Kopf, bevor sie einschlief.

Bisher hatte sie nur daran gedacht, ihre Ausgaben mit dem Geld aus ihrer Rentenzahlung zu bestreiten. Aber sie konnte sich auch etwas dazuverdienen.

Sie nahm die losen Flyer vorsichtig aus der gefalteten Zeitung heraus. Seit sich der Gedanke, wieder zu arbeiten, festgesetzt hatte, war Kotoko sehr motiviert und schaute jeden Morgen eifrig durch die Beilagen der Zeitung. »Haushaltshilfen gesucht – tägliche Reinigung von Wohnungen – keine

Altersbegrenzung – ohne Erfahrung – ältere Menschen willkommen. Wir suchen Dich!«, stand auf dem Flyer eines Unternehmens, das Haushälterinnen nach einer kurzen Einarbeitung zu seinen Kunden schickte. Kotokos Blick blieb an den Worten »Ältere Menschen willkommen« hängen.

An einem anderen Tag hörte sie eine Durchsage über die Supermarktlautsprecher im Lebensmittelgeschäft in der Einkaufspassage ihres Viertels in Jujo. Es wurden Teilzeitkräfte gesucht. Sie blieb stehen und lauschte. »Wir suchen motivierte Menschen, die mit uns zusammenarbeiten wollen! Egal ob Hausfrau, Schulabgänger, ältere Mitbürger oder Personen aus Übersee – alle sind willkommen. Möchten nicht genau SIE für uns arbeiten?!«

Vielleicht waren der Arbeitskräftemangel und die hohe Bevölkerungsdichte beides Probleme derselben Medaille, dachte sich Kotoko beim frühmorgendlichen Zeitunglesen.

Sie traute sich nicht mal, ihren Wunsch laut auszusprechen, denn wieder arbeiten zu wollen, war vielleicht doch kein so edles Ziel.

Trotz ihrer Bedenken fand Kotoko kurz darauf problemlos einen Job.

***

»Dreiundsiebzig Jahre alt …?«, fragte der Konbini-Leiter mit schiefgelegtem Kopf, während er Kotokos Lebenslauf beäugte. Er hatte sich mit Namen Saito vorgestellt und war ungefähr in Yasuos Alter. Kotoko wurde abwechselnd heiß und kalt. Bei seinem erstaunten Blick wäre sie am liebsten aufgestanden und geflohen.

Sie war in einem Konbini in der Einkaufspassage, in der zuvor mit der Durchsage »Ältere Menschen willkommen!« geworben worden war. Sie hatte sich dazu durchgerungen, an der Kasse zu fragen, ob sie denn noch Teilzeitkräfte suchten und ob sie sich bewerben könnte. Ein junger Mann an der Kasse hatte ihr strahlend geantwortet: »Natürlich! Ich würde mich freuen, Sie als Kollegin begrüßen zu können. Bitte bringen Sie nächstes Mal Ihren Lebenslauf mit.«

Da war sie nun.

»Entschuldigen Sie bitte, Mikuriya-san. Sie sehen so jung aus, überhaupt nicht, als wären Sie schon über siebzig. Ich hätte Sie eher auf Ende fünfzig oder Anfang sechzig geschätzt!«

Auch wenn Saito wohl versuchte, höflich zu sein, und Kotoko mit seiner Rede schmeicheln wollte, war sie alles andere als erfreut, so etwas zu hören.

»Nie im Leben hätte ich gedacht, Sie wären schon in den Siebzigern. Sie haben eine großartige Karriere hinter sich, wie ich sehe.«

»Also ist das ein … Nein?« Kotoko wäre am liebsten vor Scham im Boden versunken.

Saito hob seine Hände und machte eine ausladende, aber unbestimmte Geste. »Na ja, es ist kein Nein in dem Sinne. Es ist eher …« Er schien nach den richtigen Worten zu suchen.

»Wir haben keine Regeln vom Mutterkonzern, was das Alter unserer Mitarbeiter betrifft. Aber wissen Sie was? Die Wahrheit ist, dass wir keine guten Erfahrungen mit Mitarbeitern über siebzig gemacht haben. Sie konnten sich nicht einfügen, haben sich sehr schwergetan. Es sind ja nicht nur die Kassen. Wir haben auch Terminals und andere Maschinen.

Viele wissen nicht, wie die bedient werden, und wollen es auch gar nicht lernen.«

Als Kotoko fluchtartig den kleinen Laden verließ, hörte sie immer noch Saitos murmelnde Stimme: »Wenn Sie noch in Ihren Sechzigern wären ...«

***

Kotoko wollte wieder arbeiten. Wie konnte sie sich diesen kleinen, nein, großen Traum in ihren Siebzigern noch erfüllen?

Nach der furchtbaren Blamage im Konbini schrieb Kotoko eine Mail an Yasuo und bat ihn um Rat. Solche Sachen, bei denen es ihr schwerfiel, sie mit der Familie zu teilen, ließen sich besser mit jemand Außenstehendem besprechen. Außerdem hatte sie bei ihm das Gefühl, ganz unvoreingenommen über das Thema schreiben zu können. Auch wenn die Mail eher in eine Beschwerde als in ein Hilfegesuch ausartete. Natürlich kam prompt eine Antwort von Yasuo:

> Restaurantfachleute, Hauswirtschaftspersonal, Assistenten für die Kinderbetreuung im Schulalter, Sicherheitspersonal in diversen Einrichtungen, Hausmeisterei, Pfleger, Gebäudereiniger, Zubereitung von Krankenhausessen, Zubereitung von Schulspeisen, Stellen in der Gärtnerei, Parkplatzpersonal, Kinderbetreuungsassistenten, Kochassistenten ...
> Das waren nur einige Stellen, auf die ich bei meinen Recherchen gestoßen bin, alle für über Fünfundsechzigjährige!
> Die Stadtverwaltung von Tokyo bietet auch Weiterbildun-

gen in einem Berufsförderungszentrum für Senioren an. Dort soll es auch ein gutes Angebot zu Beratung und Dienstleistungen für Senioren geben, habe ich gelesen. Wollen Sie da nicht einmal hingehen? Ich stehe hinter Ihnen!

Obwohl er nicht im Land war, hatte er für Kotoko nach einer Lösung gesucht. Sie war ihm sehr dankbar, insbesondere für die Worte »Ich stehe hinter Ihnen!«. Sie fasste neuen Mut und wollte sich bemühen, einen Job zu finden. Auch für Yasuo. Obwohl sie einen Rückschlag erlitten hatte, keimte in ihr neue Motivation auf.

***

»Als Allererstes ist es für Sie selbst wichtig, sich genau zu überlegen, was und wieso Sie wieder arbeiten wollen.«

Mit diesem Satz begann die Seniorenberufsberatung für Kotoko. Eigentlich wollte sie nur einen Termin beim »Hello Work«-Service für Senioren beantragen, aber man sagte ihr, sie brauche dafür keinen gesonderten Termin und könne sich jederzeit anmelden. So tat sie das kurzerhand und nach etwa dreißig Minuten Wartezeit wurde sie von einer Frau Mitte vierzig aufgerufen.

»Wenn Sie sich vorher nicht im Klaren sind, was Sie wirklich wollen, werden Sie nur wahllos nach Jobs suchen und keinen passenden finden. Oder wenn Sie einen finden, werden Sie mit hoher Wahrscheinlichkeit zügig wieder kündigen, weil es nicht das Richtige war. Dann beginnt der Teufelskreis wieder von vorne.«

»Aha.«

»Haben Sie einen Lebenslauf für mich?«

»Ich, ähm … also ich war nicht vorbereitet, heute direkt einen Termin zu bekommen, daher habe ich keinen dabei.«

Die Dame hörte sich Kotokos Laufbahn ohne jeden Hohn an und trug alles in ihre Formulare auf dem Computer ein.

»Sie haben vor Ihrer Heirat in einem Kaufhaus in Ginza gearbeitet. Das war Ihr einziger Arbeitgeber, richtig?«

»So ist es«, sagte Kotoko mit gesenktem Blick. Auch wenn die Dame ihr gegenüber sehr professionell war und sie in keiner Weise persönlich angriff, merkte Kotoko an der Art der Frage, dass dies in den Augen der Beraterin wohl keine große Karriere darstellte.

Zu ihrer Zeit war Kotoko die Nummer-eins-Verkäuferin und Leiterin der Abteilung für Schals und Tücher im Erdgeschoss des Kaufhauses in Ginza gewesen. Dass sie dort ihren Mann kennengelernt hatte, er jeden Tag nach der Arbeit ein Halstuch bei ihr kaufte und ihr, nachdem er alle Varianten gekauft hatte, seine Liebe gestand … All das tat hier wohl nichts zur Sache. Es hatte keinen Sinn, diesen Teil der Geschichte zu erzählen.

»Haben Sie irgendwelche Hobbys oder besonderen Talente? Manche Menschen suchen sich Jobs, in denen sie diese ausleben können.«

»Hm, etwas Besonderes …«, überlegte Kotoko und dachte nach. Sie kaufte gern günstige Blumen und päppelte sie wieder auf. Denn selbst fast verwelkte Exemplare konnte man meistens noch retten. Doch so einen Beruf gab es wohl kaum. Sie konnte Zinssätze berechnen, aber das war auch schon alles, was sie in Richtung Wirtschaft wusste. Abgesehen von ihrem Kakeibo, das sie schon seit Langem sorgfältig führte. Dennoch schien nichts davon ausreichend für einen Job zu sein.

»Da gibt es nichts …«, antwortete Kotoko leise.

»Aber Sie haben doch Ihre Kinder großgezogen, die ganze Hausarbeit verrichtet und die Kindererziehung übernommen. Das ist eine prächtige Karriere!«

»Ich danke Ihnen. Es ist schon verrückt, dass eine alte Frau wie ich noch mal arbeiten will, oder?«, sagte Kotoko mit erhobenem Kopf und lächelte.

»Keineswegs. Es gibt immer mehr Menschen mit dem gleichen Wunsch. Ich denke nur, Sie sollten sich über Ihre eigenen Wünsche und Gefühle klar werden.«

Die Beraterin nannte ihr viele Gründe, Arbeit zu suchen: Um Menschen zu helfen und etwas zur Gesellschaft beizutragen; eigene Fähigkeiten und Hobbys zu nutzen; sich zu engagieren; sich selbst zu verbessern; mehr Einnahmen zu haben.

»Ich denke, Sie sollten sich Ihren Grund gründlich überlegen. Vielleicht ist es auch eine Kombination aus verschiedenen Dingen. Wenn Sie das getan haben, Mikuriya-san, finden wir sicherlich einen schönen Job für Sie.«

Auf dem Heimweg ging Kotoko in Gedanken alle Ratschläge des Beratungsgesprächs noch einmal durch. Sie fragte sich, wieso sie der Dame nicht hatte sagen können, dass sie einfach nur Geld verdienen wollte? Sie war wohl doch stolzer als gedacht. Denn es war nicht so, dass sie eine Vollzeitstelle suchte. Ein Job, in dem sie 30 000 bis 40 000 Yen im Monat dazuverdienen könnte, würde ihr das Leben schon leichter machen. Kotoko wünschte sich, sie hätte genau das in der Beratung sagen können.

Mit ein paar Zehntausend Yen im Monat mehr müsste sie nicht an ihre Ersparnisse gehen und könnte ohne großes Zögern mal verreisen oder mehr Geld für ihr Hobby, die Gartenarbeit, ausgeben. Auch wenn Gärtnern streng genommen nicht so viel Geld kostete, denn sie kaufte sich immer nur ein paar Kleinigkeiten zum Anpflanzen und kümmerte sich dann darum, bis sie nicht mehr blühten.

Hinzu kam, dass Kotoko gern jungen Leuten half. Sie wollte auch neue Leute kennenlernen. Außerdem könnte sie ihren Enkelkindern mehr hinterlassen, wenn sie jetzt noch ein wenig arbeiten ging. Welcher Beruf kam also in Frage, überlegte sie weiter.

Putzfrau? Ach, das sagt man nicht mehr, hatte sie gehört. Man ist eine Haushaltshilfe, heutzutage.

Wobei sie darin eigentlich nie sonderlich gut gewesen war und es ihr nicht so viel Spaß machte, dass sie es als Job für andere ausüben wollte. Außerdem ließ ihr fortgeschrittenes Alter sie zögern, etwas ganz Neues anzufangen. Jetzt, nachdem sie nicht mehr für ihre Familie sorgen musste und »frei« war.

Sie kam nach reiflicher Überlegung zu dem Schluss, dass eine Arbeit in der Krankenpflege oder Reinigungsbranche nichts für sie wäre. Kotoko wollte lieber wieder in den Verkauf, so wie früher. Sie kannte die Abläufe und sprach gerne mit Kunden. Aber war das womöglich Wunschdenken ihrerseits?

»Ich möchte Ihnen jetzt nicht zu nahe treten in meiner Funktion als Berufsberaterin, aber ältere Menschen bekommen oft Tipps und Empfehlungen von Leuten, die sie kennen. Haben Sie schon mal Menschen in Ihrem Umfeld von Ihrer Arbeitssuche in Kenntnis gesetzt oder um Rat gefragt?«, fragte die Dame bei der Berufsberatung am Ende des Gesprächs.

»Ich denke nicht, dass meine Familie oder Freunde dabei helfen könnten …«, antwortete Kotoko und dachte daran, dass sie sich bis jetzt nur mit Yasuo darüber ausgetauscht hatte. Der ihr aus dem Ausland aber, bei aller Hilfsbereitschaft, keinen Job besorgen konnte.

»Ziehen Sie keine voreiligen Schlüsse. Durch Empfehlungen kommt man manchmal an Jobs, an die man vorher gar nicht gedacht hatte. Gerade jemand, der Sie als Person kennt und nicht nur Ihren Lebenslauf herunterrattert, ist bei der Jobsuche Gold wert.«

Kotoko seufzte schwer und dachte sich nur, dass die Beraterin ihr wohl so durch die Blume sagen wollte, dass sie nun gehen sollte.

***

Mit ihrer Enkelin Maho blieb Kotoko über den Messengerdienst LINE in Kontakt. Als sie ihr beiläufig von Yasuos netter E-Mail erzählte, kamen von Maho wütende Textnachrichten zurück:

Omi! Wieso hast du Kontakt zu so einem Typen?!

So einer ist er nicht. Er ist ein netter junger Kerl.

Wenn du es so sagst, geschieht es dir schon
fast recht, von ihm ausgenommen zu werden!

Das ist aber gemein von dir, Maho! *lach*

Das ist mein voller Ernst.

Dann kam von Maho nur noch die Nachricht, dass sie morgen vorbeikommen würde. Denn sie hätte Angst, dass ihre

Oma von einem dahergelaufenen Typ bis aufs letzte Hemd ausgenommen würde. Beendet wurde die Message von einem Wut-Emoji.

Kotoko konnte nur die Schultern zucken und dachte sich: Dabei ist Maho diejenige, die immer zu ihrem eigenen Vorteil handelt. Auch wenn sie diesmal ehrlich besorgt geklungen hatte.

Wenn Maho zu ihr nach Hause kam, aß sie bei ihr zu Mittag oder früh zu Abend. Die Reste packte sie für ihren Mann ein, der die Portion dann am nächsten Tag mit auf die Arbeit nehmen konnte. Essens- oder Kochreste sah man auch nie in ihrem Kühlschrank. Außerdem nahm sie alle Obst- und Gemüsereste ungefragt mit. Ebenso Reste von jeglichen Feiern, Geburtstagen und so weiter. Doch sie staubte nicht nur Lebensmittel regelmäßig ab. Sogar bei Kotokos neu gekauften Handtüchern, Bettlaken oder Türvorlegern kam von Maho oft ein ungeniertes »Omi, das sieht aber süß aus. Kann ich das haben?«.

Als Kotoko einmal eine größere Menge von Baumwollhosen im Angebot gekauft hatte, wollte Maho sogar davon welche haben. Sie hatte sie nur mit dem Argument, dass sie noch viel zu jung für diese Art von Mode sei, davon abbringen können.

Ihre Schwiegertochter und sie mussten oft darüber schmunzeln. Sie nannten Maho und Saho gerne »Die kleinen Superstrolche« und konnten sich das ein oder andere Lachen nicht verkneifen. Die kleinen Strolche wurden natürlich auch regelmäßig im Haus ihrer Schwiegertochter aktiv.

Kotoko fand das alles nicht weiter schlimm. Doch sie wusste nicht, wie es sich entwickeln würde, wenn sie nun auf ihre Ersparnisse achten musste. Sie war sehr dankbar für die gemeinsame Zeit und dafür, dass sie ihre Enkelin und Urenkelin so oft sah. Gerade weil Kotoko das Gefühl hatte, dass Maho sie verstand, ließ sie ihr ihre Strolch-Art durchgehen. Ihre Enkelinnen waren der Grund, warum Kotoko noch Geld dazuverdienen wollte.

Am nächsten Nachmittag tauchte Maho mit ihrer Tochter Saho auf.

»Omi, was hast du diesem Kerl alles erzählt?«, fragte sie, ohne zu grüßen.

Kotoko berichtete ihrer Enkelin, dass sie mit ihm über das Sparen, das Führen eines Kakeibo nach der Art ihrer eigenen Mutter und über ihre Arbeitsabsichten gesprochen hatte. Sie wappnete sich schon vor Mahos aufbrausender Art.

»Er wüsste wohl sofort, wie viel Geld ich auf dem Sparkonto habe, wenn ich ihm von den Zinsen erzählen würde …«, sagte Kotoko und erinnerte sich an die vielen Warnungen, solche Informationen niemals preiszugeben.

Wie es sich für eine ehemalige Anlageberaterin gehörte, berechnete Maho im Handumdrehen den zweiprozentigen Zinssatz und kam auf 40 000 Yen für die drei Monate. »Oma, du hast echt zehn Millionen Yen auf dem Konto?«, erwiderte Maho lachend.

»Aber ich habe ihm nicht gesagt, wo ich das Sparbuch und mein Namenssiegel aufbewahre!«

»Wäre ja noch schöner, dann hättest du gleich umziehen können.«

»Er ist wirklich kein schlechter Mensch, ich muss euch mal miteinander bekannt machen.«

»Auch wenn ich nicht glaube, dass es etwas ändert, würde ich ihn dir zuliebe treffen, Oma. Andererseits wäre es vielleicht gar nicht schlecht, wenn der Typ mitbekommt, dass du noch eine Familie und Angehörige hast, die auf dich aufpassen …«

Abgesehen davon, dass sie sich ein wenig bevormundet fühlte, fand Kotoko es eine gute Idee, wenn die jungen Leute sich mal kennenlernen würden. Sie lebten schließlich in derselben Gegend.

»Also, ich sage dann wegen dem Treffen Bescheid, wenn er aus dem Ausland wieder da ist.«

»Ach Oma, das klingt fast, als wäre er dein fester Freund«, erwiderte Maho mit strengem Blick und ging zum nächsten Thema über.

»Und was war jetzt mit diesem Kakeibo …? Das ist ein Haushaltsbuch, oder?«

»Ach herrje, habe ich dir nie von meiner Mutter und Großmutter erzählt?«

»Du hast noch nie darüber gesprochen!«

Es stimmte. Kotoko hatte einmal versucht, mit Mahos Mutter Tomoko darüber zu sprechen, doch die hatte eher genervt reagiert und wollte von ihren alten Geschichten nichts hören. Also sprach Kotoko es nicht mehr an. Aber Maho war nicht ihre Mutter und sie war auch nicht Kotokos Schwiegertochter, sondern ihre Enkelin. Sie hatten eine ganz andere Beziehung zueinander. Ein Enkelkind hört einem vielleicht eher zu, da es auch um die eigenen Wurzeln ging, dachte Kotoko.

»Meine Großmutter und Mutter haben sogar zu Kriegszeiten ein Kakeibo geführt«, sagte Kotoko verheißungsvoll. »Das ist eine lange Geschichte …«

Und Kotoko begann zu erzählen.

***

Die Geschichte des japanischen Haushaltsbuches, Kakeibo genannt, nahm seinen Anfang im Jahr 1904, dem 37. Jahr Meiji nach japanischer Zeitrechnung, als es von Motoko Hani in einer Zeitschrift für Hausfrauen vorgestellt wurde. Motoko Hani publizierte auch in diversen anderen Zeitschriften eine Reihe von Artikeln mit dem Titel »Fragen und Antworten zu den Haushaltsfinanzen«, eine Art Ratgeber für die finanziellen Probleme der Leserinnen.

Kotokos Mutter, Mine Ushio, wurde 1923 geboren, kam also etwa zwanzig Jahre später auf die Welt. Daher war Mine, deren gewohnheitsmäßige Redewendung »Ich bin eine Taisho-Frau« lautete, ein oder zwei Generationen jünger als die erste Generation der Kakeibo-Nutzer der Familie. Die Mutter ihrer Mutter, Kotokos Großmutter, war eine regelmäßige Leserin von Frauenzeitschriften, und auch Mine war ein Fan davon. Mine zufolge bevorzugte ihre Großmutter eine ältere Zeitschrift, weil ihr »Hani-san ein bisschen zu streng und zu modern war« und ein neues Bild der Hausfrau vermittelte. Kotokos Mutter war stolz darauf, dass sie ihren Kakeibo-Vorläufer »seit der ersten Auflage« benutzte und bis zu ihrem Tod ein akribisch genaues Haushaltsbuch führte.

Später, als Mine heiratete und eine Familie gründete, war es für sie immer noch eine selbstverständliche Gewohnheit, im alten Stil ein Haushaltsbuch zu führen. Der Name wurde in »Haushaltsbuch für das tägliche Leben« geändert. Dieses wurde während und nach dem Krieg so fortgesetzt.

All das erklärte Kotoko ihrer Enkelin Maho, und weil Maho interessiert zuzuhören schien, fuhr Kotoko fort.

Kotokos Mutter las oft ein Magazin, das sich nicht direkt mit dem Sparen, aber mit dem effizienten Aufbrauchen von Dingen beschäftigte. Und dann gab es vor nicht allzu langer

Zeit ein Magazin namens ›Thank you‹, das als Sparratgeber fungierte. Kotoko war froh, ›Thank you‹ weitergekauft zu haben, denn die anderen Zeitschriften wurden irgendwann eingestellt. Der Konkurrenzkampf zwischen den ersten Frauenratgebern war ziemlich heftig, soweit Kotoko sich erinnerte.

Es machte Kotoko enormen Spaß, über all die Frauenzeitschriften und ihre Entstehung zu reden, aber sie fand schließlich doch wieder den Faden, der zurück zum Kakeibo führte.

»Meine Mutter nutzte am liebsten die von ›Freundin der Hausfrau‹ empfohlenen Kakeibo. Das Gute war: Sie wurden sogar während des Krieges veröffentlicht.«

»Aha …«

Obwohl Kotoko mit solch einer Leidenschaft sprach, nickte Maho nur hin und wieder und rieb Saho, die nach dem Essen zwischen ihnen eingeschlafen war, leicht den Rücken. Anscheinend verstanden junge Leute die Bedeutung hinter solchen Erzählungen nicht und konnten nicht nachvollziehen, wie großartig die erbrachten Leistungen waren. Das stimmte Kotoko ein wenig traurig.

»Das war unfassbar wichtig! Da ich während des Krieges geboren wurde und noch klein war, sind die Erinnerungen verblasst, aber es war wirklich schwierig, etwas zu bekommen zu der Zeit. Es gab quasi nichts. Aber das Kakeibo war sehr wichtig.«

»Die Fakten kenne ich noch aus der Schulzeit und im Fernsehen kommt es auch ab und zu …«, sagte Maho mit einem leicht gequälten Lächeln, da sie wohl bemerkt hatte, wie wichtig es ihrer Großmutter war.

»Unsere Vorfahren haben das Kakeibo zwanzig Jahre geführt, mit Ausnahme des Jahres 1943 und des offiziellen Kriegsendes. Als der Krieg vorüber war, erlebte Japan eine enorme Inflation. Das bedeutet, die Preise für alles schossen durch die Decke.«

»Es ist das Gegenteil einer Deflation, die wir erst hinter uns haben«, fügte Maho hinzu.

»Genau. Zu der Zeit konnte etwas an einem Tag 50 Yen und am nächsten schon 100 Yen kosten. Geld hatte keinen Wert mehr, man musste Kimonos eintauschen oder auf den Schwarzmarkt gehen. Und doch wurde auch hierüber penibel mit Hilfe der Kakeibo Buch geführt.«

»Es muss schwierig gewesen sein, ein Kakeibo zu führen, wenn der Wert des Geldes so sprunghaft war …«

»Am Ende des Krieges führte meine Mutter ein selbstgemachtes Kakeibo. Ich habe es mal gesehen. Es hatte nicht viel von einem Haushaltsbuch, wie man es heute kennt. Es war eher eine Art Tagebuch, in dem sie die täglichen Ereignisse festgehalten hat. Es muss in dieser schwierigen Zeit tröstlich für sie gewesen sein.« Kotoko dachte daran, dass es keine Einträge nach der Verkündung des Kriegsendes am 15. August mehr gab. Das lag wohl auch an den einschneidenden Erlebnissen in diesen Tagen, die ihre Mutter nicht festhalten wollte.

»Im darauffolgenden Jahr wurde eine Bewegung zum Führen von Haushaltsbüchern ins Leben gerufen, von einer Gruppe, die sich ›Frauenfreundinnen‹ nannte.«

»Frauenfreundinnen?«, fragte Maho schmunzelnd.

»Der Zweck der Vereinigung war, dass auch in so schweren Zeiten ein Kakeibo geführt wurde, damit es die Bürger einreichen konnten. So entstanden die noch heute gültigen Statistiken aus der Zeit. Aufgrund der damaligen Daten aus den Haushaltsbüchern konnten ziemlich exakte Rückschlüsse auf die Finanzen pro Haushalt zu Kriegszeiten gezogen werden. So war auch die Genauigkeit des Engel-Koeffizienten in der Nachkriegszeit gewährleistet.«

»Nach all diesen Unruhen muss es in Friedenszeiten ja auch viel leichter gewesen sein, die Finanzen im Blick zu behalten.«

»Ich glaube, sie haben das alles geschafft, gerade weil sie zuvor ein Kakeibo geführt hatten.«

»Was haben sie geschafft?«

»Vielleicht ist es übertrieben, so etwas zu sagen, aber ich denke, dass die Hausfrauen, die in den Zeiten des Krieges versucht haben, ein Kakeibo zu führen – die gebildeten und disziplinierten unter ihnen –, Japan immens geholfen haben, sich nach dem Krieg zu erholen. Natürlich ist bekannt, dass in der Nachkriegszeit viele Faktoren zusammenkamen, die zu Japans Aufschwung geführt haben. Aber ich stehe zu meiner Meinung und nehme mir die Freiheit, so darüber zu denken.«

»Ganz bestimmt …! Du bist heute so leidenschaftlich bei der Sache«, sagte Maho nach der feurigen Rede ihrer Großmutter.

Just in diesem Moment wachte Saho auf und Kotoko hatte keine Gelegenheit mehr, über ihre Jobsuche zu sprechen. Oder ihrer Enkelin zu sagen, dass es mit ihrer Rente etwas knapp wurde. Saho war noch ganz schläfrig und machte sich schwer.

»Saholein, du bist bei Oma …« Saho schaute sie aus müden, kleinen Augen einen Moment lang an, dann fing sie an zu weinen.

»Saho, hey, das ist Oma. Du musst nicht weinen«, versuchte Maho die Kleine zu beruhigen, während sie sie sanft hin und her wiegte. Genau wie es Kotoko früher bei Maho getan hatte. Kotoko wünschte sich insgeheim, dass sie all die Last von Maho und ihrer Familie nehmen konnte. Bei diesem Gedanken fasste sie plötzlich einen Entschluss. Sie würde alles versuchen. Auch wenn die Dame bei der Berufsberatung vielleicht anderer Meinung war, wollte Kotoko arbeiten, solange ihr Alter es noch zuließ. Keiner wusste, wie viel Zeit ihr dafür noch blieb. Aber vielleicht fand sie ja doch noch etwas, das zu ihr passte.

***

Ein paar Tage später klingelte das Telefon. Eine höfliche Stimme sagte: »Hallo, spreche ich mit Kotoko Mikuriya? Hier ist Saito.«

»Hm? Wer sind Sie?«

»Oh, entschuldigen Sie. Hier ist Saito vom Konbini in der Jujo-Einkaufspassage.« Es war der Leiter des Minimarktes, bei dem sich Kotoko zuvor beworben hatte. Nur an der Stimme hatte sie ihn nicht mehr erkannt. Es folgte ein Schlagabtausch an Höflichkeiten.

»Ach, entschuldigen Sie bitte. Ich hätte mich gar nicht bei Ihnen bewerben sollen, da ich die Anforderungen für die Stelle gar nicht erfülle. Ich habe neulich Ihre wertvolle Zeit verschwendet.«

»Nein, nein! Das stimmt doch nicht, Mikuriya-san. Wären Sie noch in den Sechzigern, hätte ich Sie gerne eingestellt.«

Auch wenn sie tatsächlich eine Großmutter war, empfand sie es als äußerst unhöflich, auf ihr hohes Alter angesprochen zu werden. Vor allem wenn es der Grund für eine Absage war, ließ man es doch lieber dabei bewenden.

»Haben Sie seit unserem letzten Gespräch schon einen Job gefunden?«

»Noch nicht … nein.« Daraufhin erzählte Kotoko ihm von ihrer Odyssee bei der Berufsberatung. »Ich habe nun gründlich darüber nachgedacht und ich bin bereit, alles zu versuchen. Ich habe mich sicherheitshalber auf zwei Arten von Jobs beworben, einmal in der Hauswirtschaft und zum anderen im Reinigungsbereich. Aber dass ich genommen werde, bezweifle ich …« Kotoko musste ein wenig über sich selbst lachen bei diesen Worten.

»Das ist gut«, kam es von Saito.

»Warum ist das gut?« Kotoko dachte, sie habe sich verhört.

»Ach, entschuldigen Sie bitte. Ich rufe an, weil ich etwas mit Ihnen besprechen wollte.«

»Um was geht es denn?«

»Also, es geht um den Laden Minato am Südausgang des Bahnhofs …« Natürlich kannte Kotoko das berühmte Süßwarengeschäft mit japanischen Spezialitäten. Es existierte im Jujo-Viertel seit der Nachkriegszeit, und obwohl es nicht direkt an die Einkaufspassage angeschlossen war, nahm sie den Umweg gern auf sich, wenn sie hochwertige Süßigkeiten kaufen wollte.

»Der Besitzer hat endlich beschlossen, auch in unserer Jujo-Einkaufspassage eine Filiale zu eröffnen. Das wurde auch Zeit, wenn Sie mich fragen!«

»Ach, das ist eine großartige Neuigkeit. Das ist viel praktischer.«

»Sie wollen draußen einen Dango-Stand samt Verkaufsauslage aufbauen, und drinnen soll es eine Ecke zum Teetrinken geben.«

»Das klingt nach einem wunderbaren Laden.«

»Und für diesen Imbissstand vor dem Laden mit den süßen Klößen suchen sie eine ältere Dame, eine echte Großmutter, die die Dango-Spießchen verkauft.«

»Ach, wirklich?«

»Es war neulich im Lions Club *das* Gesprächsthema. Denn der Besitzer des Süßwarenladens beklagte sich höchstpersönlich darüber, dass es keine geeigneten ›Großmütterchen‹ mehr gebe. Er suche eine rüstige alte Dame, die das Aushängeschild für seine neue Filiale sein könnte. Als ich das hörte, musste ich sofort an Sie denken, Mikuriya-san! Ich denke, Sie wären perfekt dafür geeignet.«

»Oh, ich weiß nicht …«, kam es zögernd von Kotoko.

»Doch, Sie schaffen das, Mikuriya-san! Sie sehen aus wie eine liebe Großmutter und haben den perfekten Lebenslauf für diese Stelle. Ich habe dem Besitzer bereits von Ihnen erzählt und er würde Sie gern kennenlernen.«

»Aber Sie sagten doch damals, ich sehe so jung aus für mein Alter … das wäre doch nun hinderlich …« Kotoko sah Saito förmlich vor sich, wie er um eine Erklärung rang.

»Nein, also das … Das war ehrlich gesagt ein Notbehelf gewesen. Oder anders gesagt, ich wollte nett sein. Aber Sie sind perfekt für die Stelle bei Minato. Sie gehen auf jeden Fall als über fünfundsechzig durch!«

»Hui, das war nun sehr ehrlich.«

»Entschuldigen Sie bitte«, fügte Saito lachend hinzu.

»Mittlerweile bin ich wirklich neugierig auf Sie, Mikuriya-san.«

»Was meinen Sie damit?«

»Wie Sie sich schlagen werden. Denn auch wenn Sie älter sind, habe ich dieses Funkeln in Ihren Augen gesehen. Ich wollte Sie schon bitten, morgens bei uns den Laden zu putzen, um Ihnen wenigstens einen kleinen Job anbieten zu können. Aber dann kam das mit Minatos neuem Laden, das wäre wohl besser für Sie, dachte ich.«

Nachdem Kotoko ihre Kontaktdaten mit ihm abgeglichen hatte, war das Telefonat zu Ende. Etwas überrumpelt von dem Gespräch legte sie den Hörer auf. Auch wenn noch nicht klar war, ob sie die Stelle bekam, und wenn dem so war, ob sie sich dort zurechtfand … In diesem Moment hatte sie das Gefühl, dass sie für jemand anderes wichtig und nützlich sein könnte. Es war das erste Mal, dass sie dieses Gefühl wieder verspürte, seit ihr Mann damals ein Tuch bei ihr gekauft und Kotoko gebeten hatte, mit ihm auszugehen. Ihre Augen wurden bei dieser Erinnerung feucht.

## Kapitel 3
# Das Ziel sind 10 Millionen Yen!

Maho Ido trug ihre persönlichen Daten in das Antragsformular auf ihrem Smartphone ein: Name, Adresse, Telefonnummer. Sie hatte es schon so oft getan, dass nach Antippen eines Buchstabens schon der Rest des Wortes im Textfeld erschien.

Anschließend beantwortete sie Fragen zu Zeitschriften- und Website-Präferenzen. Dann zog sie eine Bankomatkarte aus ihrer Brieftasche, um die Kontonummer für automatische Abbuchungen abzutippen. Schließlich gab es Fragen zum Einkommen ihres Mannes, zum aktuellen Wohnstatus – Eigenheim, Miete oder subventioniertes Wohnen –, Kreditdetails, falls vorhanden, Höhe der Ersparnisse, und dann war sie fertig. Dieser letzte Abschnitt variierte immer, je nach Kreditkartenunternehmen.

Maho tippte leicht auf den Button, auf dem in Großbuchstaben »Möchten Sie mit dieser Transaktion fortfahren?« stand, und der Bildschirm wurde aktualisiert.

Die Bestätigung erfolgt per E-Mail. »Wenn Sie in den nächsten 24 Stunden keine Mail erhalten, rufen Sie bitte die unten angegebene Nummer an.«

*Pling!* Das sanfte Geräusch neu eintreffender E-Mails folgte fast sofort. Jetzt musste sie nur noch ihre Identitätsbestätigung auf Grundlage der Ausweisdokumente wegschicken.

An diesem Punkt stieß Maho einen Seufzer aus. Das war alles Routine für sie, aber sie war dennoch nervös. Der kleinste Fehler, und sie könnte für die Vorteile zu spät dran sein oder keine Punkte gutgeschrieben bekommen. Sie massierte ihre Schultern und rollte ihren Nacken. Die Zeit zwischen 14 und 15.30 Uhr nachmittags, wenn ihre dreijährige Tochter Saho ein Nickerchen machte, war die einzige Möglichkeit für sie, sich dem zu widmen, was sie ihre »Mini-Verdienste« nannte. Das war der Begriff, der im Volksmund für Einnahmen aus Online-Neben- oder -Akkordarbeit zu Hause verwendet wurde. Viele Frauenzeitschriften und andere Publikationen, die sich dem Sparen widmeten, deckten das Thema ab, da es etwas war, was Frauen von zu Hause leicht umsetzen konnten.

Ab heute, so rechnete sich Maho vor, würde sie bis zum Ende des Monats Punkte im Wert von 5000 Yen verdienen. Das war genug, um ihre Kontogebühr zu decken. Sie hoffte jedoch, in diesem Monat ein bisschen mehr zu verdienen, da sie nächste Woche alte Schulfreunde zum Mittagessen in einem französischen Restaurant im schicken Omotesando-Viertel traf. Allein das Essen dort kostete 3800 Yen, und mit Getränken und der Servicegebühr würde es schnell mehr werden.

Sie plante, ein Kleid zu tragen, das sie letzten Herbst für 2000 Yen auf einer Second-Hand-Plattform gekauft hatte. Es war mehrere Saisons alt, aber die Marke war zumindest eine, die alle großen Kaufhäuser führten. Sowohl Taiyo als auch ihre Eltern hatten ihr Komplimente für das schlichte hellbraune Blütenmuster gemacht, das so gut zu den rötlich braunen Highlights in ihren Haaren passte.

Maho war das einzige Familienmitglied mit natürlichen Highlights. In der Schule hatte sie deshalb viel Ärger von Lehrern bekommen, die sie verdächtigten, ihre Haare zu färben, was gegen die Regeln verstieß. Aber seit dem Schulabschluss hatte sie es zu ihrem Vorteil genutzt, denn jetzt konnte sie ohne die hohen Kosten eines Friseurbesuchs einigermaßen stilvoll aussehen.

Da sie das Kleid noch nicht vor ihren Freunden getragen hatte, hatte Maho beschlossen, sich zu ihrem Outfit lediglich ein Paar neue Ohrringe zu kaufen. Auch diese erstand sie über eine App, die handgefertigten Amateurschmuck verkaufte und den Preis von 600 auf 500 Yen gesenkt hatte. Die Ohrringe bestanden aus einer schweren Perle an einer Goldkette, genau wie die, die die Heldin eines erfolgreichen TV-Dramas Ende letzten Jahres getragen hatte, aber das echte Ding hätte 30 000 Yen gekostet. Das lag weit über Mahos Budget. Die nachgemachten Ohrringe bewegten sich im Takt zu Mahos Bewegungen und schimmerten immer wieder schön durch ihre Haare.

Sie beschloss, etwas länger auf Pucci Picci Wallet zu stöbern, ihrer Lieblingswebsite für Hausfrauen, die nach Nebenjobs suchten. Es gab mehrere Möglichkeiten, wie sie sich durch diese Seite etwas dazuverdienen konnte. Wenn sie von dort aus zum Beispiel Online-Einkäufe tätigte, konnte sie ein Prozent der Kosten in Punkten erhalten. Und die Beantwortung von Fragebögen im Austausch für Punkte war ebenfalls eine ihrer beliebteren Tätigkeiten.

Mahos andere Strategie, um Punkte zu sammeln, bestand darin, Bank-, Aktien- oder Devisenkonten zu eröffnen. Vor Kurzem hatte sie Kreditkartenkonten zu ihrem Portfolio hinzugefügt und Anträge angepasst, um Kampagnen markenübergreifend zu nutzen und so eine große Summe an Punkten abzustauben. In Wirklichkeit aber benutzte sie diese Kreditkarten fast nie. Stattdessen bewahrte sie sie alle zusammen an einem Ort auf, kündigte sie dann alle sechs Monate und entsorgte die Karten. Sie fühlte sich etwas schlecht gegenüber den Unternehmen, die versuchten, die Kundenzahlen zu erhöhen, aber solange ihre Tochter noch so klein war, war es keine schlechte Art, sich ein bisschen was dazuzuverdienen.

Dasselbe galt für die Devisenkonten, die sie bei den Wertpapierfirmen eröffnete, die wie Pilze aus dem Boden schossen. Sie warben immer um Kunden, und ein neues Konto konnte erstaunliche zwanzig- oder dreißigtausend Punkte einbringen. Aber es gab auch strenge Teilnahmebedingungen, bei denen Unternehmen verlangten, dass ein Mindestbetrag von 100 000 bis 300 000 Yen auf das Konto eingezahlt und dann für den Handel zur Verfügung gestellt wurde. Um diese Punkte zu erhalten, musste man eine Art Leistungsnachweis erstellen, ein Prozess, der von einigen Unternehmen als »Geltendmachung von Rechten« bezeichnet wurde.

Obwohl Maho selbst Erfahrung mit der Arbeit bei einer Anlageberatung hatte, wusste sie nicht viel über den eigentlichen Devisenhandel. Eine Chefin in ihrer Firma hatte sogar einmal gesagt: »Ganz ehrlich, es ist nicht besser als Glücksspiel. Eigentlich ist es genau dasselbe.« Es gab wieder andere, die sich aktiv gegen die Art und Weise dieses speziellen Devisenhandels aussprachen.

Maho führte diese Transaktionen nur durch, wenn sie unbedingt musste, aber sie war jedes Mal in kalten Schweiß gebadet, wenn sie es tat. Es bestand immer das Risiko, im Handumdrehen mehrere Zehntausend Yen zu verlieren. Sie erstellte Leistungsrekorde, indem sie »verkaufen« und »kaufen« gleichzeitig einstrich und beide sofort wieder zum Verkauf freigab. Sie schrieb die Transaktionsgebühren ab, und selbst wenn sie keinen Gewinn erzielte, hatte sie zumindest ihren Leistungsnachweis für die Unternehmen und die Punkte.

Kreditkarten waren nicht so nervenaufreibend, aber es gab eine Grenze, wie oft sie sich anmelden konnte. Die meisten Unternehmen vergaben Punkte nur an neue Bewerber, und Maho gingen die Karten aus, für die sie sich anmelden konnte.

Der Handel mit Aktien in extrem kleinen Mengen und der Verkauf alter und obsoleter Gegenstände über die Second-Hand-Plattform waren weitere Mittel, um von zu Hause aus Geld zu verdienen.

Maho hatte ein Konto für den Aktienhandel bei einer Wertpapiergesellschaft, die keine Gebühren für Transaktionen im Wert von weniger als 100 000 Yen pro Tag berechnete. Sie war vorsichtig und achtete penibel auf den richtigen Zeitpunkt, um relativ stabile, bekannte Marken mit Aktionärsdividenden zu kaufen und sie zu verkaufen, wenn sie ihr ein paar Tausend Yen Gewinn eingebracht hatten. Sie kaufte etwa zwei Monate vor dem Rückgabedatum, wenn sie ziemlich sicher war, dass die Aktien stiegen. Wenn sie vorher sanken, wartete sie bis zum Rückgabedatum, um die Dividende zu erhalten. Bisher hatte sie mit dieser Strategie keine großen Verluste eingefahren.

Aber sie achtete darauf, dass ihre Geldbeschaffungsmaßnahmen nicht zu sehr in Richtung Aktienhandel tendierten. Nachdem sie in einer Anlageberatung gearbeitet hatte, wusste sie, dass es bei Aktien und Investitionen keine absolute Gewissheit oder Sicherheit gab. Sie hatte einmal Geld verloren, als ein Unternehmen plötzlich seine Aktionärsbeteiligungen abschaffte und sein Aktienkurs völlig einbrach. Es wäre anders, wenn sie Single wäre, aber da sie das Gehalt ihres Mannes verwendete und sie ein Kind hatten, wollte sie so etwas unbedingt vermeiden. Ihre Ersparnisse durften nicht ins Minus stürzen.

Maho gestattete sich eine Summe von 5000 Yen pro Monat zum Investieren, was in der Regel ausreichend war. Vorausgesetzt, sie verdiente zwischen drei- und zehntausend Yen pro Monat durch ihre Aktionen. Wenn am Ende des Monats noch etwas übrig war, sparte sie es oder legte es für den Notfall beiseite.

Sie wollte zumindest etwas eigenes Geld verdienen. Nicht dass sie dachte, sie sei nicht berechtigt, Geld vom Gehalt ihres Mannes zu nehmen. Es war vielmehr so, dass sie sich freier fühlte, wenn sie für persönliche Anschaffungen Geld verwendete, das sie selbst erwirtschaftet hatte. Und sie mochte die Herausforderung und den Nervenkitzel, den das Geldverdienen mit sich brachte.

Taiyo war Feuerwehrmann. Er verdiente etwas mehr als 230 000 Yen pro Monat, einschließlich Überstunden. Es war nicht sehr viel, aber sein Job war sicher. Am Siebzehnten jedes Monats, dem Zahltag, ging Maho als Erstes zur Bank und hob 45 000 Yen in bar ab, wobei sie sicherstellte, dass sie 25 000 davon in 1000-Yen-Scheinen erhielt, und steckte das gesamte Geld in ihr pinkes Glanzlackportemonnaie, das sie für Haushaltsausgaben verwendete. Sie bewahrte das Haushaltsgeld und das Geld für ihren persönlichen Gebrauch immer sauber getrennt auf.

Das rosafarbene Lackportemonnaie hatte sie sich in der Schulzeit gekauft. Vom Neujahrsgeld, das sie von ihrer Großmutter erhalten und dafür aufgespart hatte. Die Kanten waren etwas abgenutzt, aber der Lack glänzte immer noch. Sie hatte sich nach diesem Portemonnaie gesehnt und war überglücklich gewesen, als sie es endlich kaufen konnte. Deshalb schätzte sie es auch heute noch, obwohl sie wusste, dass das pinke Design für eine Frau Mitte zwanzig wohl etwas zu kindisch war.

Als Maho mit dem von der Bank abgehobenen Bargeld nach Hause kam, verteilte sie die 1000-Yen-Scheine auf fünf Umschläge mit jeweils 4000 Yen. Jeder Umschlag enthielt somit das Lebensmittelgeld für eine Woche des Monats. Die restlichen 5000 Yen waren für den täglichen Bedarf und als Puffer gedacht. Wenn nach der letzten Woche noch etwas übrig war, legte sie es beiseite, um Gewürze zu kaufen oder gelegentlich ihren eigenen Geldbeutel für persönliche Anschaffungen aufzufüllen.

Taiyo hatte monatlich 20 000 Yen zur freien Verfügung. Es waren bis vor Kurzem 10 000 gewesen, worüber er sich verständlicherweise beschwert hatte, also hatte sie ihm eine Gehaltserhöhung unter Eheleuten gegeben. Jeden Monat steckte sie sein Geld in einen Umschlag von der Bank, den sie und Saho mit Bildern und Aufklebern verziert hatten, und schrieb »Dankeschön« darauf.

Immer wenn Maho ihr Kakeibo zuklappte, nachdem sie die Ausgaben erfasst hatte, breitete sich ein Gefühl tiefer Zufriedenheit und Ruhe in ihrer Brust aus. Sie hatte in großen Lettern auf das Cover geschrieben:

**Ziel: 10 Millionen Yen sparen!**

Ein Betrag, für den sie sich entschieden hatte, nachdem sie ein Frauenmagazin gelesen hatte. Dort wurde empfohlen, diese Summe anzusparen, bevor das erste Kind an die Universität ging. Es hatte für Maho nach einer guten Idee geklungen; etwas, was sie tun konnte, um sich sicherer und für die Zukunft gewappnet zu fühlen. Obwohl die exakte Summe und Idee nicht ihre eigene war, wurde sie, sobald sie in ihrem Buch niedergeschrieben war, zu ihrem obersten Mantra. Ihrer Inspiration. Wenn sie dieses Ziel erreichen könnte, würden alle ihre Ängste von selbst schwinden. Daran glaubte sie ganz fest.

Auch wenn sie jeden Monat mit ihren Ausgaben hinkamen, wäre es wünschenswert, die 280 000 Yen Bonus komplett sparen zu können. Dann wäre es für Maho möglich, eine Million Yen im Jahr zurückzulegen. Der Restbetrag konnte für Familienausflüge oder den Kauf von Haushaltsgeräten verwendet werden, damit es nicht zu so vielen Reibereien kam. Und für »Notkäufe«. Aber seit sie ein Kind hatten, waren die einzigen Ausflüge, die Maho gemacht hatte, in ein nahe gelegenes Onsen, ein Thermalbad mit heißer Quelle, gewesen. Die einzige größere Anschaffung, die sie getätigt hatte, war ein Kinderbett für Saho gewesen. Es gab ansonsten keine größeren Ausgaben in der Vergangenheit und somit sparte sie den Rest der Summe fast vollständig. Das sah man auch an dem wenig abgenutzten Einband von Mahos Kakeibo.

Die monatlichen Einnahmen und Ausgaben der Familie Ido ließen sich grob wie folgt zusammenfassen:

Einnahmen:
- Gehalt (netto) 230 000 Yen

Ausgaben:
- Miete 88 000 Yen
- Lebensmittel 20 000 Yen (4000 Yen pro Woche x 5 Wochen)

- Diverses für den täglichen Bedarf 5000 Yen
- Taiyos Geld zur freien Verfügung 20 000 Yen
- Telefonrechnung (zwei Personen) ca. 5000 Yen
- Nebenkosten (Strom und Heizung) 10 000 Yen
- Versicherung (nur Taiyo) 2000 Yen
- Reserve und Freizeit ca. 20 000 Yen
- Rücklagen 60 000 Yen

Die Miete betrug 88 000 Yen, die monatlichen Ersparnisse 60 000 Yen und die Nebenkosten wurden automatisch abgebucht. Das Kindergeld wurde auf ein separates Konto überwiesen und in voller Höhe gespart. Kaum auszudenken, was 10 000 oder 20 000 mehr im Monat ausmachen würden. Maho wollte gern wieder arbeiten, wenn Saho in den Kindergarten kam, und etwas mehr Geld für die Betreuung und andere Dinge dazuverdienen, aber im Moment war sie ganz zufrieden mit ihrem Sparplan.

Am Tag des Gehaltseingangs machte Maho oft Hamburger. Für die Hamburgermasse mischte sie Hackfleisch mit einem gut abgetropften Stück Tofu und Mais aus der Dose. Sie briet das Fleisch von beiden Seiten an und legte eine Scheibe Käse auf die Hamburgerfrikadelle, bis er schmolz. Danach wurde das Ganze mit einer Reis-Soßenmischung aus dem 100-Yen-Laden garniert. Das war das Leibgericht ihres Mannes. Das Essen war die bestmögliche Hommage an ihren Mann, um ihm zu zeigen, wie dankbar sie ihm war.

Am Abend kam Taiyo mit einem fröhlichen »Bin wieder da« von der Arbeit. Maho musste kichern, denn er schrie es förmlich, da er dachte, sie wäre in der Küche. Saho verstand noch nicht, warum ihre Mutter kicherte, ahmte sie jedoch nach und hielt sich beim Lachen die Hand kokett vor den Mund.

»Na, was ist denn hier los? Warum wird hier gelacht?!« Taiyo hob die sich vor Lachen kringelnde Saho hoch und musste selbst anfangen zu lachen.

»Geh schon, zieh dich um und wasch dir die Hände. Heute gibt es Hamburger.«

»Heute gibt es Hamburger, Papi.« Maho wollte, dass Saho sie »Mama« oder »Mutter« nannte, während Taiyo aus irgendeinem Grund gern »Papi« genannt wurde. Davon träumte er offenbar schon seit Langem. Maho fand es seltsam, dass Taiyo seine Eltern immer noch »Papa« und »Mama« nannte. Sie dachte sich, dass es ähnlich komisch klang, wie wenn sie einem Hund einen urjapanischen Namen geben würden. Etwa »Wasabi«, nach dem scharfen Meerrettich, oder »Azuki«, nach der roten Bohnenpaste. Komisch und unnötig.

Taiyo, der gut gelaunt mit Saho auf dem Arm ins Badezimmer ging und sie dabei hin- und herschaukelte, rief sie hinterher: »Warum geht ihr zwei nicht gleich unter die Dusche?«

»Hm«, antwortete Taiyo, ohne zuzustimmen oder zu widersprechen.

›Ich bin ein Glückspilz‹, dachte Maho bei sich.

***

»Wow«, staunten alle, nicht nur Maho, als Koharu den Freundinnen ihren Verlobungsring zeigte.

An einem Samstagmittag in einem Restaurant einer Seitenstraße der angesagten Omotesando-Gegend wurde Koharus Verlobung mit einem 3800-Yen-Menü gefeiert. Maho trank Sprudelwasser und der Rest ihrer Freundinnen stieß mit

Champagner an. Der Ring war von Tiffany & Co. und hatte einen großen herzförmigen Diamanten im Zentrum, der von kleineren Diamanten flankiert war. Er glitzerte unter dem Kronleuchter des Restaurants.

»Es sind ein oder zwei Karat«, sagte Koharu, bemüht, so bescheiden wie möglich zu klingen. Es sah aus, als würde der Ring jeden Moment von ihrem schmalen Ringfinger rutschen.

»Wie viel der wohl gekostet hat? So was fragt man zwar eigentlich nicht …«, kam es mit einem schiefen Lächeln von Nami, der wortgewandtesten und normalerweise gesprächigsten der vier Freundinnen.

»Ja, so etwas sollte man nicht fragen …«, sagte Koharu, ohne direkt darauf zu antworten, doch ihr Gesicht nahm etwas Elsternhaftes an. Man hätte als Außenstehender denken können, sie seien auf der Verlobungsfeier einer Prominenten, so schick ging es zu.

»Hat dein Verlobter Kotaro den ganz alleine ausgesucht?«, fragte Ikuno vorsichtig nach. Sie arbeitete in der Buchhaltung eines kleinen Lebensmittelunternehmens in Tokyo. Ikuno war schon immer fleißig, ruhig und emotional verschlossener gewesen als die anderen. Im Moment bereitete sie sich auf ihre Prüfung zur Steuerberaterin vor.

Koharu beugte ihren Kopf samt dem dünnen Hals zur Seite. Sie machte eine Miene, als wollte sie die anderen auf die Folter spannen, obwohl sie weder lange nachdachte noch die Antwort verweigerte.

»Hmm … ich weiß es nicht genau. Das hat er nicht gesagt. Wahrscheinlich hatte er beim Aussuchen Hilfe von seinen Eltern.«

Sie hatte Maho und den anderen erzählt, dass ihr Verlobter

ein einfacher Geschäftsmann sei. Doch seinen Eltern gehöre ein großes Bauunternehmen in Chiba, in der Nähe von Tokyo. Das waren die einzigen Informationen, die Maho seit der Zeit nach ihrem gemeinsamen Uniabschluss und ihrer Dating-Phase über ihn hatte. Koharu war damals vor ihrem ersten Treffen mit ihm so sehr damit beschäftigt gewesen, alles über ihn – seine Größe, sein Gewicht, den Job und sein Aussehen – herauszufinden, dass sie sich im Nachhinein gar nicht daran erinnern konnte, dass seine Eltern dieses Bauunternehmen außerhalb Tokyos hatten. Doch als die Vermählung beschlossen wurde, wurde ihr erst richtig bewusst, dass seine soziale Herkunft sehr wohl einen großen Einfluss haben würde.

Als Hochzeitsgeschenk hatten Koharus Schwiegereltern den beiden eine neue Wohnung im dem kürzlich errichteten Hochhaus in Toyosu, dem Neubaugebiet in Odaiba in der Bucht von Tokyo, einrichten lassen. Koharu erzählte, dass ihre Eltern die Miete übernahmen, lamentierte jedoch darüber, dass sie die Nebenkosten und ihre Sparziele selbst zu stemmen hatten. Das war zusammen immer noch günstiger als Mahos Wohnung. Und sie wohnte nicht in einer über hundert Quadratmeter großen Luxusapartmentwohnung in bester Lage in Toyosu.

»Ah, ein Wohnhochhaus in der Gegend also … Das kostet vielleicht um die 200 Millionen Yen oder so?«, ließ Nami, die in einem Immobilienbüro arbeitete, nebenbei nüchtern fallen.

Als Koharu die ersten Universitätskurse besuchte, war sie eine große, schlanke, immer gut gestylte, aber dennoch unauffällige und schüchterne junge Frau mit ausgeprägter Oberlidfalte gewesen. Das änderte sich jedoch schlagartig, als sie eine Stelle im Außendienst eines Kaufhauses annahm. Ein gut geschnittener Hosenanzug betonte seitdem ihre Silhouette, ihren schmalen Augen verhalf sie durch Make-up zu einem internationalen Model-Look und sie hatte sich die Haare wachsen lassen. Das alles ließ sie weitaus femininer wirken, zu ihrem Vorteil. Koharu hatte ihren Freundinnen und Maho damals erzählt, wie sie ihren jetzigen Verlobten bei einem Blind Date kennengelernt und dass er sie ordentlich angebaggert hatte. Geheiratet wurde in einem exklusiven Luxushotel in Ebisu.

Die Flitterwochen würden bestimmt auch glamouröse zehn Tage in Italien oder so etwas werden. Eine richtige Luxusreise mindestens in der Businessclass und einem eleganten Hotel, dachte sich Maho. Sie atmete mehrmals kurz und stoßweise aus, damit die anderen ihren unterschwelligen Neid nicht mitbekamen.

»Du, sag mal, wie geht es der kleinen Saho denn? Sie ist bestimmt wieder gewachsen!«, kam von Nami die Nachfrage. Sie hatte ihre Vorspeise, Salat und Suppe, während Koharus Verlobungsgeschichte schon inhaliert und war beim Hauptgang, einem Hühnerschenkel mit Beilage, angelangt. Vielleicht war dies ein Versuch, Koharus Geschichten von ihrer Hochzeit mit einem Z-Promi-Verlobten zu entgehen und lieber das Thema hin zu ihrer kleinen Saho zu lenken.

»Sie ist wirklich groß geworden. Sie ist schon drei Jahre alt«, sagte Maho, während sie aktuelle, süße Fotos von Saho in ihrem Smartphone heraussuchte. Sie zeigte ein Bild, das sie letzten Sonntag geschossen hatte. Saho saß auf einer Schaukel im Park und die Sonne schien im Gegenlicht.

»Dieses zarte Wesen … hach …«, seufzte Maho.

»Was meinst du denn damit?«, kam es von der lächelnden Koharu, aber dieses Lächeln kannte Maho noch nicht an ihr.

Sie wusste nicht, was ihre Freundin wirklich dachte. Maho lachte unwillkürlich und Nami seufzte schwer.

»Es ist so berührend zu sehen, wie mein kleines Mädchen mit ihren Patschhändchen zu einem Menschen heranwächst, der allein auf einer Schaukel sitzen kann. Und die ganze Zeit frage ich mich, was ich da eigentlich erschaffen habe.« Maho erinnerte sich daran, wie die drei Freundinnen nach Sahos Geburt zu ihr gekommen waren und das kleine Bündel abwechselnd im Arm gehalten, ihre Fingerchen berührt und ihre Wangen gestreichelt hatten.

»Nami, deine Karriere nimmt ganz schön Fahrt auf, nicht wahr?«, fragten die anderen jetzt fast im Chor. Nami hatte in diesem Jahr die Gewerbeerlaubnis erworben und sich somit zur Grundstücksmaklerin qualifiziert. Außerdem arbeitete sie hart daran, sich auch noch als Innenarchitektin fortzubilden. Maho wusste, dass es ihr Traum war, in Zukunft einmal ein eigenes Wohnhaus nach ihren Ideen zu gestalten.

»Ui, Taiyo sieht immer noch so knackig aus wie damals, oder?«, kam es von Ikuno, die sich immer noch die Fotos auf Mahos Smartphone ansah.

»Wie bitte?!« Maho war insgeheim unheimlich stolz auf ihre Beziehung und Heirat mit ihm. Sie war mit Taiyo seit der Oberstufe zusammen, jeder war für den anderen die erste Liebe. Er war Feuerwehrmann und trainierte immer noch jeden Tag, daher war sein Körper sehr gut in Form. Saho hatte die gerade Nase von ihrem Vater, zusammen sahen sie aus wie aus einer Geschirrspülmittel-Werbung.

»Als ich hörte, dass Maho mit gerade mal dreiundzwanzig Jahren einen gleichaltrigen Kerl heiraten wollte, habe ich mich ehrlich gesagt gefragt, wieso. Auch wenn ich das damals gedacht habe … wenn ich dich jetzt mit der kleinen Saho und Taiyo sehe, hätte ich mich auch so entschieden«, kam es aus der Gruppe von Freundinnen und Nami und Ikuno sahen sich nickend an.

Wie bitte? Maho war sich nicht sicher, was sie da gerade gehört hatte, und ihr Körper verfiel kurz in eine Schockstarre.

»Doch! Ich war beeindruckt, dass du dich schon so jung für Familie entschieden hattest. Aber wenn ich die kleine Maus sehe, war es keine schlechte Entscheidung. Es war einfach nur erstaunlich für uns, dass du alles, deinen Job und die Karriere, für einen Mann aufs Spiel gesetzt hast.« Nami und Ikuno schienen beide wahrhaft und aufrichtig beeindruckt zu sein.

Ob sie wirklich so gedacht haben, damals, fragte sich Maho und schmeckte kaum etwas von der Apfel-Aprikosen-Torte.

***

Maho besaß nur eine einzige feine Halskette mit Diamanten. Taiyo hatte sie ihr während ihrer Studienzeit von seinem ersten Nebenjob-Gehalt geschenkt. Die drei kleinen Diamanten bildeten die Form einer Sternschnuppe. Sie sah wunderschön aus und Maho hatte sich sehr über das Geschenk gefreut. Da sie damals wenig Geld hatte, freute sie sich besonders über teure Geschenke. Dank der Diamantenkette sah sie auch darüber hinweg, dass sie bei ihrer Verlobung keinen Ring bekam. Maho wusste, dass Taiyo nicht viel Geld gespart hatte, und sie gab sich damit irgendwie zufrieden. Taiyo sah auch keinen Sinn in einem Verlobungsring, erst recht nicht nach dem Gespräch mit einem seiner Kollegen. Der hatte ihm erzählt, dass Frauen einen Verlobungsring nur kurz vor der Ehe tragen würden und nach der Eheschließung, und sobald Kinder da waren, nicht mehr. Mit diesen Dingen im Hinterkopf kauften sie lieber Eheringe bei Cartier und schenkten sie sich gegenseitig. Das war pragmatisch, aber Maho mochte das.

Bis jetzt.

Als sie den großen herzförmigen Diamanten von Koharu vor sich sah, schlug ihr das Herz bis zum Hals.

›So was hätte ich auch gern, ihn eine Weile zu tragen und mich an dem schönen Funkeln zu erfreuen‹, dachte sie sich. Sie wollte einen solchen Ring tragen und gesagt bekommen »Ach, wie wunderschön!« und ihn dann in ihr Schmuckkästchen legen. Nur um ihn von Zeit zu Zeit liebevoll zu betrachten, dachte Maho insgeheim. So etwas hatte sie noch nie zuvor gedacht. Sie war kein sonderlicher Schmuckfan und auch zu beschäftigt, um sich die Zeit in Kaufhäusern zu vertreiben. Schlagartig wurde ihr bewusst, dass sie es nur so sehr wollte, weil sie einen solchen Ring zum ersten Mal in natura und von ganz nah sah. Während sie diesen übergroßen Diamanten an ihrer Freundin begutachtete, kam ihr ihre eigene Halskette wie eine Sammlung von Altdiamanten vor. Sie erschienen im Vergleich geradezu winzig, gerade mal so groß wie die, die den Herzdiamanten von Koharu umgaben. Bisher war es Mahos besonderes Schmuckstück gewesen, das sie nur zu wichtigen Anlässen trug. Sie war sehr erleichtert, dass sie und ihre Freundinnen an diesem Tag nicht in das schicke französische Restaurant gegangen waren. Neben Koharu wären sie wohl alle verblasst.

Es war zwar genau das, was Maho in diesem Moment fühlte, aber der Kauf eines solchen Diamanten oder gleichwertigen Schmucks war in ihrer gegenwärtigen Situation unmöglich. Sie sollte lieber keinen Gedanken mehr daran verschwenden.

Doch Namis und Ikunos Worte über ihre frühe Heirat taten mehr weh, als Maho gedacht hätte.

Und sie hörten nicht auf. Unschuldig, aber auch voller Unverständnis sagten sie, dass es sie gewundert hätte, dass Maho so kurz nach ihrem Eintritt ins Berufsleben geheiratet und ihren Job aufgegeben hatte.

»Also, ich könnte das nicht.«

»Ja, ich auch nicht! Es gibt noch so viel, was ich tun möchte … Sei es beruflich oder in der Liebe.«

»Aber das ist wohl Mahos Ding!«

»Wenn ich an deiner Stelle gewesen wäre, hätte ich mich wahrscheinlich erst noch mal ›draußen‹ umgesehen, bevor ich mich fest gebunden hätte.«

Es sollte zwar alles positiv klingen, aber neben Koharus Traumleben hörte es sich eher an wie: »Wie konntest du deinen Job und die Karriere für einen schlechtverdienenden Mann aufgeben?«

»Hey, was meint ihr damit genau? Los, sagt es mir«, hätte Maho am liebsten geantwortet, um die ganze Wahrheit zu erfahren – was ihre sogenannten Freundinnen wirklich von ihr hielten. Aber wollte sie das wirklich? Ab diesem Moment fühlte Maho sich nicht mehr wohl. Während sie Koharus Hochzeitsstorys weiter lauschte, erinnerte sie sich an die Zeit ihrer eigenen Heirat. Und an den Traum, den sie damals gehabt hatte.

Maho und Taiyo hatten ihre Flitterwochen nicht im Ausland verbracht. Sie waren mit einem Billigflugticket nach Okinawa geflogen und hatten nur die Hauptinsel umrundet. Natürlich hatten sie oft günstig und trotzdem lecker gegessen und sogar eine Nacht in einem privaten Häuschen am Meer verbracht. Das war ein wahrhaft romantischer Abend gewesen.

In Wirklichkeit hatte Maho aber nach Hawaii gewollt. Doch Taiyo hatte damals gerade erst seine Arbeit als Feuerwehrmann begonnen und konnte nicht so lange Urlaub nehmen. Mehr noch, sie konnten eine so große Summe nicht für Flitterwochen auf den Kopf hauen, wenn sie an ihr gemeinsames Leben dachten, das folgte.

Seitdem festigte sich leise und schleichend der Wunsch in Maho, einmal nach Hawaii zu reisen. Es war keine dieser Tagträumereien zur Hochzeit, die wieder verblassten. Sie sah immer wieder Bilder von Hawaii in den Hausfrauenzeitschriften und jedes Mal wuchs ihr Fernweh. Mahos Eindruck von den Berichten und Fotos aus den Zeitschriften war, dass Hawaii ein Ort zum Wohlfühlen sein musste. Wenn sie je dorthin reiste, könnte sie schöne Fotos machen, die auch auf Instagram und Twitter gut ankamen. Sie würde für jeden ein schönes Souvenir finden und allen damit eine Freude bereiten. Und zu guter Letzt, und das war vielleicht sogar der wichtigste Grund, konnten endlich mal die anderen neidisch auf sie sein. Nicht dass sie jemanden böswillig und absichtlich neidisch machen wollte. Sie kam sich deswegen nicht falsch vor. Es war ja nicht ihr Hauptziel, dachte sich Maho. Und obwohl ihr bewusst war, dass es teuer war, würde sie lieber ein Mal nach Hawaii reisen als mehrmals zu einem Onsen irgendwo in den Bergen oder an einen anderen Ort in Asien. Mit Hawaii wäre sie zufriedener und ihre Freunde würde es auch mehr beeindrucken, so der Gedanke.

Das Bild einer jungen Mutter im langen Sommerkleid an einem weißen Sandstrand, die mit ihrem kleinen Kind in den Wellen herumtollte, wäre malerisch – auch ohne professionelles Shooting. Allein der Gedanke verzauberte Maho. Außerdem wollte sie unbedingt mal in einem Restaurant am Meer frühstücken und preiswerte, aber exotische Kinderkleidung kaufen. Sie hatte gehört, es gäbe auf Hawaii günstige Kleidung zu kaufen, die vom Design her ganz anders war, als sie es aus Japan gewöhnt war.

Sie wollte sich auch die Leckereien von Hawaiis berühmten Imbisswagen durchprobieren: Knoblauchgarnelen am Spieß, frittierte hawaiianische Donuts und das süße Gebäck namens Masala.

Eine Louis-Vuitton-Handtasche aus einem Duty-Free-Shop stand auch auf Mahos imaginärem Wunschzettel. Schließlich hatten die Hawaiiurlauberinnen aus den Zeitschriften immer so eine. Louis Vuitton war zwar eine Luxusmarke, aber dennoch unauffällig genug, um sie unabhängig von Trends im Alltag benutzen zu können. Maho würde sich ein neues Portemonnaie kaufen und es die nächsten zehn Jahre verwenden. Dann würde sich die Anschaffung in ihren Augen nämlich bezahlt machen. Und falls es bei den Idos geldtechnisch mal wirklich knapp werden sollte, konnte Maho ihre Louis Vuitton verpfänden oder auf einer Second-Hand-Plattform klammheimlich verkaufen. Es war eine wertbeständige Marke.

Maho hatte lange nicht mehr an diese Träume gedacht. Das tägliche Leben nahm sie völlig in Anspruch. Was würde sie persönlich so richtig glücklich machen, fragte sie sich. Sie dachte an die zehn Millionen Yen, die sie für Saho sparte … konnte das alles sein?

Es musste doch einen Weg geben, die eigene Lebenszeit und das Geld im Hier und Jetzt zu nutzen, um das Leben mehr zu genießen, überlegte Maho für sich.

Maho ging immer zweimal in der Woche zum Supermarkt, aber bevor sie zur Kasse ging, rechnete sie im Kopf aus, wie viel die Artikel in ihrem Korb sie insgesamt kosten würden. Sie hatte seit Jahren nichts mehr gekauft, ohne auf den Preis zu achten, ganz zu schweigen davon, ohne Einkaufszettel in den Supermarkt zu gehen. Sie hatte von Anfang an darauf verzichtet, viel Geld auszugeben. Selbst Saho fragte schon nicht mehr nach Süßigkeiten oder Spielzeug an der Kasse, wie es andere Kinder machten. Sie wusste, dass ihre Mama so etwas niemals ungeplant kaufen würde.

Jetzt fragte sich Maho, ob ein solches Leben für sie und ihre Familie noch gut genug war.

***

»Was? Bereut meine große Schwester etwa ihre Ehe?«, fragte Miho ganz ungeniert, als sie am folgenden Samstag zu Besuch kam.

»Das habe ich doch gar nicht gesagt. Es ist so …«

»… du wolltest schon immer deinen Job kündigen?«, schlussfolgerte Miho.

»Was?«

»Na ja, heutzutage kommt es nur noch selten vor, dass Frauen aufhören zu arbeiten, wenn sie heiraten. Normalerweise macht man zumindest so lange weiter, bis das erste Kind kommt.«

»Das lag daran … Taiyo hat nun mal einen Job, der auch Nachtschichten beinhaltet, und es war schwierig, die gemeinsame Zeit unterzubringen«, wiederholte Maho die offensichtlichen Gründe, die sie auch damals zu Beginn ihrer Ehe allen genannt hatte. Tatsächlich hatte Maho aus einem bestimmten

Grund gekündigt, den sie bis heute weder ihrer kleinen Schwester Miho noch dem Rest der Familie je erzählt hatte. In Wahrheit lag es daran, dass die zu erreichenden Quoten damals bei der Anlageberatung so hoch angesetzt waren, dass Maho die Versuche leid war, diese zu erfüllen und neue Kunden zu werben.

Am Ende eines Monats hatte Maho einen ihrer wenigen Kunden angerufen und gesagt: »Sato-san, Sie haben 1,2 Millionen im Geldmarktfonds. Möchten Sie dies in australische Dollar umrechnen lassen? Es gibt aktuell einige Fonds, die Anleihen von japanischen Automobilunternehmen verwenden. Der Zinssatz beträgt 5,5 Prozent. Und es ist jetzt eine gute Zeit, um in den australischen Dollar …«

Maho fiel es aufrichtig schwer, solche Dinge zu sagen und sie aktiv anzupreisen. Sie hatte sofort gemerkt, dass so eine Art von Verkauf nichts für sie war. Sie hätte ein besseres Gefühl gehabt, wenn es sich um einen rentablen Fonds gehandelt hätte. Aber zu der Zeit war der Yen extrem stark, weshalb es kein guter Zeitpunkt war, um australische oder US-Dollar zu kaufen … Die Aktienkurse waren sehr niedrig. Ihre Kunden wussten es ebenfalls besser und waren nicht von der Idee angetan, aber sie schaffte es immer wieder, sie dennoch zu überzeugen. Maho musste nämlich ihre Quote erreichen und war schon so verzweifelt, dass sie anfing, mit den Kunden zu flirten. Der Berater, in dem Fall Maho, konnte, wenn der Fonds abrutschte und damit das investierte Geld im Nirgendwo verschwand, nicht wegen einer schlechten Empfehlung verantwortlich gemacht werden.

So etwas musste Maho damals häufiger tun. Eines Tages erzählte sie Taiyo, wie schwer ihr diese Art von Arbeit fiel. Danach klagte sie bei jeder ihrer Verabredungen darüber, bis er ihr mit den Worten einen Heiratsantrag machte: »Es wäre wohl besser, mich zu heiraten und mit diesem widerlichen Job aufzuhören, nicht wahr?« Maho war überglücklich gewesen und hatte sofort Ja gesagt, aber nie jemandem davon erzählt. Es schien irgendwie seltsam und nicht romantisch genug. Sie hatte einen Antrag bekommen, weil sie sich über die unerreichbaren Quoten bei der Arbeit beschwert hatte. Das irritierte Maho immens. So etwas sollte nicht der einzige Grund sein, warum sie geheiratet hatte.

»Das ist doch total in Ordnung. Das ist nun mal die Arbeit, die Taiyo machen muss als Feuerwehrmann«, antwortete Miho sachlich und riss Maho aus ihren Gedanken.

»Ja, schon, aber trotzdem …«

»Mach dir keine Sorgen. Ich habe auch Neuigkeiten, ich denke darüber nach umzuziehen.«

»Wie?!« Ein zweiter Blick auf Mihos Gesicht ließ ein schüchternes Lächeln aufblitzen.

»Wirklich?«, fragte Maho zur Sicherheit noch mal nach.

»Ja, wirklich.«

»Wohin genau?«

»Hier in die Gegend … Jujo vielleicht?«

»Wow! Aber wieso jetzt doch?«

»Nachdem wir geredet hatten, ließ mich der Gedanke nicht mehr los. Ich habe auch viel gelernt in der Zwischenzeit. Ich habe Vorträge über das Sparen und Investieren besucht und war bei diesen ›Frühstückstreffen‹, so etwas wie Lerngruppen. Das habe ich die letzte Zeit gemacht …«, sagte Miho, wobei sie den Blick von Maho abwandte und ihre Nichte ansah.

»Das ist wunderbar!«

»Dann habe ich festgestellt, dass sie überall, wo ich war, das

Gleiche sagten wie meine Schwester: Man soll eine Überprüfung der Fixkosten durchführen oder kleinere Beträge einsparen.«

»Oh, wirklich?«

»Wirklich. Ich gebe es nur ungern zu, aber ich finde dich ziemlich toll, Schwesterherz. Die Dinge, die du mir gesagt hast, sind gar nicht so blöd, eigentlich wirklich ganz nützlich ...«

»Was ist denn mit dir los, du bist heute so ungewöhnlich lieb zu mir?!«, sagte Maho mit gespielter Empörung. In Wirklichkeit war sie sehr glücklich. Die kleine Schwester, die sich seit ihrem Jobeintritt etwas distanziert hatte, machte Maho ein solches Kompliment.

»Wie auch immer, ich dachte, ich schaue mich mal nach einem neuen Zuhause um.«

»Das freut mich total. Von nun an können wir uns wieder öfter sehen und du kannst für mich auf Saho aufpassen!«

»He, mach mal halblang.« Miho hob erschrocken die Augenbrauen, dann lachten sie gemeinsam los.

***

Da saß Großmutter.

Maho stiegen die Tränen in den Augen, als sie ihre Großmutter sah, die in einem Laden mitten auf der Einkaufsstraße herumsaß.

»Da, da-ha Omaaa!« Saho, die sich der Gefühle ihrer Mutter nicht bewusst sein konnte, erhob laut ihre Stimme. Sie streckte ihre kleinen Finger aus, zeigte auf sie und rief: »Oma?!«, und blickte fragend zu Maho zurück. Saho schien irgendwie stolz zu sein, denn sie hatte ihre Oma als Erste entdeckt. Für Maho war es wie immer ein kleiner Schock, ihre Großmutter arbeiten zu sehen.

Die ganze Familie war schockiert gewesen, als sie erfuhr, dass ihre Großmutter in einem Süßwarengeschäft in der Einkaufspassage arbeitete und dort Dango verkaufte. Vielleicht waren Mahos Eltern noch überraschter als alle anderen. Ihr Vater, also Kotokos Sohn, war sehr aufgebracht, nachdem er die Geschichte gehört hatte, und schwieg eine Zeit lang.

Miho hatte es von allen wohl am besten aufgenommen.

»Das ist doch cool. Bevor Oma geheiratet hat, hat sie ja in einem Kaufhaus in Ginza gearbeitet. Sie hat mir von ihrem Händchen für Kunden erzählt. Soll sie es doch noch mal probieren, solange sie gesund genug ist«, sagte sie nüchtern, aber auch erst nachdem sie Großmutter besucht und lange mit ihr gesprochen hatte.

Großmutter hielt alle per LINE-Nachrichten und E-Mails auf dem Laufenden. Das hatte Maho ein wenig beruhigt. Sie war überrascht, als sie erfuhr, dass ihre rüstige Großmutter eine gelernte Verkäuferin war.

Für Maho war sie, solange sie sich erinnern konnte, vor allem eine gute Köchin und eine verlässliche Großmutter. Eine Zeit davor hatte sie sich nie vorstellen können, schon gar nicht, wie ihre Großmutter vor ihrer Ehe gewesen war. Aber wenn Maho so darüber nachdachte, musste ihre Großmutter auch mal in ihren Zwanzigern gewesen sein, und es war nicht verwunderlich, dass sie als schöne Frau eine gute Verkäuferin abgegeben hatte. Maho nahm es also als eine gute Gelegenheit, eine andere Seite ihrer Großmutter kennenzulernen. Aber immer wenn sie ihre Großmama mit dem dreieckigen Kopftuch im Laden sah, stiegen ihr die Tränen in die Augen.

»Mama, was denn? Mama weint?«

Als sie Sahos Überraschung und Sorge wahrnahm, beeilte Maho sich, ihre Tränen wegzuwischen. Doch der Anblick ihrer Großmutter in dem marineblauen Oberteil beunruhigte sie mehr als gedacht. So kamen ihr immer wieder die Tränen. Wir, Miho und ich, könnten in dieser Arbeitskleidung am Stand stehen, dachte Maho sich. Aber Großmutter …

Sie war in Mahos Erinnerungen immer modisch, fast schon königlich elegant gekleidet, und sie nun in so einem schäbigen Outfit zu sehen … das schmerzte. Außerdem wirkte sie so zerbrechlich und zierlich, dass sie aussah wie ein kleines Kind, das im Kaufmannsladen spielte.

»Na ihr, Maho, Liebes und Saholein!«, empfing Großmutter die beiden mit einem Lächeln, und Saho streckte die Ärmchen aus. Maho schluckte.

»Nun, Maho, was gibt's? Ich habe noch Kundschaft.« Hätte Mahos Großmutter das nicht mit sanfter, aber eindringlicher Stimme zu ihr gesagt, hätte sie vielleicht einfach weiter vor sich hin geweint. Jetzt, wo sie wusste, dass Großmutter dreimal in der Woche arbeitete (Mittwoch, Samstag und Sonntag), hatte sie sich so daran gewöhnt, dass sie sie regelmäßig besuchte. Aber es ergriff sie immer noch, wenn sie sie sah.

»Oma, wann hast du heute Schluss?«

»Gegen 14 Uhr.«

»Dann gehen wir bis dahin einkaufen. Möchtest du dich danach auf eine Tasse Tee mit uns treffen?«

»Das klingt gut. Wir sehen uns dann im Café.« Als Maho und Saho nach einer Reihe von Besorgungen zum Café kamen, wartete ihre Großmutter bereits auf sie, die Uniform und das Dreieckstuch hatte sie schon abgelegt. Ihre Augen leuchteten und ihre Wangen glühten. Das war ein kleiner Moment der Beruhigung für Maho.

»Wie geht's dir, Oma? Alles okay? Bist du sehr müde?« Das konnte sich Maho dann doch nicht verkneifen.

»Gar nicht. Ich kann die ganze Zeit sitzen und mit den Kunden reden, das ist ein Kinderspiel. Ich muss nur sitzen, lächeln und die Kunden begrüßen, wenn sie reinkommen. Abends gehe ich einfach, ich muss keine lästigen Kassenabschlüsse oder Tagesberichte machen. Kein Aufwand für mich. Zeitweise fühle ich mich sogar schlecht, weil ich dafür bezahlt werde. Und auf dem Heimweg erledige ich noch kleinere Einkäufe ...«

Maho hatte sie erzählt, dass sie derzeit 900 Yen pro Stunde erhielt, aber ab dem nächsten Monat 1000 Yen bekommen würde. Es waren noch zwei weitere ältere Damen im Laden angestellt, die offenbar abwechselnd im Schichtdienst arbeiteten.

»Komm mich doch mal wieder zu Hause besuchen. Ich habe noch viele fast abgelaufene Kekse aus dem Laden.«

»Ich bin so froh, dass alles in Ordnung ist.« Maho war erleichtert, konnte aber nicht umhin, noch etwas hinzuzufügen beim Gedanken an die Aufregung in der Familie Mikuriya, als ihre Großmutter beschlossen hatte, wieder arbeiten zu gehen: »Ich denke aber nicht, dass Papa es schon akzeptiert hat ...«

Mahos Vater war immer noch wütend, dass Großmutter sich für den Job entschieden hatte, ohne es ihm zu sagen. Er sagte sogar zu ihr, es sei peinlich für ein gutbetuchtes Elternteil, in ihrem Alter in einem Laden in einer Einkaufspassage zu stehen.

»Wie bitte? Wenn ich nicht im Kaufhaus gearbeitet hätte, hätte ich deinen Vater nicht geheiratet und du wärst nicht geboren worden, also wo ist der Unterschied zu heute? Auch wenn es dir nicht gefällt, du bist nicht mein Vater! Vergiss das nicht«, hatte Mahos Großmutter nur geantwortet. Von der Beziehung ihrer Großeltern erfuhr Maho erst, als ihre Großmutter wieder zu arbeiten begann. So erfuhr sie auch, dass es eine Liebesheirat gewesen war, was damals selten der Fall war. Maho konnte sich mit der Situation arrangieren, aber für ihren Vater schien das anders zu sein.

»Oma, du hast doch deinen Job aufgegeben, als ihr geheiratet habt, oder?«, fragte Maho ohne Umschweife.

»Das stimmt.«

»Hast du das jemals bereut?«

»Es gab eine Zeit, in der ich nicht einmal daran dachte, nach der Heirat zu arbeiten. Ich musste meinem Chef nur sagen: ›Ich werde heiraten‹, das war damals gleichbedeutend mit: ›Ich kündige.‹ So war das damals.«

Maho nickte und senkte den Blick auf den Eiskaffee, an dem sie nippte.

»Nanu, was ist denn los? Na, sag schon.«

»Also, die Wahrheit ist …« Dann erzählte Maho von den Gesprächen mit ihren Freundinnen und von Koharus Hochzeitsplänen. »Ich weiß auch nicht. Ich habe über einige Dinge nachgedacht.«

»Meinst du mit ›einige Dinge‹ die Arbeit? Oder die Hochzeit von Koharu?«

»Ich denke, es ist ein bisschen von beidem. Ich war überrascht, dass es Ehepaare gibt, die anscheinend alles haben. Und ich war auch überrascht, wie meine Freundinnen meine Ehe sehen. Ich bin mir sicher, dass mich dort alle mit Koharu verglichen haben. Ich frage mich seitdem, ob die Ehe, oder besser gesagt der Partner einer Frau, einen so großen Unterschied machen kann. Mit dem einen hat man eine Hochhauswohnung in Toyosu und mit dem anderen eine Wohnung in Jujo«, murmelte Maho, was sie sich zuvor selbst nicht eingestanden hatte.

»Du solltest das nicht so sagen … Dein Mann Taiyo ist ein guter Mensch und Saho wächst glücklich auf. Ich glaube doch, das ist es, was dir wichtig ist.«

Maho wusste das. Natürlich wusste sie es und trotzdem war sie irgendwie traurig.

»Habe ich dir nicht neulich von dem Kakeibo von Motoko Hani erzählt?«

»Oh, die, von dem deine Großmutter sagte, sie sei ›ein strenger Mensch‹?«

»Ja, genau die! Aber es gab viele wunderbare Dinge, die Hani-san gesagt hat, und eines davon war, dass sie die Menschen ermutigte, ihr Leben in einem Kakeibo finanziell zu planen und auch zeitlich zu terminieren.«

»Termine? Mit einem Kakeibo?«

»Genau. Das Argument der klugen Dame war, dass es bei einem Haushaltsbuch wie dem Kakeibo nicht nur darum ginge, das ausgegebene Geld aufzuschreiben, sondern auch darum, einen Zeitplan zu erstellen. Wie viel Geld kommt diesen Monat rein und wie viel wird ausgegeben? Das ist die eine Sache. Es ist aber auch wichtig zu wissen, wie viel Geld man theoretisch ausgeben könnte.«

»Ach so?«

»Im Gegensatz zu mir kannst du noch bis zu einem gewissen Grad planen, nicht wahr? Das Wichtigste dabei ist, dass man nicht allein ist mit diesem Plan. Ich denke also, du solltest dir überlegen, wann, wo und wie viel Geld du und dein Mann in den nächsten zwanzig Jahren oder so ausgeben werden. Und dann überlegt ihr euch noch einmal, wie viel ihr wirklich braucht. Das hilft dir vielleicht, dich nicht unnötig zu fürchten oder dich mit den anderen zu vergleichen.«

»Kann sein.« Maho war von der Einfachheit dieses Ratschlags überrascht. »Du sagtest ›im Gegensatz zu mir‹ … heißt das, dein Leben ist unvorhersehbar?«

»Na ja, ist es nicht so? Ich könnte morgen erkranken, und das war's. Dann kann ich kein Geld mehr ausgeben und darüber Buch führen«, sagte sie mit einem verschmitzten Lächeln, aber irgendetwas passte hier für Maho nicht zusammen.

Ihre Großmutter stieß einen kleinen Seufzer aus. »Die Wahrheit ist … deine Oma ist ein wenig nervös wegen dem, was auf sie zukommt.«

»Wie? Was meinst du?«

Seit Maho denken konnte, war ihre Großmutter eine ruhige Person gewesen. Sie lebte in einem schönen Haus, hatte solide Möbel und gutes Geschirr, führte ein Kakeibo und lebte anständig. In gewisser Weise fühlte Maho schon immer, dass sie ihrer Großmutter näherstand als dem Rest der Familie Mikuriya. Sie war wie eine »universelle Konstante« in ihrem Leben. Maho bewunderte ihre Oma und war stolz auf sie.

»Ich weiß nicht, wie viel Geld ich von jetzt an ausgeben kann oder sollte. Meine Rente ist seit dem Tod deines Großvaters gekürzt worden. Es ist nicht so, dass ich keine Ersparnisse hätte, aber wenn ich sie abheben und ausgeben würde, hätte ich Sorge, dass alle in Schwierigkeiten geraten, wenn ich Pflege brauche.«

»Ist das etwa der Grund, warum du wieder angefangen hast zu arbeiten?!«

»Nicht nur deswegen. Natürlich wollte ich auch wieder das Gefühl haben zu arbeiten. Aber ehrlich gesagt, ich bin auch ein bisschen knapp bei Kasse, das stimmt schon.«

Maho wusste nicht, was sie sagen sollte.

»Nun ja, ich bin froh, dass ich es dir gesagt habe. Das weiß sonst niemand aus der Familie. Es wird vielleicht der Tag kommen, an dem ich Hilfe brauche, aber bis dahin möchte ich so viel wie möglich selbst erledigen. Bitte behalte es für dich, ja? Auch gegenüber deinen Eltern.«

»Na gut. Aber du solltest es ihnen lieber bald erzählen.«

»Das werde ich schon noch machen. Es ist ja noch nicht der Fall, dass ich nicht genug Geld habe und es ihnen sagen müsste. Noch ist alles gut.«

Maho rief sich die Summe ins Gedächtnis, die Großmutter angeblich gespart hatte. Zehn Millionen Yen. Fürs Erste war das beruhigend.

»Okay. Ich möchte dich unterstützen, so gut ich kann. Sag mir bitte Bescheid, wenn du Hilfe brauchst.«

»Ich bin glücklich, das musst du mir glauben. Ich habe jeden Tag Spaß an meiner Arbeit«, verriet ihr Kotoko mit einem überzeugend echten Lächeln.

***

Maho und ihre Familie waren Frühaufsteher und um zehn Uhr abends schliefen sie in der Regel schon tief. Der Anruf kam spät am Abend. Taiyo wurde als Erste wach und sprang auf. Seine Bewegung weckte auch Maho auf.

»Ist nicht meins«, murmelte er schläfrig, während er sein Display checkte.

»Was?«

Normalerweise hatte Maho ihr Smartphone auf Vibration gestellt. Sie hatte nicht damit gerechnet, dass ihr Telefon klingeln würde, da eigentlich nur Taiyos Handy bei Notfällen und Einsätzen nachts Krach machte. Sie suchte erschrocken unter ihrem Kopfkissen nach ihrem Gerät. Auf dem Bildschirm war der Name »Koharu« zu lesen.

»Maho …?«

Am anderen Ende der Leitung hörte sie eine Frau weinen.

»Koharu?«, fragte sie erschrocken.

»Entschuldige, es tut mir leid.«

»Was …? Was ist denn los?«

Koharu weinte und fragte, ob sie gleich vorbeikommen könne.

»Kein Problem, bist du allein? Wo bist du jetzt?«

»Ich bin in Ginza, ich werde ein Taxi nehmen. Entschuldige …«

»Alles okay?«, murmelte Taiyo, als Maho aufstand und ihre Strickjacke über den Schlafanzug zog.

»Es ist was mit Koharu. Sie sagt, sie kommt gleich her, aber ich schließe die Tür, mach dir keine Sorgen, schlaf einfach weiter.«

Es war ein Glück, dass Saho, die zwischen Maho und Taiyo schlief, nicht aufgewacht war.

»Hm, weck mich, wenn ihr was braucht«, sagte Taiyo und kuschelte sich in den gemeinsamen Futon zurück.

Die Eingangstür von Mahos Wohnung führte direkt in die Küche mit dem Esstisch. Das musste reichen. Verglichen mit der Hochhauswohnung, in der Koharu nach eigenen Angaben wohnte, war es Maho peinlich, aber es ließ sich nicht ändern.

Trotz des Frühlings war es nachts immer noch kühl. Sie

schaltete die Ölheizung ein, brühte heißen Tee auf und wartete. Schließlich hörte sie ein leises Klopfen an der Tür. Als sie sie öffnete stand Koharu mit geröteten Augen davor.

»Was ist passiert? Wie geht's dir?«

»Ach …«, kam es nur von Koharu.

Wahrscheinlich hatte sie sich während der Taxifahrt etwas beruhigt. Sie lachte hohl auf.

Als die beiden Frauen am Tisch saßen, stieß Koharu einen tiefen Seufzer aus.

»Was ist denn passiert?«

»Also, ich werde wahrscheinlich gar nicht mehr heiraten.«

»Wieso denn das?«

Koharu trank den Tee, den Maho aufgebrüht hatte. Das Wichtigste für Maho war jetzt, dass Koharu sich nicht scheuen sollte, um Hilfe zu bitten und alles in Ruhe zu erzählen.

»Ich habe etwas Erstaunliches herausgefunden. Ich sollte ohne mein Wissen für eine hohe Summe ›versichert‹ werden.«

»Wie meinst du das?«

Koharu begann zu erzählen, dass sie gleich nach der Verlobung ihr neues persönliches Namenssiegel samt Visitenkarten bekommen hatte. Und heute Abend, als sie mit ihren Schwiegereltern in einem sehr teuren Restaurant in Ginza zu Abend aß, wurde sie fast gezwungen, ein Versicherungsdokument zu unterschreiben, in dem ihr Verlobter und ihre Schwiegereltern als Begünstigte eingetragen waren.

»Wie hoch ist die Versicherungssumme?«

»Etwa 100 Millionen Yen.«

Koharus Ringfinger an der linken Hand glitzerte. Sein Wert entsprach wahrscheinlich der Zahl 100 Millionen und sah ebenso schillernd aus.

»Wow, aber vielleicht ist es dir zuliebe. Eine hohe Lebensversicherung mag ein schlechtes Image haben, wegen dem Gerücht um ›Versicherungsmorde‹, aber letztlich ist sie eine Garantie für deine Zukunft.«

»Das sagte meine Fast-Schwiegermutter auch. Weißt du, sie haben uns diese Hochhauswohnung zur Verfügung gestellt. Sie machen angeblich viele Geschäfte auf diese Weise und sagen, dass es normal sei, eine Versicherung abzuschließen, falls etwas passiert.«

»Oh, ach so?«

»Na ja, aber weißt du … Ich habe Kotaro gefragt, ob er denn auch so eine Versicherung hätte. Und er sagte nur, natürlich habe er eine. Aber im gleichen Atemzug verriet er mir, dass ich nicht die Begünstigte sei. Als ich ihn dann beiläufig fragte, ob er mich nicht eintragen lassen wolle nach der Hochzeit, wurde er sehr wütend und sagte, ich sei eine schreckliche Braut. Das ist doch seltsam?«

»Hm, ja … das ist wirklich … komisch.« Maho konnte nicht allzu viel dazu sagen, da sie seine Eltern nicht kannte. Aber sie hatte das Gefühl, dass sie Koharus Bedenken verstehen konnte.

»Meine Schwiegermutter war immer eine höfliche und elegante Frau, aber plötzlich wurde sie zu einem anderen Menschen. Ich habe mich bei ihr entschuldigt, aber sie hat mir nicht verziehen. Er war bei dem Konflikt überhaupt nicht auf meiner Seite und sah mich nicht einmal an. Dann bin ich einfach aus dem Restaurant verschwunden. Jetzt bin ich hier … Sind deine Schwiegereltern auch so? Ich weiß, dass du dich durch deinen früheren Job mit Versicherungen auskennst, und du bist verheiratet, also habe ich mich gefragt, ob du mir mehr sagen kannst.«

»Na ja, es hängt von der Familie ab, das ist so pauschal schwer zu beantworten.«

»Sag schon, Maho, was denkst du? Ich weiß nicht mehr, ob ich ihn heiraten kann!«

Maho war um eine Antwort verlegen. Um ehrlich zu sein, hatte sie sich auch gefragt, ob so etwas nicht zu einer Auflösung der Verlobung führen könnte. Maho war sich nicht sicher, warum die Schwiegereltern eine hohe Lebensversicherung auf die Verlobte abschließen sollten, aber es gab offenbar Familien, in denen so etwas üblich war. Sie würden bestimmt nicht die Ehefrau ihres Sohnes töten und das Geld von der Versicherung kassieren, das passierte dann doch wieder nur in Filmen. Was Maho jedoch beunruhigte, war, dass Kotaro seine zukünftige Frau anscheinend als ein untergeordnetes Objekt in seiner Ehe betrachtete und Koharu nicht vor seinen eigenen Eltern schützte. Es gab jedoch nicht genügend Beweise, um hier eine eindeutige Einschätzung abzugeben.

»Vielleicht solltest du dich mit Kotaro in Ruhe und allein aussprechen …«, antwortete Maho schlussendlich etwas ausweichend, auch wenn sie wirklich überzeugt von dem war, was sie Koharu empfahl. »Du hast mir erzählt, wie überrascht du warst, als seine Eltern nicht wollten, dass er sich auf deine Seite stellt, wenn sie eine Auseinandersetzung mit dir haben. Hast du denn all das, was du eben mir gesagt hast, auch zu ihm gesagt? Wenn er deine Gefühle nicht versteht, dann sollte man es sich vielleicht noch mal überlegen mit der Hochzeit. Dann weiß er noch nicht, wie er zu dir und seinen Gefühlen zu dir steht. Vielleicht ist ihm gar nicht bewusst, dass er auf deiner Seite sein müsste?«

»Wie war das bei dir, Maho? Hast du gezögert oder habt ihr vorher gestritten?«

»Ich kenne Taiyo schon sehr lange und seine Eltern kenne ich auch schon seit der Oberstufe … also …«

»Oh Mann, wie beneidenswert.«

Das kam überraschend für Maho. Koharu, die Möchtegern-High-Society-Ehefrau, war neidisch auf sie?

»Aber es war nicht so, dass ich überhaupt keine Zweifel an meiner Ehe gehabt hätte.«

»Wirklich? Ich dachte, du wärst die ganze Zeit über heftig verliebt gewesen.«

»Na ja, ich hab auch so meine Probleme … Ich habe zum Beispiel damals beschlossen zu heiraten, weil ich nicht mehr arbeiten wollte. Ich habe es niemandem erzählt, aber auf der Arbeit lief es nicht so gut. Ich konnte meine Verkaufsquote bei der Anlageberatung nicht erfüllen, und als ich darüber jammerte, sagte Taiyo: ›Lass uns heiraten.‹ Deshalb fand ich deine Geschichte viel romantischer, Koharu!«

»Ernsthaft?!«

Unwillkürlich sahen sie sich an und mussten lachen.

»Ich dachte immer, du bist so ruhig, glücklich und führst eine stabile Ehe, Maho. Also ging ich davon aus, meine Ehe sei im Vergleich ein Witz. Nur eine Lappalie.«

»Sag so was nicht. Ich beneide dich, Koharu!«

Plötzlich hatte Maho wieder das Lächeln ihrer Großmutter vor Augen. »Kein Leben ist jemals unveränderlich, weißt du.«

»Vielleicht ist da etwas Wahres dran.«

Nachdem sie noch eine Weile geredet hatten, ging Koharu wieder. Als Maho die Tassen abwusch, tauchte Taiyo auf.

»Entschuldige, habe ich dich geweckt?«

»Nein.«

»Hast du zugehört?«

»Mhm, ein bisschen.« Taiyo umarmte Maho von hinten,

während sie die Tasse spülte. Sein Kinn legte er auf ihre Schulter.

»Es war nicht, weil du gejammert hast.«

»Was?«

»Ich habe dir einfach so einen Antrag gemacht. Nicht, weil du gejammert hast.«

»Aber zu der Zeit …«

»Ich wollte dir schon immer einen Heiratsantrag machen, aber ich habe mich nicht getraut, und dann hast du dich bei mir über die Arbeit beklagt, also habe ich die Chance ergriffen und gefragt.«

»Wirklich …?«

»Ja.« Das war alles, was er sagte, dann drehte er sich um und ging wieder ins Schlafzimmer.

»Gute Nacht!«

Etwas verlegen folgte ihm Maho. Doch sie konnte nicht anders, als leise vor sich hin zu kichern. Manchmal überraschte er sie doch noch und brachte sie dazu, mit ihm angeben zu wollen … Und sie fand ihn immer noch sehr anziehend.

# Kapitel 4
# Reine Kosteneffektivität

Yasuo Komori blies an der Anlegestelle eines kleinen Fischerhafens den Rauch in Richtung Meer.

Er hörte die Stimme einer jungen Frau hinter sich, die fragte: »Hast du für heute schon genug getrunken?« Bevor er sich umdrehen konnte, hörte er einen dumpfen Aufprall und spürte einen sanften Druck gegen seinen Rücken. Es war eine ziemlich aufregende Situation, wenn eine weiche, warme und gut riechende Frau ihn von hinten umarmte.

Seit einigen Tagen arbeitete er als Teilzeitkraft in einer Fabrik, in der er von frühmorgens an Makrelenhechte für den Versand in Kartons verpackte. Die Saison hatte gerade erst begonnen und die heutigen Fänge waren so gering, dass sie schon um drei Uhr Feierabend machen konnten. Die Arbeiter stießen gemeinsam im Schlafsaal an, der direkt am Meer lag.

»Hey, hey, Rena, Süße, bist du betrunken?«

»Ja, Sir!«

Sie war eine von vielen attraktiven Studentinnen mit langen Beinen und wuscheligem braunem Haar. Yasuo wusste nicht, mit welchen Schriftzeichen ihr Name geschrieben wurde, und es war ihm auch egal. Rena sah umwerfend aus, und an ihrer Kleidung und der Art, wie sie sprach, konnte

Yasuo erkennen, dass sie aus einer wohlhabenden Familie stammen musste.

Die Mädchen, die sich zur harten Saisonarbeit meldeten, bei der am Ende des Tages der Rücken schmerzte und ein fischiger Geruch den Körper umgab, mussten etwas in ihrem Alltag vermissen oder ein unerfülltes Leben haben, dachte Yasuo. Er hatte in seinem Leben schon viele solcher Mädchen getroffen. Geschickt löste er ihre Hände, die von hinten seinen Brustkorb umklammerten, und schob sie von sich weg, aber nicht so abrupt, dass sie böse werden würde. Rena fing grundlos an zu lachen.

»Hahaha! Der feine Komori-san trinkt nicht mehr?«

»Ich habe genug getrunken. Der alte Komori war lange genug betrunken.«

»Quatsch, du bist doch nicht alt! Jung sein ist eine Geisteshaltung, eine Frage des Willens«, kam es ernst von Rena, bevor sie in Gelächter ausbrach.

Obwohl Yasuo wusste, dass es sich um ein Zitat aus einem Gedicht von Samuel Ullman handelte, wurde ihm beklommen ums Herz, wenn er daran dachte, dass es wahrscheinlich nur etwas war, was er vor langer Zeit in einem Universitätskurs von einem alten Professor gehört hatte. Der hatte ihm damit durch die Blume sagen wollen, dass er heutzutage keine Rente beziehen könnte, wenn er beruflich nur über seine Jugend philosophierte, anstatt zu arbeiten. Einfach lachen und Unwissenheit vortäuschen war seitdem Yasuos Devise.

»Tja, da kann man nichts machen, im Geiste bin ich eben ein alter Mann«, antwortete er feixend und dachte sich dabei: Was sind es jetzt? Fast vierzig Jahre auf dem Buckel.

Vorsichtig zog Rena die Zigarette, die zwischen Yasuos Lippen gesteckt hatte, heraus und steckte sie sich selbst in den Mund. »Herrlich«, sagte sie und kniff die Augen zusammen.

Er seufzte innerlich. Für Yasuo war sie wie ein Fertiggericht. Er konnte jederzeit zugreifen und sie ins Bett bekommen. Das hätte er früher auch getan, doch jetzt konnte er nicht mehr so kalt und triebgesteuert handeln.

»Komori, du bist anders als andere Menschen, nicht wahr?«

»Was meinst du?«

»Du denkst ganz anders, dich umgibt diese Aura ... ist es vielleicht deine Unabhängigkeit?«

»Also doch ein alter Seemannsonkel.«

Er wechselte von einem Saisonjob zum nächsten und hatte immer mit dem hübschesten Mädchen am Arbeitsplatz eine flüchtige Liaison. Das ging fast zehn Jahre lang so. Bis er begann, Kinari Motoki ernsthaft zu daten.

»Komori, hast du eine Freundin?«, fragte Rena ohne Unschuld in der Stimme.

Es wäre ein Leichtes für ihn gewesen, diese Frage zu bejahen, aber aus irgendeinem Grund wollte er das nicht. Er kannte den Grund, denn es war jetzt anders. Nicht, weil er in der Tat eine Freundin hatte, sondern weil er diese Masche nicht mehr abziehen wollte. Aber Rena mit dieser Begründung abweisen konnte er in diesem Moment auch nicht.

»Na ja, es gibt da schon ...«, fing er an.

Praktisch gesehen gab es da jemanden. Auch wenn es ein komischer Abschied von Kinari gewesen war, bevor er zum Fischereijob hierherkam. Aber er machte sich wahrscheinlich zu viele Sorgen. Sie schienen immer noch zusammen zu sein.

»Ich möchte dich heiraten, Yasuo, oder genauer gesagt, ich möchte Kinder mit dir haben. Auch wenn es nur eins wäre.

Du hast einen guten Universitätsabschluss, du bist intelligent. Ich mag dein freundliches Gesicht und deine Persönlichkeit … Und deine Gene sind auch nicht schlecht«, hatte Kinari geradeheraus gesagt, in ihrer typischen direkten Art.

›Gene, hm?‹, dachte Yasuo kurz. Für Kinari, eine Frau über dreißig, war es selbstverständlich, dass sie bald Kinder wollte. Er und Kinari waren seit fast zehn Jahren in einer On-/Off-Beziehung.

Als Yasuo sie kennenlernte, war sie ungefähr genauso alt wie Rena jetzt. Da ahnte er noch nicht, dass es auf das Teilen ihrer Gene hinauslaufen würde. Eigentlich hatte er gedacht, Kinari sei nur eine junge Studentin, die sich auf einen One-Night-Stand einlassen würde. Als sie sich kennenlernten, war er bereits Ende zwanzig und konnte mit gleichaltrigen Frauen nichts anfangen.

Er war Kinari damals in einem Gasthaus in der Nähe des Ganges in Varanasi, Indien, begegnet. Zu dieser Zeit hatten Yasuo und die anderen Reisenden um sie herum alle den gleichen Tagesablauf. Sie wachten zum Klang der Glocken und Gebete auf, gingen auf direktem Weg den dunklen steinernen Pfad zum Ganges hinunter, um Chai zu trinken und den Sonnenaufgang zu beobachten. Danach kehrten sie in die Unterkunft zurück und frühstückten. Über Mittag spielten sie oft gemeinsam Karten. Am Abend wiederholten sie das Morgenritual mit Chai am Ganges und trafen sich zum Abendessen wieder im Gasthof. Nach Monaten solcher Tage war Kinari auf Yasuo zugekommen.

»Willst du deine ganze Zeit hier so unproduktiv verbringen?«, fragte sie mit einem Lächeln, ohne vorwurfsvoll zu klingen. Kinari besuchte mit Eifer die alten Stätten Indiens, seit dem Moment ihrer Ankunft. Sie wiederholte diese Frage immer, wenn sie in den Gasthof zu Yasuo und den anderen kam. Yasuo hatte gedacht, sie würde sicher eine gute Gesprächspartnerin abgeben, wenn sie nach ihrem Sightseeingtrip nicht gleich wieder verschwinden würde. Das taten aus seiner Erfahrung nämlich alle, die hierherkamen. Aber sie war anders. Sie besichtigte die alten Stätten nicht nur einmal, sondern mehrmals. Nur sehr wenige Menschen taten das. Er hatte den Eindruck, viele Besucher Indiens mochten dort zwar die Atmosphäre, aber bleiben oder mit den Einwohnern reden wollten sie nicht.

Komische Frau, dachte Yasuo damals für sich.

Eines Tages fragte er sie aus einer Laune heraus, ob sie mit nach Kathmandu in Nepal gehen wolle, und sie begleitete ihn gern. Kinari mochte weder Indien noch Varanasi sonderlich, aber Yasuo schien sie zu mögen. Nach dieser Reise sahen sie sich eine Zeit lang nur noch zufällig und unregelmäßig. Nach ein paar Jahren begannen sie, den Geburtstag des jeweils anderen gemeinsam zu feiern und sich gegenseitig zu Hause zu besuchen.

Diese Frau verlangte nach Genen, egal welchen Alters. Und der Grund dafür waren Kotoko Mikuriya und ihre Enkelinnen!

Yasuo stellte sich vor, wie er zu der raffinierten Großmutter Kotoko sagen würde: »Wenn mich in letzter Zeit junge Frauen um ein Date bitten, will ich keinen Sex mehr mit ihnen. Was ist los mit mir?«

Er sah Kotoko vor seinem inneren Auge, wie sie keine Miene verzog und sagte: »Ach, wenn es nur das ist. Du bist jetzt in einem Alter, in dem du mal zum Arzt gehen solltest.« Er musste kichern bei der Vorstellung.

»He, du lachst! Stimmt was nicht mit mir? Habe ich was

Komisches gesagt?«, riss ihn Renas Stimme wieder ins Hier und Jetzt. Rena war jung und beliebt, so dass sie nur an sich und ihre Wünsche dachte. Sie wurde Yasuo allmählich lästig. Nein, diesmal musste es anders ablaufen, beschloss Yasuo innerlich. Denn sonst hieß es zum Schluss wieder: »Ah, du kannst die andere einfach nicht vergessen, oder?«

»Stimmt was nicht?«, wiederholte die angeheiterte Rena, die von seinen Gedanken nichts mitbekam.

»Alles okay.«

Yasuo hatte keine Lust, einer Frau, die so tat, als sei sie betrunkener, als sie es tatsächlich war, viel mehr zu erklären. Also hielt er sie schließlich an ihren schlanken Handgelenken fest, um sie zu stoppen.

***

Er hatte Großmutter Mikuriya, die liebe Kotoko, in einem Gartencenter getroffen. Sie wurden gute Freunde, nachdem sie Setzlinge einer Viola-Pflanze unter sich aufgeteilt hatten, bevor diese verramscht wurden. Da sie nahe beieinander wohnten, bat Yasuo die ältere Dame, den Garten zu gießen und das Haus zu lüften, wenn er für seine Saisonarbeit oder im Ausland unterwegs war. Er hätte wahrscheinlich auch Kinari fragen können, wollte sie aber nicht stören, denn sie war beruflich ebenfalls viel unterwegs. Nachdem er Kotoko kennengelernt hatte, fragte sie ihn, ob er nicht einmal ihre Enkelin besuchen wolle. Die würde ihn gern kennenlernen, fügte Kotoko hinzu.

Sein jüngeres Ich wäre überglücklich gewesen, wenn diese Enkelin alleinstehend gewesen wäre, aber sie hatte einen Mann und eine Tochter. Außerdem war ihr Gatte auch noch

Feuerwehrmann und Beamter. Er wirkte auf Yasuo sehr seriös für einen Neunundzwanzigjährigen, mit seinem guten Aussehen und der dunklen Bräune. Und sie hatten eine dreijährige Tochter, die auf Fotos jetzt schon so hübsch war, dass sie sicher mal eine gutaussehende Frau werden würde. Wen könnte er denn in das Haus einer so perfekten Familie mitnehmen? Am Ende hatte er einfach Kinari eingeladen mitzukommen. Nachdem sie zusammen unterwegs gewesen waren, bekam er die LINE-Nachricht von Kotoko, die ihn zu Maho Ido einlud. Also zeigte er sie ihr, und sie sagte, sie wolle mitgehen und Kotoko endlich kennenlernen.

Kinari hatte die Universität regulär abgeschlossen und danach in einem großen Reisebüro angefangen. Nach etwa fünf Jahren kündigte sie und schrieb seither Artikel als freie Journalistin, hauptsächlich über das Reisen. Yasuo war erstaunt, als er erfuhr, dass sie sogar ein Buch mit dem Titel ›Ferienorte für alleinreisende Frauen‹ geschrieben hatte. Es verkaufte sich offenbar nicht allzu gut.

Yasuo hatte sie eingeladen, weil er dachte, sie sei offen und freundlich genug, um so eine Situation zu meistern. Außerdem war sie irgendwie auch als Puffer anwesend, damit es zu keiner unangenehmen Situation im Haus der Idos kam. Das Ergebnis des Abends war mehr als überraschend, denn sie und Maho verstanden sich prächtig.

Sie hatten sich wie alte Bekannte über die Arbeit, das Reisen und sogar über ihre Einkommen und Rentenpläne unterhalten.

»Ihr wollt nach Hawaii? Ich kenne da eine Mietvilla, in der du mit deiner Familie wohnen könntest. Es ist zwar ein bisschen weiter weg von Waikiki, deshalb ist es auch etwas günstiger, aber noch in der Nähe von Einkaufszentren!«

»Was? Das wäre wunderbar! Wir können wahrscheinlich nur für drei Übernachtungen hin. Meinst du, das reicht?«

»Eigentlich muss man die Villa immer für mindestens eine Woche mieten, aber ich kenne den Besitzer, also kann ich da bestimmt was machen.«

»Wir können kein Englisch …«, setzte Maho nach.

»Keine Sorge! Die Frau des Besitzers ist eine japanischstämmige Amerikanerin in dritter Generation und kann daher auch ein wenig Japanisch. Ich kann für euch reservieren!«

»Das kann ich nicht wiedergutmachen, vielen lieben Dank!«

Die beiden verstanden sich auf Anhieb.

»Wie sieht es mit den Sozialleistungen für Leute wie dich in einem selbstständigen Beruf aus?«, fragte Maho, nachdem Kinari nach dem Leben mit einem Beamten gefragt hatte.

»Na ja, ich bin halt Freiberuflerin«, sagte Kinari. »Ich habe keine Altersversorgung und nur die staatliche Rente, also bin ich etwas unsicher unterwegs.«

»Oh, verstehe … Deshalb bin ich in der privaten Rentenversicherung, mit beitragsorientiertem Pensionsplan.«

»Ah, davon habe ich mal gehört. Das ist ein Rentenplan, der seit Kurzem auch Beamten zur Verfügung steht, nicht wahr? Das hat mich echt neugierig gemacht.«

»Unabhängig davon würde ich es sehr empfehlen. Und es ist steuerlich absetzbar.«

»Aha, verstehe.«

»Die Rentenansprüche werden über eine Art Kleingewerbe angesammelt. Es ist wie gesagt steuerlich absetzbar und bietet einen guten Zinssatz. Es ist fast so, als ob man seine persönliche Rentenversicherung bedient.«

»Wow, das wusste ich nicht. Im Moment bin ich so ausgelastet, dass ich dafür keine Zeit finde. Ich weiß nicht, wie lange ich das mit der Selbstständigkeit noch machen kann. Die Auftragslage ist immer unberechenbar. Aber ich versuche mein Bestes zu geben, solange es eben geht. Ich freue mich deshalb sogar ein bisschen auf meine Zeit im Alter.«

»Das ist doch was Schönes …«, sagte Maho unverbindlich.

Kotoko, die dem Gespräch der jungen Damen mit einem breiten Grinsen gefolgt war, mischte sich nun ein. »Wisst ihr, im Alter kann man nie genug zu tun haben.«

Yasuo fragte sich, ob das tatsächlich stimmte. Was, wenn sie all ihr Geld sparten, würden sie es später dann bereuen? Niemand wusste, wie lange er leben würde. Wenn man kurz vor dem Tod stünde, würde man dann darüber nachdenken, dass man sein Geld doch hätte ausgeben sollen? All diese Gedanken schossen ihm während des Gesprächs durch den Kopf.

Aber er sprach sie nicht aus, er lächelte nur. Übrigens zahlte Yasuo weder staatliche Rentenbeiträge noch hatte er eine private Rentenabsicherung oder sonst eine Vorsorge getroffen. Auch seine nationale Krankenversicherung war abgelaufen.

»Ich bin erleichtert, dass Yasuo Menschen um sich hat, die solide und finanziell unabhängig sind. Das macht mich irgendwie glücklich.«

Kotokos Augen verengten sich bei der Aussage, und auch Yasuo hatte Kinari noch nie über solche Dinge sprechen hören.

»Also, Maho, du als ehemalige Anlageberaterin bist der Meinung, dass man mit der IDECO-Methode selbst entscheiden kann und den besten Überblick hat? Zurzeit investiere ich die Hälfte meiner Ersparnisse. Ein Viertel davon kommt in einen indexbasierten inländischen Aktieninvestmentfonds, Topix, und ein weiteres Viertel in einen indexbasierten ausländischen Aktieninvestmentfonds. Wenn es eine bessere Investitionsmöglichkeit gäbe, könnte ich wechseln oder Anteile erhöhen, dachte ich«, grübelte Kinari zum Schluss.

Was zum Teufel war ein Index? Im Englischen konnte Index auch Überschrift bedeuten, aber darum ging es wohl kaum. Und was um alles in der Welt war dieser »Topix«?, fragte Yasuo sich während des Gesprächs der beiden.

»Für langfristige Investitionen halte ich Indexfonds mit niedrigen Gebühren für die beste Lösung. Ich empfehle dir auf jeden Fall, eine Anlagemöglichkeit mit niedrigen Gebühren zu wählen und damit deine Ersparnisse zu vermehren«, sagte Maho.

»Genau so mache ich es«, antwortete Kinari prompt.

»Ich habe auch nichts anderes von dir erwartet, Kinari!«

Die beiden Frauen gaben sich lässig die Hände und riefen zeitgleich: »Yeah!«

›Was war denn jetzt schon wieder der Zinseszins-Effekt? Und sah es so aus, wenn man sich richtig gut verstand?‹, fragte sich Yasuo, der so langsam nicht mehr mitkam.

»Was machen die Prozentsätze? In deinem Alter könntest du die Anteile in deinen Investmentfonds ruhig noch erhöhen, Kinari. Aber ich kann das natürlich nicht entscheiden, das ist nur meine Einschätzung. Es liegt in deiner Verantwortung. Du hast noch mehr als dreißig Jahre bis zur Rente, oder? Ich würde an deiner Stelle wahrscheinlich erhöhen. Tatsächlich ist es auch noch nicht zu spät, in bar etwas zur Seite zu legen. Man sagt, es lohnt sich, solange man noch jünger als fünfzig ist.«

Eigenverantwortlichkeit, das klang für Yasuo wie die Sprache einer Welt, die zum Fürchten war. Doch er kam nicht umhin zu bemerken, dass Kinari im Gespräch mit Maho ziemlich lebhaft wirkte. Er kannte sie mittlerweile schon so lange, dass sie ihre Mahlzeiten manchmal schweigend einnahmen. War das, was die beiden besprachen, und die Wörter, die sie benutzten, vielleicht etwas, das jeder außer ihm kannte, fragte er sich, während er versuchte, nach außen hin einen kühlen Kopf zu bewahren, aber innerlich unruhig wurde.

Dann sah er zu Taiyo, Mahos Ehemann, und ihre Blicke trafen sich. Das Zuhause der Familie Ido war eine Zweizimmerwohnung mit einer kleinen Küche. Hier saßen fünf Erwachsene an einem Tisch neben der schmalen Küchenzeile. Sie hatten sich noch einen Stuhl von den Nachbarn geliehen. Yasuo hatte mehr als Verständnis für einen sparsamen Lebensstil, aber er war Taiyo so nahe, dass sich ihre Schultern fast berührten.

»Yasuo, wenn du rauchen willst, kannst du auf den Balkon gehen«, half Taiyo ihm mit einem erfrischenden Lächeln aus der Situation.

»Was, oje, du rauchst, Yasuo?«, fragte Maho überrascht, so als hätte sie die Wurzel allen Übels gefunden.

»Nicht wirklich, nur ab und zu …«

»Ach, stimmt ja. In meiner Gegenwart tust du es sonst nicht, nur bei deinen Nebenjobs, nicht wahr? Dachtest, ich weiß es nicht«, fügte Kinari stirnrunzelnd wie eine nörgelnde Ehefrau hinzu.

Da beschloss Yasuo gemeinsam mit Taiyo auf den Balkon zu gehen, obwohl er eigentlich nicht so viel rauchen wollte.

»Woher wusstest du, dass ich rauche? Habe mir heute extra noch keine angesteckt.«

»Ich kenne viele Raucher. Deshalb sehe und verstehe ich es schon irgendwie. Ich bin daran gewöhnt, und der Rauch stört mich nicht.«

Yasuo stellte sich amüsiert vor, wie Taiyo, der allseits beliebte Feuerwehrmann und Beamte, in Kneipen und Lokalen mühsam Sitzplätze für Senioren suchte, wo das Rauchen noch erlaubt war, oder ihnen Aschenbecher brachte. Wahrscheinlich mochten ihn alle, dachte Yasuo. Kinari hatte ein seltenes lokales Bier als Gastgeschenk mitgebracht, das sie zu Mahos selbstgekochtem Essen tranken. Maho servierte ihnen eine Pizza, mit dem Teig aus einer alteingesessenen Bäckerei, den sie mit ihren Kreditkartenpunkten gekauft hatte. Sie war sehr lecker gewesen.

»Immer wenn ich ein paar Bier oder Drinks hatte, kriege ich Lust zu rauchen. Ich nehme an, ihr Feuerwehrleute raucht nicht, weil ihr trainiert und so. Ich habe gehört, dass Rauchen im Bett zu Bränden führen kann.«

»Na ja, es gibt schon noch genug ältere Beamte, die der alten Tradition des Rauchens nachgehen. Es ist eine eingestaubte Riege. Oh, sorry für die Bemerkung! Auch was Maho eben gesagt hat, sie hat sich dazu wahrscheinlich hinreißen lassen und drauflos geplappert.«

Diese Entschuldigung war auch eine Art Lachnummer, fand Yasuo.

»Ach, kein Ding. Wirklich nicht. Ich bin froh, dass ihr mich eingeladen habt. Ich lerne heute Abend eine ganze Menge und Kinari scheint auch mehr Spaß zu haben als nur mit mir allein.«

»Wir sind sonst nur mit unserem Kind zusammen. Es ist angenehm, mal mit Erwachsenen zu sprechen, vor allem für

Maho. Sie versteht sich wirklich gut mit Kinari, die beiden könnten wahrscheinlich Stunden so weiterreden.«

»Verstehe. Elternschaft muss harte Arbeit sein«, murmelte er nur wie alle anderen zu dem Thema.

Yasuo verstand nicht, warum Menschen Kinder bekamen. Es war nicht so, dass er Kinder hasste. Vorhin hatte er Saho auf seinem Schoß gehabt, bis sie ein Nickerchen machte. Die Kleine kam ganz natürlich auf ihn zu und bat Yasuo, sie zu halten. Alle zogen ihn damit auf und sagten, dass Kinder ganz genau wissen, wer sie mag und wer nicht. In der Tat vermisste er manchmal allein die Anwesenheit von Kindern und auch Tieren in seinem Leben sehr, im Ausland und anderswo gleichermaßen. Aber eigene Kinder zu wollen, war nochmal ein anderes Kaliber für Yasuo. Er verurteilte nicht, wenn jemand Kinder hatte. Aber alles, was mit Kindern und Kindererziehung zu tun hatte, war teuer und zeitaufwendig. Man gab sich so viel Mühe, sie aufzuziehen, und wusste nicht mal, ob sie anständige Menschen würden. Anstatt einen im Alter zu versorgen, erschlugen sie einen vielleicht noch mit einem Metallschläger.

Der Aufwand lohnte sich kaum. Das Kosten-Leistungs-Verhältnis war nicht gut. Das Kosten-Nutzen-Verhältnis war wirklich unterirdisch.

Yasuo fragte sich, wie Maho, die eine so starke wirtschaftliche Perspektive auf das Leben hatte, die ultimativ niedrige Kosten-Nutzen-Rechnung für ein Kind akzeptieren konnte. Wahrscheinlich war diese Denkweise der plausibelste Grund, warum Yasuo bis jetzt kein Familienvater geworden war. Selbst er hielt sich für einen abgebrühten Menschen. Aber aus irgendeinem Grund wurde er von den Menschen in seiner Umgebung oft als das Gegenteil wahrgenommen.

»Dieses Zeug, worüber die Frauen sprechen, ist für mich einfach nur Kauderwelsch.«

»Eigentlich verstehe ich auch nichts davon.«

»Echt? Du auch nicht, Taiyo?«

»Nun, die ganzen Geldangelegenheiten, die geplanten Investitionen, das verwaltet alles Maho.« Dann lächelte er wieder und seine weißen Zähne blitzten hervor. Yasuo fand das ziemlich erstaunlich. Taiyo konnte seiner Frau alles geben, was er verdiente, und ohne sich Beschwerden anhören zu müssen oder sich Sorgen zu machen.

Yasuo dachte, nur solche Menschen schaffen es, eine Familie zu gründen oder Kinder großzuziehen. Dies war eine weitere dieser besonderen Fähigkeiten, die ihm anscheinend fehlte.

»Ich mag das, es ist gut so. Ich finde, es funktioniert besser, wenn die Frau stark und entschlossen ist und sich um solche Angelegenheiten kümmert. Bei meinen Eltern war es auch so.«

»Hm … verstehe, das ist eine Möglichkeit, es so zu sehen«, stimmte Yasuo zu.

Auch er war starken Frauen gegenüber nicht abgeneigt. Aber bis jetzt hatte er seine vielfältigen Fähigkeiten nicht für den Aufbau eines Ehelebens genutzt, sondern um allein zurechtzukommen, während er im Ausland oder auf dem Land ziellos umherwanderte. Wahrscheinlich würde es mit einer Heirat besser funktionieren, als er im Moment glaubte. Aber das war keine Option.

In letzter Zeit gab es für ihn als Gelegenheitsjobber kaum Möglichkeiten, mit Menschen zu sprechen, die regelmäßig und ordentlich beschäftigt, verheiratet und noch dazu zufrieden waren.

»Ich lerne ja noch was, wenn ich mit dir rede, Taiyo«, sagte Yasuo ehrlich beeindruckt.

»Das kann nicht sein. Ich kann doch jemandem wie dir nichts mehr beibringen!« Taiyo hob abwehrend die Hände vor seine Brust.

»Taiyo, mal im Ernst, du solltest auf einem Plakat für die Feuerwehr Werbung machen. Du siehst gut aus.«

»Das habe ich schon mal gemacht. In meinem dritten Jahr an der Wache wurde ich zum Model für eine Plakatserie, um Hochschulabsolventen anzuwerben. Es hat mich einen ganzen freien Tag gekostet und ich habe am Ende keinen Cent gesehen. Die Kollegen haben sich lustig gemacht und mich mit den Fotos aufgezogen, war echt übel.« Ein Mann, der mit seinen Vorzügen nicht einmal prahlte. Was für ein perfekter Vater.

***

Auf dem Heimweg schien Kinari gut gelaunt zu sein. »Maho und Taiyo sind ein tolles Paar. Auch wenn ich aufgeregt war, da wir mit dieser Art von Leuten sonst nichts zu tun haben. Es ist doch selten, dass man eine Frau wie Maho findet, mit einem so ausgeprägten Interesse für Wirtschaft. Vielleicht sollte ich einen Artikel über sie schreiben und sie interviewen?«

»Vielleicht sollte ich einen Artikel über sie schreiben«, sagte Yasuo wie zu sich selbst.

»Hallo-ho! Ich habe gerade das Gleiche gesagt!«

»Oh, na dann bin ich ja froh, dass sich jemand des Themas annimmt.«

Yasuo wollte nicht zu sarkastisch klingen, doch er fragte

sich, als er diese glückliche Kinari neben sich sah, warum sie so anders war als sonst. Er mochte an ihr, dass sie normalerweise ziemlich hart mit Menschen ins Gericht ging und manchmal ironische Einschätzungen zu ihnen abgab. Und dann kam plötzlich dieser Hammer.

»Wollen wir nicht auch Kinder …?«

Yasuo Komori, der in diesem Jahr vierzig Jahre alt wurde, wurde dieser Vorschlag schon mehr als ein- oder zweimal in seinem Leben gemacht. Auch schon, als er noch Student mit vielen Freundinnen war oder nach dem Sex und im Eifer des Gefechts, wenn die Hormone überhandgenommen hatten. Er bräuchte mehr Hände, um aufzählen zu können, wie oft ihm diese eine Frage schon gestellt worden war.

Auf Kinaris Frage konnte er trotzdem nicht sofort antworten.

Er fragte sich, warum Frauen Kinder von ihm wollten. Keiner wäre unpassender, um eine Familie zu gründen, als er. Als er schwieg, begann Kinari zu erklären, warum sie fand, dass Yasuo einen geeigneten Elternteil für ihr Kind abgeben würde.

Ihrer Meinung nach war er einigermaßen gebildet, einigermaßen männlich und einigermaßen freundlich. Es klang für Yasuo so, als hätte sie schon länger darüber nachgedacht. Wahrscheinlich ist sie deshalb bei den Idos so aufgeblüht.

Es schmerzte ihn, wie offensichtlich sie zueinanderpassten. Er konnte eigentlich gar nicht ablehnen. Ihm kamen die Gedanken: Was konnte er, ein Mann ohne feste Arbeit, ohne Zukunftsträume, dessen Hobby und Lebensinhalt es war, sich einfach nur ziellos treiben zu lassen, in der Praxis für ein Kind tun?

»Ich zahle nicht einmal in meine Rente ein und meine Versicherung ist auch abgelaufen«, sagte Yasuo, obwohl es keine Antwort auf die Frage war.

»Ich weiß«, antwortete Kinari ruhig.

Yasuo wusste, dass sie es wusste, und hatte es dennoch gesagt.

»Außerdem habe ich keinerlei Ersparnisse.«

»Ich weiß«, kam es erneut von ihr.

»Das Haus meiner Großmutter, in dem ich jetzt wohne … Ich weiß nicht, wie lange ich dort noch leben kann.« Er konnte sich nicht beschweren, falls er rausgeschmissen werden würde, denn er wohnte dort mietfrei und verwaltete im Gegenzug das Grundstück für seine Verwandten.

»Hm, das kommt jetzt unerwartet«, sagte Kinari fast schon emotionslos.

»Ich weiß nicht, ob das ein guter Weg für uns wäre«, sagte Yasuo, doch das hielt Kinari nicht ab.

»Na gut!«, antwortete sie laut. »Ich kann doch das Geld verdienen und du kannst zu mir ziehen. Dann übernehme ich die Miete und die Wohnung ist auch groß genug für uns zwei.«

»Nein, das geht so nicht.«

»Aber irgendwie müssen wir das klären, das wäre doch schön, oder?«

»Ja, schon.«

»Eine Sache, die du genannt hast, können wir jetzt beheben. Du kannst für deine Rente einzahlen. Bis zu zwei Jahre rückwirkend geht das. Und du kannst meiner Krankenkasse als mein Partner beitreten. Du könntest einfach ein Hausmann sein«, sagte Kinari. Schlussendlich konnte Yasuo die entscheidende Frage nicht beantworten und ging ratlos nach Hause.

Als er allein in seine Wohnung kam, öffnete er seine Facebook-Seite und sah nach, was seine fast 10 000 Freunde gerade taten. Er fand einen »Freund«, der als Saisonarbeiter in der Makrelenverarbeitung tätig war, und fragte ihn, ob er es sich leisten könne, ihn für die Saison miteinzustellen. Nachdem die Details geklärt waren, floh Yasuo aus Tokyo. Seitdem hatte er Kinari nicht mehr gesehen.

***

Yasuo hatte sein Studium in den 2000er-Jahren abgeschlossen, als die Arbeitsmarktlage am schwierigsten war. Die effektive Quote der offenen Stellen lag unter zehn, und selbst die Quote der offenen Stellen für Hochschulabsolventen war auf 0,9 gesunken. Als er an der Universität studierte, war er genauso schwerfällig und antriebslos gewesen wie heute, aber er dachte damals, das würde nur bis zu seinem Abschluss so sein.

Yasuo konnte sich nicht erinnern, in der Schulzeit auch so gewesen zu sein. Obwohl ihm gesagt wurde, dass die Wirtschaft in einem schlechten Zustand sei, hatte er große Hoffnungen. Er ging davon aus, dass es mindestens ein oder zwei Unternehmen gäbe, in die er einsteigen könnte.

›Vielleicht war ich etwas zu hochnäsig damals. Meine Noten waren unterirdisch, weil ich zu der Zeit schon etliche Studi-Jobs hatte und viel gereist bin‹, dachte Yasuo rückblickend.

Als er dann auf Jobsuche war, hatte er sich ohne große Vorbereitung bei unzähligen Verlagen beworben und war bei allen Bewerbungsverfahren durchgefallen. Er hatte schon beschlossen aufzugeben und irgendwo anders hinzugehen, als er kurz vor seinem Uniabschluss eine Stelle als Verkäufer in einer Immobilienfirma angeboten bekam.

An Yasuos erstem Arbeitstag in einer Zweigstelle wurde er von einem älteren Kollegen zurechtgewiesen, weil er den Tee nicht richtig serviert hatte. Ohne jegliche Einweisung sollte er mit Flyern am Bahnhof stehen und schmal gebaute Tiny-Houses an den Mann bringen. Daraufhin hatte er einfach gekündigt. Er hatte sich nicht mal richtig verabschiedet. Er stellte seinen Aufsteller einfach an ein Geländer am Bahnhof und ging nach Hause. Er schickte eine Kündigung per Post und änderte seine Handynummer. Er hatte diesen Schritt nicht bereut, denn ebendieses Unternehmen wurde später in der Presse als schwarzes Schaf bezeichnet und ein Mitarbeiter hatte wegen des Drucks dort sogar Selbstmord begangen.

Doch irgendwie konnte er nicht umhin zu denken, dass er sich nicht ändern würde, egal wohin er ging.

Als Yasuo geboren wurde, nannte ihn sein Vater »Yasuo«, mit den Schriftzeichen 安生 für Friede und Leben. In der Hoffnung, dass sein zweiter Sohn ein sicheres und friedliches Leben führe, auch wenn er vielleicht nie Großes erreichen würde. Dieser Wunsch schien jedoch alles andere als in Erfüllung gegangen zu sein, fand Yasuo.

Bei seiner Teilzeitbeschäftigung wurde er こものやすお, also Komono Yasuo, anstatt Komori Yasuo, genannt, was so viel bedeutete wie »Der billige Diener«. Eine Frau, die ihn verließ, weil er sie nicht heiraten wollte, sagte zu ihm, sie wüsste, dass er ein geiziger Mann sei. Mit einem Namen wie Yasuo könne man nur ein billiges und unfertiges Leben führen. Die Frau war mit dem Co-Chef einer IT-Firma verheiratet, lebte in Roppongi Hills, hatte zwei Kinder und schickte ihm, widerlich und unangebracht, bis heute wunderschöne Neujahrskarten.

Doch Yasuo fand nicht, dass sein Leben übermäßig schieflief. Mit einer saisonalen Teilzeitbeschäftigung konnte man circa 250 000 Yen pro Monat verdienen, höchstens 300 000 Yen. An einigen Arbeitsorten gab es Schlafsäle und die Saisonarbeiter erhielten zusätzlich Mahlzeiten. Damit hielten sich die Lebenshaltungskosten für ihn in Grenzen. So konnte er auch innerhalb weniger Monate eine hohe Summe an Geld verdienen. Ob und wann er ins Haus nach Jujo zurückkehren würde, hing von Yasuos Laune ab.

Wenn er heimkam, kochte er jeden Tag Reis für sich. Wenn er einen Job bei einer Reisbauernfamilie bekam, musste er nicht mal den kaufen. Er kaufte aber Reststücke von Broten beim Bäcker für 30 Yen die Tüte. Gemüse baute er selbst an, und Fisch wurde in großen Mengen gekauft, wenn er im Angebot war, und danach getrocknet. Auch die örtliche Bibliothek war sein bester Freund und eine Sonnenseite seines Lebens.

Er lebte ganz nach dem Motto: »Bei gutem Wetter wird gearbeitet, bei schlechtem Wetter wird gelesen.« Wie ein reicher Nichtstuer, nur ohne das Reichsein.

Yasuo hatte Kotoko schon einmal erzählt, dass er locker von einer Million Yen im Jahr leben könne, woran er auch glaubte. Wahrscheinlich noch von einer viel kleineren Summe. Er wollte ganz aufhören zu arbeiten, wenn er eine gewisse Summe gespart hätte.

Ich bin ein Versager im Leben, dachte Yasuo manchmal. Aber so, wie es war, war er glücklich damit, und zurück zur akzeptierten Normalität konnte er auch nicht.

***

»Hallo, du bist nicht in Tokyo, oder?«, hörte er Kotoko durch die Leitung. Schon am nächsten Tag nach dem denkwürdigen Treffen rief sie ihn an, was ziemlich ungewöhnlich war. Bei ihm war es Abend und er hatte gerade nach der Arbeit in einem Bad entspannt und war nun im Schlafsaal.

»Ne, ganz und gar nicht in Tokyo«, antwortete Yasuo.

»Entschuldige …«, kam es ihm einfach über die Lippen, denn er hatte das Gefühl, ertappt worden zu sein bei dem, was am Vorabend vorgefallen war. Doch als er es ausgesprochen hatte, wurde ihm klar, dass Kotoko gar nichts wissen konnte, und er rieb sich peinlich berührt den Nacken.

›Woher wusste sie überhaupt, dass ich nicht in Tokyo war? Vielleicht hatte sie ja Kontakt zu Kinari. Die beiden hatten schließlich an dem Abend bei den Idos auch angebandelt. Könnte es sein, dass sie Kotoko alles erzählt hat …‹, dachte er angestrengt nach.

›Ich habe Yasuo einen Heiratsantrag gemacht, aber er hat mir einfach keine Antwort gegeben und ist gegangen, ohne sich bei mir zu melden‹, hörte er Kinari innerlich. Das war noch schlimmer für ihn. Er hatte diese Art von »Kameradschaft« unter Frauen immer gehasst.

»Sensei, Yasuo hat Kinari zum Weinen gebracht!«

»Ich halte das nicht mehr aus. So geht das nicht weiter!«

»Herzlich willkommen zum Klassentreffen.«

Maho war sozusagen die Klassensprecherin und Kotoko war die Klassenlehrerin. Yasuo hasste all das. Er schien in diesem Moment aufrichtig enttäuscht zu sein von Kotoko, die er für eine sehr agile und hübsche Großmutter gehalten hatte.

»Du hättest mir deutlich sagen müssen, dass du den Garten nicht gießen kannst.« Diese Aussage und ihre Pingeligkeit überraschten Yasuo. Dann wurde ihm klar, dass er seine Wut aufgrund seiner Fantasien vorschnell an ihr ausgelassen hatte.

»Das tut mir leid.«

Wenn er genau darüber nachdachte, würde sich jemand wie Kotoko niemals ungefragt in fremde Angelegenheiten einmischen, selbst wenn er sie um Rat gefragt hätte.

»Es ist immer noch sehr heiß, auch wenn es schon Herbst ist. Ich dachte, es sei an der Zeit, meine Herbstaussaat des Chinakohls und ein paar Erbsensamen mit dir zu teilen, aber es war niemand da und die Blumen im Garten sahen durstig aus. Ich hatte Mitleid mit ihnen und war überrascht. Ich geriet in Panik und goss sie mit frischem Wasser.«

»Vielen Dank, Kotoko.«

»Blumen haben keine Beine. Auch wenn ich alte Knochen habe, man muss da dranbleiben. Sie können ohne uns Menschen nicht mehr überleben, das ist eine egoistische Beziehung. Man muss also die Verantwortung übernehmen.« Sie wurde schnell wütend, wenn es um Blumen und Felder ging. Das mochte er so an ihr.

Nach der komischen Sache mit Kinari hatte Yasuo sein Zuhause voller Nervosität verlassen. Die Blumen hatte er total vergessen. Er lief sein Leben lang weg, wenn die Dinge unangenehm wurden.

›Ich könnte auf keinen Fall Kinder erziehen! Ich kann mich nicht mal um Pflanzen kümmern‹, dachte er bei sich.

»Weißt du, ich habe dann Kinari gefragt, aber sie sagte, du seist weg und sie wisse nicht, wohin. Ist etwas Schlimmes vorgefallen?« Er wusste, dass sie es wusste. Aber als sie mit einem unerwartet sanften Ton nach ihm fragte, verpuffte seine Rebellion.

»Hat Kinari dir was erzählt?«

»Nein, so eng, dass Kinari mir etwas anvertrauen würde, ist unser Verhältnis nicht. Außerdem würde ich mir nicht die Mühe machen, zu fragen. Ihr jungen Leute kriegt das schon hin. Es war nur ungewöhnlich, dass du dich nicht verabschiedet hast.«

Seit Yasuo die ältere Dame kannte, hatte er nicht ein Mal vergessen zu grüßen oder sich zu verabschieden.

»Ja, also … es ist schwierig mit ihr.« Wie nicht anders zu erwarten, verzichtete er darauf, die genauen Umstände zu nennen. Auch aus Respekt vor Kinari und ihren Gefühlen.

»Ach, so war das, hm?«

»Mhm.«

»Komm noch zurück nach Hause!«

»Aber ich habe hier gerade erst angefangen zu arbeiten, und ich hatte um die Stelle gebeten. Bis auf Weiteres …«

»Hast du keine Urlaubstage?«

»Doch.«

»Ein Tag würde reichen. Du musst mir helfen und sagen, wo ich den Chinakohl, den Senf und die Erbsen bei mir aussäen soll. Die Senfkörner waren im Angebot, ich gebe dir auch welche ab.« Yasuo wusste die Hilfestellung zu schätzen, jedoch …

»Außerdem musst du dich mit Kinari richtig aussprechen!«

»Ah! Also doch …«

»Wenn man jetzt nicht richtig aussät, hat man im Winter Probleme, etwas Anständiges zu kochen. Du hast dieses Jahr noch keinen Chinakohl angepflanzt, oder?«, sprach Kotoko weiter.

Yasuo wäre fast an die Decke gegangen bei ihrem ständigen Gerede über das Gemüse, aber dann erinnerte er sich daran, dass es das war, was sie liebenswürdig machte.

»Magst du nicht heimkommen?«, fragte sie noch einmal.

Im Herbst säte Kotoko die Samen des Chinakohls aus, kultivierte sie zwei Monate lang sorgfältig, bis sie genießbar waren, und sagte dann: »Lasst uns einen köstlichen Eintopf machen.« Das gab ihr einen Lebenssinn. Es erinnerte Yasuo an seine verstorbene Großmutter. Das beiläufige Gerede der älteren Menschen traf ihn manchmal an unerwarteten Stellen.

Er fragte sich, ob er es wiedergutmachen könnte, wenn er jetzt heimginge, ein paar Chinakohlsamen säen würde, wie Kotoko gesagt hatte, und mit Kinari reden würde.

»Einen Tag kann ich wahrscheinlich frei nehmen … ich frage mal nach.«

Yasuo wollte tatsächlich auch von sich aus wieder nach Hause. Das lag aber nicht nur an der Überzeugungskraft von Kotoko, sondern auch an dem, was er letzte Nacht getan hatte.

***

»Chinakohl wird viel größer, als man denkt, deshalb sollte man viel Platz einplanen und zwischen den einzelnen Pflanzen den Abstand wahren.«

»Der größte Chinakohl, den ich kenne, hat jedoch nur einen Durchmesser von etwa dreißig Zentimetern.«

»Das ist der fertige Chinakohl, den sie verkaufen. Ein Chinakohl wächst erst mit großen Blättern empor, wie eine Blume, und beginnt dann eine Kugel zu bilden, wenn sich die Knospe schließt. Deshalb muss zwischen den Pflanzen ein Abstand von mindestens vierzig Zentimentern eingehalten werden.«

Yasuo hatte Kotoko wiederholt am Telefon gebeten, die

Samen in der Früh auszusäen, weil die Keimtemperatur von Chinakohl recht hoch war, aber als er ankam, wartete Kotoko mit den Setzlingen auf ihn, die sie aus vorherigen Samen gezogen hatte.

Yasuos Feld war eigentlich nur eine Ecke seines Gartens. Etwa einen halben Hektar groß. Am anderen Ende des Feldes pflanzten sie einen Setzling Chinakohl und säten davor Krautsenf- und Senfkörner aus. Andere Pflanzen wurden auf der Westseite des Hauses in einer fünfzig Zentimeter breiten Lücke zwischen dem Haus und der Hecke auf Pfählen herangezüchtet und mit Seidenerbsen, grünen Erbsen und Zuckererbsen bepflanzt. Diese tote Ecke hatte Yasuo nie genutzt, bevor er auf Kotoko traf. Auf ihr Anraten hin pflanzte er dort im Sommer Gurken und Bitterkürbis und im Winter Erbsen und anderes Weingemüse. Die Pflanzen bekamen in der Ecke zwar nur Westsonne ab, aber sie wuchsen erstaunlich gut heran.

»Frisch geerntete grüne Erbsen sind sehr süß. Wenn du sie dann einmal mit Reis isst, kannst du die, die du im Supermarkt kriegst, nicht mehr essen«, sagte Kotoko.

»Schon, aber man kann nicht alles aufbrauchen und essen, was man anpflanzt. Was, wenn ich nicht so oft zu Hause bin?«

Kotoko schwieg und antwortete nicht. In ihrem Profil war eine leichte Anspannung zu erkennen.

Er wusste aus Erfahrung, dass es besser war, sich zu entschuldigen, wenn eine Frau diese Art von Angespanntheit in ihren Wangen zeigte, auch wenn man den Grund nicht kannte.

»Entschuldige.«

»Nicht deswegen. Es sind eben die Dinge, die ich esse. Den Rest gebe ich an unsere Nachbarn«, sagte Kotoko lächelnd und ein großes Grübchen erschien auf ihrer rechten Wange. Es sah fast so aus, als ob die Menschen vor fünfzig Jahren alle dieses Grübchen hatten. Als hätten sie etwas Gemeinsames erlebt, das sich in sie eingeritzt hatte. Kotoko wirkte immer noch sehr durchsetzungsstark und überzeugend, daher hatte Yasuo ihr die Bitte zurückzukommen nicht abschlagen können. Allerdings nicht aus denselben Gründen wie die Männer der Vergangenheit.

»Hast du schon mit Kinari Kontakt aufgenommen?«

»Nein.«

»Dachte ich mir.«

»Ich dachte, du mischst dich nicht in die Angelegenheiten junger Leute ein, hm?«

»Ach, stimmt ja! Ich bin schon still, es ist nur schade …«

Das Geräusch einer sich klappernd öffnenden Schiebetür kam vom Hauseingang her, und eine Stimme rief »Hallooo?«. Es war die Stimme von Kinari. Yasuo blickte finster zu Kotoko.

»Ich sagte doch, es ist eine Schande … Ich hatte nur mit ihr geplaudert«, antwortete Kotoko abgebrüht. »Kinari, Liebes, hier entlang! In Richtung Garten.«

»Ich habe Kuchen gekauft, soll ich euch einen Tee machen?« Kinari spähte von der Veranda aus durch das Haus in den Garten und lächelte sie beide an, als ob nichts vorgefallen wäre.

»Gerne, aber ich trinke nur ein Tässchen mit, denn ich muss noch fort, etwas erledigen …«, sagte Kotoko unschuldig. Als Kinari ihnen den Rücken zuwandte und in die Küche ging, warf er Kotoko noch einmal einen Blick zu.

»Wie jetzt, Kotoko, du wirbelst hier alles auf und gehst dann einfach?«

»Na ja, ich muss wirklich gehen. Ich muss ins Krankenhaus.« Yasuo konnte bei dieser Aussage nicht wütend bleiben.

»Was? Geht es dir nicht gut, Kotoko?«

»Mit mir ist alles in Ordnung. Es geht um meine Schwiegertochter, sie muss eine Weile im Krankenhaus bleiben und ich werde sie mit meinen Enkelkindern besuchen. Es ist das erste Mal seit langer Zeit, dass die Familie in einem Krankenhaus zusammenkommt«, erklärte Kotoko ein wenig umständlich.

***

Nachdem sie gegangen war, saßen sich Kinari und Yasuo am Küchentisch gegenüber und tranken ihren Tee.

»Wirst du das Haus hier wirklich irgendwann verlieren?«, sagte Kinari und sah sich im Zimmer um, als wolle sie sich alles genau einprägen.

»Irgendwann schon. Es ist nicht mein Haus.«

»Aber hast du nicht erzählt, dass deine Großmutter dir vor langer Zeit geschrieben hatte, dass sie es dir vererben würde?«

»Es ist kein rechtswirksames Testament. Und selbst wenn es eins wäre, hätten meine übrigen Verwandten auch ein Anrecht darauf. Ich kann es nicht einfach besetzen.« Das hatte ihm ein Kollege bei der Saisonarbeit erklärt, der sich gerade auf die Anwaltsprüfung vorbereitete. Seine Großmutter hatte zwar ein Testament verfasst, in dem sie ihm das Haus vermachte, aber sie lebte schließlich noch. Doch Yasuo, ein Freiberufler in seinen Vierzigern, fand es schwierig, zurück zu seinen Eltern zu ziehen. Deshalb kam er zwischen seinen Auslandsreisen und Teilzeitjobs immer hierhier. Es war auch nicht so, dass er sich jemals um seine Großmutter gekümmert hätte. Aber wenn er in dem Haus war, wusste seine Familie immerhin, wo er sich aufhielt.

›Ich lasse lieber die Finger davon, als mich auf diese Art von Ärger einzulassen. Am besten keine schlafenden Hunde wecken‹, dachte Yasuo sich in der Angelegenheit.

»Ich wünschte, ich hätte genug Geld, um dieses Haus zu kaufen. Es sieht so aus, als müsste ich es am Ende doch verkaufen und das Geld unter der Familie aufteilen. Dann gäbe es wahrscheinlich Streit und alle würden versuchen, mit dem Erlös über die Runden zu kommen. So irgendwie wahrscheinlich … Das ist wohl die Art, wie unsere Familie so etwas löst.«

Sie redeten über solche unwichtigen Dinge, um das schwierige Gespräch weiter hinauszuzögern.

»Und wie sieht es jetzt aus? Von jetzt an?« Kinari war offenbar doch nicht so zögerlich, die Dinge direkt anzusprechen, wie Yasuo angenommen hatte.

»Ja, was kann man jetzt nur tun …«

»Du kannst immer noch zu mir nach Hause ziehen. Auch unabhängig von dem, worüber wir neulich gesprochen haben … Ich möchte die Beziehung zu dir nicht aufgeben.«

»Ich weiß das Angebot zu schätzen, aber bist du dir sicher, dass du das willst?«

»Ja, das will ich. Geh nur nicht wieder weg, ohne mir Bescheid zu sagen. Ich werde nichts mehr von dir verlangen, aber verschwinde nicht einfach irgendwohin.«

Yasuo hätte es an dieser Stelle bei einem »Okay« belassen können, als wäre sonst nichts passiert. Aber er wollte ehrlich zu ihr sein und ihr sagen, wie er über die ganze Thematik dachte.

»Ich habe viel über deine Worte von neulich nachgedacht, aber ich kann mich einfach nicht dazu durchringen, selbst Kinder zu bekommen.«

»Warum?«

»Ich glaube nicht, dass ich dazu in der Lage bin. Finanzielle Verantwortung ist eine Sache, aber Verantwortung für ein menschliches Wesen? Ich glaube nicht, dass ich dazu in der Lage bin. Das alles habe ich nicht drauf. Ich habe noch nicht einmal den Mut dazu.«

»Okay …«, kam es langsam von Kinari.

»Wenn du also einen besseren Mann findest, der dir geben kann, was du dir wünschst, dann halte ich dich nicht auf.«

»Willst du das denn?«, fragte Kinari mit einem traurigen Lächeln.

»Das kann ich nicht entscheiden.«

»Du bist wirklich ein fieser Kerl.«

›Da hat sie wohl recht‹, dachte Yasuo nur.

»Aber du solltest wissen, dass ich meinen jetzigen Teilzeitjob aufgeben werde. Ich komme hierher zurück.«

»Oh, wirklich? Bist du sicher?«

»Ich bleibe noch eine Weile hier im Haus. Ich habe dir Sorgen bereitet und möchte unsere Beziehung nicht vernachlässigen. Außerdem muss ich auch den Chinakohl anbauen.«

»Du bist wirklich der gemeinste, fieseste Mensch, den ich kenne. Wirklich so gemein!«, sagte Kinari mit einem traurigen Lachen und warf ihm einen kurzen Blick zu.

»So wie du es sagst, machst du es mir echt schwer, weiterhin wütend zu sein!«

Der Streit mit Kinari endete, wie immer, im Guten.

***

Doch da kam noch eine Überraschung aus dem Nichts.

»Kann ich bitte ein Glas Wasser bekommen?«

Eine Stimme weckte ihn auf. Einen Moment lang wusste Yasuo nicht, wo er war. Er öffnete erst ein Auge, und schillerndes Herbstlicht fiel ein. Mit dem zweiten sah er endlich alles scharf um sich herum. Morgens bearbeitete er immer das Feld im Garten und schlief danach ein, während er am Feldrand lag und ein Buch las.

»Komori? Komori-san?«

»Ah, du?«, sagte er mit erstickter Stimme.

»Ja genau, ich.«

Rena stand vor ihm. Er kannte immer noch nicht die Schreibweise und Schriftzeichen ihres Namens. Sie hielt eine Katze im Arm. Es war die schildpattfarbene Katze, um die sich Yasuo kümmerte, während sein Nachbar im Urlaub war. Ihr Name war Kodama. Yasuo durfte den Garten des Nachbarn in dessen Abwesenheit nicht gießen, aber er sollte sich um seine Katze kümmern. Das war zwar mehr Arbeit, aber er konnte nicht ablehnen, da Kodama so niedlich war. Das machte es wieder wett.

»Du hier? Warum bist du hier?«

Kodama, die ziemlich schüchtern gegenüber Fremden war, zappelte in Renas Armen herum. Und doch hielt Rena sie fest und ließ sie nicht los. Yasuo wurde ganz anders bei dem Anblick, wie sich Renas krallenartige Finger in die Katze gruben.

»Kann ich jetzt ein Glas Wasser haben oder nicht?«

»Lass erst mal die Katze frei.«

»Hm?«

»Die Katze. Das mag sie nicht.«

Als Rena losließ, sprang Kodama auf und rannte davon.

Yasuo stand langsam auf, kratzte sich an der Seite und ging in die Küche. Er nahm etwas Mineralwasser aus dem Kühlschrank und goss es in ein Glas. Während er das Wasser fließen sah, wurden seine Gedanken immer klarer und er fühlte sich noch unwohler.

›Oh Mist‹, dachte Yasuo.

Er konnte nicht genau ausmachen, woran es lag. Aber die Situation fühlte sich mies an. Warum war Rena hier? Wie hatte sie ihn gefunden? Er hatte ihr nicht einmal seine Nummer gegeben, geschweige denn seine Adresse, schoss es ihm durch den Kopf. Doch er tat so, als wäre er ganz ruhig, und brachte Rena das Wasserglas. Ohne sich bei ihm zu bedanken, setzte sie sich und trank das Wasser. Ihr Hals war strahlend weiß, als sie das Wasser runterkippte.

»Also, was ist los?«, fragte Yasuo.

»Was soll sein?«, sagte sie so nonchalant wie möglich.

»Woher weißt du, wo ich wohne?«

»Ich hab's rausgefunden. Bei der Arbeit. Ich habe deinen Lebenslauf gesehen.«

»Wie kamst du da dran? Solche Sachen sind unter Verschluss.« In diesem Moment dachte Yasuo daran, wie beliebt Rena bei den männlichen Kollegen war, und konnte sich denken, dass sie ein wenig nachgeholfen hatte.

»Als ich ihnen sagte, dass ich mit deinem Kind schwanger bin, haben sie es mir gesagt.«

Er wusste nicht, wie er reagieren sollte. Also konnte er nicht anders, als loszulachen. Er hatte nichts gegen solche Witze und Streiche.

»Für die Aktion wird man dich hochkant feuern.« Doch er fragte sich, was der Grund für Rena war, so weit zu gehen und hierherzukommen. Rena lachte nicht.

»Das ist ein Scherz, nicht?«

»Und wenn ich dir sage, dass ich keine Witze mache?«

»Unmöglich!«

»Doch, möglich! So ist es ...«

»Ich ... ein Kind, das ...« Yasuo schnaufte und wollte gar nicht versuchen, es auszusprechen. »Also, noch mal von vorne.«

»Okay.« Rena hob die Reisetasche vor ihren Füßen auf und kam näher.

»Das ist der Grund, aus dem ich hier bin.«

Yasuo fiel auf, dass sie Ballettschuhe trug, solche Schläppchen mit Söckchen. Ob sie keine Absätze trug, weil sie schwanger war, oder die Söckchen, damit ihr nicht kalt wurde, fragte er sich seltsam ruhig.

»Wir ... wir haben es doch nur ein Mal miteinander getan?«, war alles, was er antworten konnte.

»Ja, offensichtlich«, sagte sie bloß. Da waren sie schon an der Rückseite des Hauses angekommen.

***

Yasuo musste ganz dringend etwas erledigen. Er wartete in einem Café in der Jujo-Einkaufspassage auf Kinari.

»Was ist los, Yasuo? Waren wir nicht heute Abend verabredet?«

Er wollte eigentlich heute mit ihr in seinem Haus einen Eintopf essen. Für den Eintopf wurde dünn gewachsener Krautsenf verwendet, für den Salat wurde ebenfalls eine Senfart genutzt. Kinari hatte sich bereit erklärt, das Schweinefleisch für das Abendessen zu kaufen.

»Ich habe in der Metzgerei Sakai gerade Schweinelende aus

Kagoshima für unser Shabu-Shabu-Dinner erstanden. Es war zwar etwas teurer, aber ich habe gehört, die Brühe soll dadurch wirklich süßer schmecken!« Freudig hielt Kinari die Fleischpackung hoch und zeigte sie ihm.

»Eigentlich …« Die Worte, die dem Wort folgen mussten, kamen nicht heraus. Trockene Spucke mit einem schlechten Geschmack stieg in seinem Mund auf.

»Hm, was ist denn los? Du siehst irgendwie blass aus?« Kinari schien endlich zu begreifen, dass etwas nicht stimmte.

»Ich habe es nur ein Mal getan.«

»Wie?«

»Ich möchte, dass du es verstehst und mir bis zum Schluss zuhörst.«

»Was hast du ›nur ein Mal‹ getan?«

Yasuo schluckte. »Also … kurz gesagt …«

›Ja, es war nur kurz gewesen, nur ein Mal zu Beginn des Saisonjobs. Es war ein Unfall und eine bedeutungslose Sache für ihn‹, dachte Yasuo.

Als Rena ihn danach um eine Verabredung gebeten hatte, war er der Einladung erfolgreich ausgewichen. Er war natürlich wegen Kinari wieder zurück nach Tokyo gekommen, aber auch, weil Rena so eine Nervensäge war, wenn er ehrlich war.

»Jetzt, in diesem Moment, ist eine Frau in meinem Haus.«

»Eine Frau?«, fragte Kinari mit starrem Gesicht.

»Ein Mädchen, das ich kennengelernt habe, als ich bei der Makrelenfischerei gearbeitet habe.«

»Dieses Jahr? Das ist nicht lange her. Als du vor Kurzem weg warst?«, fragte Kinari und begriff allmählich, was vor sich ging. Ihr Gesichtsausdruck wechselte von besorgt zu wütend. »Du willst mir sagen, du hattest mit diesem Mädel ›nur‹ ein Mal Sex?!«

»Ja.«

»Du Arsch!« Kinari streckte die Hand aus und gab ihm eine Ohrfeige.

»Es tut mir leid.« Mehr brachte er nicht hervor, auch wenn es nicht genug war. Es war nicht gut genug.

»Das Mädchen, diese Frau, ist also einfach so zu dir nach Hause gekommen?«

»Ja, irgendwie schon.«

»Du Vollidiot! Warum hast du ihr deine Adresse gegeben? Oder vielleicht hast du ja sogar etwas zu ihr gesagt, das ihr Hoffnung gemacht hat? Das sie glauben ließ, dass sie zu dir nach Hause kommen kann? Vielleicht bist du auch nur ein kleiner Zeitvertreib für sie …«, schrie Kinari.

Yasuo wartete, bis Kinaris Wut etwas abgeklungen war. Doch das war nichts im Vergleich zu dem, was noch folgen sollte. Sie hatte sich nur aufgewärmt.

»Beruhige dich doch und hör mir mal eine Sekunde lang zu«, sagte Yasuo, um die Tirade von Kinari zu unterbrechen.

»Was denn!?«

»Das war noch nicht alles …«

Kinari hielt schließlich den Mund. Sie starrte ihn böse an.

»Die Wahrheit ist … also … sie sagt, sie erwartet ein Baby.«

»Wie bitte?! Was!?« Yasuo würde sich immer an Kinaris Aufschrei in diesem Moment erinnern. Er war eine Mischung aus Überraschung, Traurigkeit und Elend.

»Sie sagte, sie sei schwanger. Ich habe mich eine Weile mit ihr unterhalten und sie sagte, sie wolle mich nicht ausnehmen. Was mich betrifft, tut es mir wirklich leid, aber ich will keine Kinder, ich habe keine Gefühle für sie, und ich weiß von jetzt an, dass es nicht gut ausgehen wird, wenn wir aus so einem Grund heiraten oder was auch immer. Also habe ich ihr gesagt, sie solle noch einmal darüber nachdenken und eine klare Entscheidung treffen.«

Kinari schwieg. Sie schrie nicht mehr. Sie hatte kein einziges Wort von sich gegeben. Sie blieb einfach stumm und fing an zu weinen.

»Aber im Moment ist sie … Ich meine, sie heißt Rena«, fügte Yasuo leise hinzu und auch ihm kamen die Tränen. Er wusste immer noch nicht, wie ihr Name geschrieben wurde, geschweige denn wie ihr Nachname lautete.

»Sie sagt, sie wolle mich nicht außen vor lassen, sie wolle das Baby bekommen, mich heiraten und es mit mir in diesem Haus großziehen. Ich werde trotzdem noch einmal mit ihr darüber sprechen müssen. Wie auch immer man es dreht, ich kenne sie kaum. Von daher …«, sagte Yasuo mit kaum hörbarer Stimme.

Kinari stützte sich auf ihren linken Ellbogen und bedeckte ihre Augen mit der Handfläche. Ihre Schultern fingen an zu beben.

»Ich dachte mir, dass so etwas vielleicht mal passieren würde …«, stieß sie mit zusammengepressten Lippen hervor.

»Hm?«

»Ich habe befürchtet, dass genau so etwas eines Tages passieren würde.«

»Du hast es dir gedacht?«

Dann hätte sie ihn warnen sollen, schoss es Yasuo durch den Kopf.

»Weil Komori-san die ganze Zeit so aufgekratzt war.«

Es war das erste Mal in ihrer langen Beziehung, dass sie ihn in diesem Ton »Komori-san« nannte.

»Ich weiß auch nicht mehr, was wir jetzt noch tun sollen«, sagte Kinari, kramte ein Taschentuch aus ihrer Handtasche und wischte sich das Gesicht ab. Ihre Tränen schienen endlich zu versiegen. Doch als sie mit dem Abwischen fertig war, bedeckte sie ihr Gesicht wieder mit den Händen.

»ICH wollte dich heiraten. ICH wollte mit dir Kinder. Davon hatte ich immer geträumt«, stieß sie hervor.

Es flossen erneut Tränen. Kinari konnte nicht anders und fragte nach Einzelheiten über Rena. Wie alt sie war, wie sie aussah, wo sie studierte, wo ihre Eltern wohnten und was sie generell tat. Yasuo tat sein Bestes, die Fragen so gut wie möglich zu beantworten, was ihm kaum gelang. Bei jeder Antwort schlug Kinari Yasuo auf den Kopf und brach in Tränen aus.

»Warum dieses Mädchen? Warum nicht ich?«, kam es schließlich von ihr. Bei diesen entscheidenden Worten schluchzte sie schließlich laut auf. Es war buchstäblich eine Situation zum Heulen.

»Den gemeinsamen Ruhestand, auf den ich mich gefreut habe, meine Kinder auf eigenen Füßen stehen zu sehen, in einem Haus ohne Hypothek zu leben – wir müssten ja nicht einmal besonders wohlhabend sein –, vielleicht sogar ab und zu eine Reise zu machen … Und dich bei mir zu haben. Warum können so kleine Träume nicht in Erfüllung gehen? Das ist doch nicht zu viel verlangt?!«, schrie Kinari, die mit jedem Satz lauter geworden war.

Zu diesem Zeitpunkt wusste bereits das ganze Café, was geschehen war. Am Anfang war die Neugier groß gewesen, aber jetzt wirkte niemand mehr interessiert. Ein oder zwei Leute verließen sogar verärgert ihretwegen den Laden.

»Vielleicht hatten wir ja doch nichts Besonderes«, murmelte Kinari vor sich hin, stand unsicher auf und wollte den Laden verlassen. Sie ließ die Packung Schweinefleisch zurück.

»Ein Hochzeitsgeschenk«, sagte sie und lachte grausam.

***

Eine Woche nachdem Kinari so sehr geweint hatte, aß Yasuo den Eintopf mit Kotoko. Das für den Eintopf verwendete Schweinefleisch war das Kurobuta-Schweinefleisch, das Kinari ihm geschenkt hatte. Wie erwartet war Yasuo nicht in der Stimmung gewesen, das Schweinefleisch zu essen, das sie ihm an diesem Tag mitgegeben hatte. Also hatte er es einfach in den Gefrierschrank gelegt und heute wieder aufgetaut.

»Sie war also doch nicht schwanger?«

»Genau.« Die Schwangerschaftspanik war nach ein paar Tagen vorbei gewesen. Einfach so. Rena bekam ihre Periode und verließ ohne großes Aufhebens das Haus.

»Warum hast du denn nicht nachgeforscht, bevor du es Kinari erzählt hast? Du hättest dich in der Apotheke leicht darüber informieren können. Auch in einer Klinik hättest du nachfragen können.«

»Über so Dinge weiß doch kein Mann Bescheid! Und ich habe Themen wie Heirat und Schwangerschaft immer vermieden, also habe ich nie Informationen darüber erhalten. Sogar wenn ich Fernsehwerbung sehe, schaltet sich mein Gehirn von selbst ab bei diesen Themen.«

»Vielleicht hat sie in Wirklichkeit die ganze Zeit gelogen über ihre Schwangerschaft.«

»Wieso das?«

»Vielleicht hat sie dich getestet, indem sie das gesagt hat. Aber du bist überhaupt nicht mit der Situation klargekommen, also hat sie wohl schneller aufgegeben.«

Yasuo hätte nicht gedacht, dass Rena so weit gehen würde.

»Hast du versucht, Kinari zu erreichen?«

»Es ist noch zu früh.«

Das ausgedünnte Senfkraut war etwa zehn Zentimeter lang, aber zart und schmackhaft. Schnell gedünstet, in dünn geschnittenes Schweinefleisch eingewickelt, und in Kombination mit dem hausgemachten Essig, den Kotoko mitgebracht hatte, konnte man gar nicht aufhören zu essen.

Trotzdem konnte er nicht viel essen. Für Yasuo war es die erste richtige Mahlzeit, die er zu sich nahm, seit Rena ihn unerwartet zu Hause besucht hatte.

»Ich habe ihr eine LINE-Nachricht geschickt, dass Rena nicht schwanger ist.«

»Du solltest mit Kinari essen und nicht mit mir«, sagte Kotoko und zeigte auf einen Teller mit Schweinefleisch.

»Die Nachricht wird als gelesen angezeigt, aber ich habe nichts von ihr gehört.«

»Du hast ihr nur eine Zeile bei LINE geschrieben?«

»Ja …«

»Das reicht nicht. Schreib ihr noch mal! Gib nicht auf.«

»Ich bin einfach erledigt von den letzten Wochen, ich habe keine Energie dafür.«

»Du bist ein egoistischer Mann, der sich nur um sich selbst kümmert. Kinari ist keineswegs so eine schwache Person. Ich hätte nicht gedacht, dass du so ein Mensch bist.«

Das hatte Yasuo schon oft gehört: »Ich hätte nicht gedacht, dass du so ein Mensch bist, das habe ich nicht erwartet.« ›Im Grunde wünsche ich mir immer, dass die Leute nichts von einem erwarten und dass man selbstsüchtig sein und sie ohne Weiteres im Stich lassen kann‹, dachte er sich.

»Aber ich glaube, sie ist bestimmt ein wenig erleichtert.«

»Das ist wahr, aber vielleicht traut sie dir auch nicht mehr. Ich weiß nicht recht, vielleicht ist sie es einfach leid, von dir angelogen zu werden«, sagte Kotoko kühl.

»Wahrscheinlich …«

»Nach all den Dingen, die du mir eben gesagt hast, würde ich dich auch nicht mehr leiden können.«

»Es tut mir leid.« Er senkte den Kopf.

»Selbst wenn diese Rena nicht schwanger ist, ändert es nichts an der Tatsache, dass du Kinari betrogen hast.«

»Das stimmt … aber nur ein Mal!«

»Da vergeht einem ja der Appetit«, sagte Kotoko darauf nur und legte ihre Essstäbchen zur Seite.

»Entschuldige.«

»Du solltest dich bei der lieben Kinari entschuldigen, nicht bei mir.«

»Okay.«

Der Topf zwischen ihnen dampfte vor sich hin, keiner von ihnen bereitete darin noch etwas zu.

»Was soll ich jetzt am besten tun?«

»Du kannst nicht viel tun, außer dich zu entschuldigen, entschuldigen, entschuldigen. Oft. Bei ihr!« Kotoko sah in Yasuos Gesicht. »Du bist dir sicher, dass dir Kinari wichtig ist, nicht wahr?«

»Natürlich bin ich das«, sagte er, während er auf die glänzende Oberfläche des Topfes starrte. »Ich habe über diese Dinge nachgedacht in letzter Zeit … Das ist neu für mich, aber ich habe wirklich viel darüber nachgedacht.«

Als Rena da war, hatte er die ganze Zeit nur an Kinari gedacht. Er hatte sich gewünscht, es wäre Kinari, die bei ihm im Haus war. Wenn er schon Kinder haben sollte, warum war es dann nicht mit Kinari? Warum war das passiert?

›Wenn erst mal feststeht, dass ich ein Kind habe, dann hätte ich es vielleicht akzeptieren können‹, dachte Yasuo rückblickend.

»Du willst Kinari heiraten, nicht wahr? Warum sagst du es ihr dann nicht einfach?«

»Na ja, aber die eigentliche Frage ist, ob wir heiraten und das alles aus der Welt schaffen können. Das eigentliche Problem ist nicht gelöst und die Umstände haben sich nicht geändert. Ich weiß also nicht, was ich ihr sagen soll oder wie ich ihr einen Antrag machen soll.«

»Aber du dachtest, wenn du einmal ein Kind haben würdest, wäre es mit Kinari! Ich glaube nicht, dass dieses Gefühl eine Lüge war.«

»Nun, ja. Wenn du es so sagst. Aber ich habe viel darüber nachgedacht …«

»Wenn du zu viel denkst, wirst du nie Kinder haben.«

»Ah, aber wir müssen auch über die Kosteneffizienz nachdenken.«

»Kosteneffizienz? Ernsthaft? Wenn du das sagst, wirst du wirklich nie und nimmer Kinder haben. Kinder sind unvernünftig, die Ehe ist ebenfalls unvernünftig. Und wie sieht es mit der Kosteneffizienz deines derzeitigen Lebensstils aus? Was bedeutet es schon groß, wenn man nur reist, Teilzeit arbeitet und stirbt. Was um alles in der Welt ist der Sinn deiner Reisen?«

»Nun, ich würde sagen, ich möchte mich selbst entwickeln und verwirklichen.«

»Entwickeln? Wenn du einen Artikel oder ein Buch darüber schreiben würdest, wie Kinari, dann vielleicht. Aber wozu wäre das gut? Um dein Ego zu streicheln?« Kotokos Tonfall war ungewöhnlich sarkastisch.

Das wusste er alles, das brauchte ihm Kotoko nicht zu sagen. Doch Yasuo war bisher immer vor seinem Leben davongelaufen, ohne ernsthaft darüber nachzudenken. Nachdem Kotoko ihm so vieles an den Kopf geworfen hatte, konnte er nicht still bleiben.

»Muss man denn immer produktiv sein?! Ich denke, es ist in Ordnung, wenn ich mich ein wenig überheblich benehme. Solange ich ein Leben führen kann, mit dem ich zufrieden bin. Das ist mein Verständnis der Dinge.«

»Verständnis? Gut, dann geh und komm allein mit dir klar.« Kotoko stand auf. Sie musste wirklich wütend sein, denn sie schnappte sich die Tasche, die sie mitgebracht hatte, und ging zur Tür.

Yasuo folgte ihr eilig.

»Kosteneffizient? Dass ich nicht lache. Wenn Kosteneffizienz für dich so wichtig ist, dann stirb doch einfach hier und jetzt. Das ist der effektivste Weg. Du musst nicht mehr essen, du wirst das Haus nicht abnutzen, du wirst keine Kleidung oder Geld mehr brauchen. Du wirst nicht mehr arbeiten müssen«, sagte Kotoko, während sie sich von ihm abwandte und die Wörter förmlich ausspuckte. »Hätten deine Eltern nur auf Kosteneffizienz geachtet, wärst du überhaupt nicht hier.« Kotoko zog sich ihre Schuhe an der Tür an und blickte zurück zu Yasuo.

»Das Leben als solches ist unvernünftig. Aber was nützt das Sparen, wenn man nicht unvernünftig sein kann? Ist es wirtschaftlicher? Geld zu sparen ist das, was man tut, wenn man akzeptiert, dass man weiterlebt. Es geht doch genau darum: Geld zu sparen, nachdem man akzeptiert hat, dass es so etwas wie eine Kosteneffizienz im Leben nicht gibt. Sonst wären alte Leute wie ich besser dran, wenn sie schon tot wären.«

»Es tut mir leid, so habe ich es nicht gemeint.«

Yasuo stieg barfuß auf den Lehmboden hinab und griff nach dem Saum von Kotokos Kleidung. ›Nicht aufgeben‹, sagte Yasuo zu sich selbst.

»Ich habe mich geirrt. Es tut mir aufrichtig leid, bitte geh nicht, Kotoko.«

»Du bist wirklich der größte Vollidiot auf Erden!«, rief sie aus und gab ihm eine Kopfnuss, ziemlich hart sogar für ihr Alter.

»Uff, ich habe noch nie das Kind eines anderen geschlagen …« Kotoko atmete schwer aus. »Das war wohl zu viel des Guten, entschuldige.«

»Was soll ich nun tun? Und was ist mit Kinari?«

»Schenk ihr Blumen, bring etwas Süßes mit und sag ihr, was du wirklich fühlst. Und dann runter auf die Knie.«

»Und wenn sie mir immer noch nicht verziehen hat?«

»Blumen, Süßigkeiten und Dreck. Knie dich hin, dann tiefer, dann noch tiefer. Dann ein ordentlicher Antrag.«

»Was?«

»Du hast dich doch bereits entschieden!«

›Ach wirklich? Hatte ich mich schon entschieden?‹, hallte es in Yasuos Innern nach. Er nickte eifrig und hielt immer noch einen Zipfel von Kotokos Saum in der Hand.

»Ich habe dir immer wieder gesagt, dass du Kinari nicht einfach so gehen lassen darfst. Sie ist etwas Besonderes! Du bist ein lausiger Mann, aber es steckt etwas Gutes in dir … Das lässt eine Frau darauf hoffen, dass dort etwas Zärtliches wie Liebe verborgen sein könnte. Das braucht es, um für immer zusammenzubleiben. Sogar mir ist aufgefallen, dass etwas mit dir nicht stimmt. Das bist nicht wirklich du gewesen, all die Jahre. Das darfst du ihr nicht antun, das wäre nicht fair.« Mit diesen Worten deutete Kotoko auf Yasuos Hand, die den Stoffzipfel noch immer nicht losgelassen hatte.

»Hm, kann sein.«

Es stimmte. Auf den ersten Blick wirkte Yasuo auf andere sehr freundlich und war eigentlich allseits beliebt. Aber dann kamen der Neid und die Wut, das Unverständnis für seinen Lebensstil.

»Ich sage nicht, dass man unbedingt heiraten oder Kinder haben muss. Aber du hast Kinari gern und willst sie zurückhaben. Dann müsst ihr miteinander reden und eine Lösung für euch finden. Einen Kompromiss. Eine Beziehung, in der nur einer gibt, wird auf Dauer nicht halten.«

»Okay, verstehe«, antwortete er, ohne sicher zu sein, ob er es tatsächlich tat.

***

Er stand vor ihrer Wohnung, als Kinari zurückkam. Immer wenn Yasuo mit jemandem Augenkontakt aufnahm, lächelte er in einem Reflex. Sie erwiderte sein Lächeln natürlich nicht. Es war der dritte Tag, an dem er vor Kinaris Haus kampierte. Ihre Wohnung befand sich in einem Wohnhaus, dessen Eingangstüre sich automatisch verschloss, so dass er nicht drinnen warten konnte. Yasuo hatte keine andere Wahl, als die süßen Sachen, die er an den beiden Tagen zuvor gekauft hatte – Kastanien-Yokan von Minato, wo

Kotoko arbeitete, am ersten Tag und Schokocroissants am zweiten Tag –, in den Briefkasten zu stecken.

Von Kinari war keine Reaktion gekommen, weder eine Nachricht noch ein Anruf. Heute hatte er beschlossen, ab zwölf Uhr den ganzen Tag vor ihrer Wohnung zu warten. Auf diese Weise würde er sie eines Tages auf dem Rückweg oder beim Verlassen des Hauses erwischen. Er hatte alle Zeit der Welt, dachte sich Yasuo.

Kinari kam gegen 20 Uhr nach Hause. Er hatte acht Stunden lang draußen gewartet. Obwohl es schon Ende September war, schien die Sonne tagsüber immer noch kräftig.

Yasuos vollständige Ausrüstung beinhaltete: einen kegelförmigen Hut, wie ihn Bauern trugen und den er vor langer Zeit in Vietnam gekauft hatte, eine Wasserflasche und einen Klappstuhl. Um sich die Wartezeit zu vertreiben, hatte er sich das Taschenbuch ›Yokoshigure‹ von Saiichi Maruya zum Lesen mitgebracht.

Es war eine etwas abgelegene Wohngegend in Akabane, in der nicht viele Leute auf der Straße waren, und obwohl er gelegentlich misstrauisch beäugt wurde, war er dankbar, dass ihn niemand gemeldet hatte. Wegen des Klappstuhls dachten die Leute vielleicht, er wäre vom Verkehrsamt und würde Zählungen durchführen.

Heute hatte er Kotokos Rat befolgt und einen kleinen Blumenstrauß mitgebracht. Er hatte ihn in einem Blumenladen in der Einkaufspassage für etwa 500 Yen gekauft. Der Strauß lag welk vom Tag in Yasuos Händen. Da ihm nichts Süßes mehr einfiel, hatte er in einer Bäckerei in der Einkaufspassage einen Laib Brot gekauft. In diesem Laden wurde ausschließlich Brot verkauft, es war so beliebt, dass die Leute jeden Tag Schlange standen.

Kinari warf einen Blick auf Yasuo und steuerte wortlos auf die Hautür zu, woraufhin er sie mit Nachdruck aufhielt.

»Kinari! Bitte, nimm einfach die hier.«

»Wie lange bist du schon hier?«, fragte Kinari, während sie den Code für die Eingangstür eintippte.

»Seit Mittag.«

»Die ganze Zeit bis jetzt?«

»Ja.«

»Sehe ich so dumm aus?« Dann blickte sie auf das Brot. »Das ist zu viel, das schaffe ich nicht.«

»Na ja, dann wirf den Rest halt weg.«

»Ich gehöre nicht zu den Menschen, die Lebensmittel wegschmeißen.«

Daraufhin legte Yasuo alles zur Seite und kniete sich hin. Seine Stirn berührte den Boden.

»Es tut mir wirklich leid. Ich erwarte nicht, dass du mir verzeihst, aber ich wollte dir nur sagen, was ich fühle.«

Das einzige Anzeichen dafür, dass Kinari noch dastand, war das Geräusch, das sie beim Einatmen machte.

»Glaub mir bitte, es tut mir aufrichtig leid. Ich habe etwas unheimlich Dummes getan«, sagte Yasuo erneut, und als er keine Antwort hörte, blickte er ängstlich auf.

Kinari sah ihn nur sehr traurig an. Yasuo spürte erneut Panik in sich aufsteigen und senkte wieder den Kopf.

»Bitte verzeih mir …«

»Ich soll dir verzeihen? Wie bitte? Verarschen kann ich mich selbst!«

Yasuo spürte plötzlich einen heftigen Schmerz in seinem Oberschenkel, und sein Körper fiel zur Seite. Er erkannte, dass sie ihm mit voller Wucht gegen das Bein getreten hatte. Vor Schmerz blieb ihm der Atem weg, und ihm fiel ein, dass sie in der Schulzeit Mitglied des Frauenfußballteams gewesen war. Sie war sogar mal als Ersatzspielerin in der Landesauswahl gewesen.

Obwohl er am Boden lag, gelang es ihm, ihr die Geschenke in die Hand zu drücken. Kinari nahm sie widerwillig entgegen, wie ein Roboter.

»Nimm einfach nur das Brot, bitte. Ich habe mir die Mühe gemacht, es zu kaufen. Was ich dir sagen wollte …«, begann er und hatte Mühe, die Worte herauszubringen.

»Während Rena im Haus war, habe ich die ganze Zeit gedacht: ›Wenn das doch nur Kinari wäre. Wenn ich schon ein Kind bekommen muss, warum dann nicht mit Kinari.‹«

Kinari sah stumm an ihm vorbei.

»Ich bin noch nicht so weit, ans Heiraten zu denken, aber wenn, dann mit dir. Können wir über alles noch mal in Ruhe reden?«, schloss Yasuo. Daraufhin wurde er unversehens mit dem Blumenstrauß, den er mitgebracht hatte, attackiert. Überall um sie herum lagen nun Blüten verstreut auf dem Boden.

»Du bist so ein Egoist!«

»Jetzt sei doch nicht so!«

»Du bist so egoistisch!«

»Heißt das, ich kann dir weiterhin Nachrichten schreiben und dich anrufen?«

»Das weiß ich noch nicht …«, sagte Kinari, verschwand im Hausflur und blickte noch einmal zu Yasuo, der mittlerweile wieder aufrecht stand.

Es schien etwas zwischen ihnen kaputtgegangen zu sein. Schmerz erfüllte die Stille und Yasuo tat alles weh. Er nahm seinen Klappstuhl unter den Arm.

Okay, so weit, so gut. Kinari hatte nicht direkt Nein gesagt.

Das bedeutete, es könnte noch eine Fortsetzung für sie geben. ›Ich probiere es morgen wieder‹, dachte Yasuo.

Denn er hatte nicht mehr anzubieten als seine Lebenszeit. Er hatte immer versucht, es locker anzugehen, und sich in Beziehungen zurückgehalten. Dies war wahrscheinlich das erste Mal, dass er sich so sehr für eine Frau und die Beziehung zu ihr einsetzte. Er konnte nur hoffen, dass die Nachricht richtig ankam.

Yasuo trottete davon und zog den Klappstuhl hinter sich her.

# Kapitel 5
# Was kostet eine Scheidung?

Das Haus fühlte sich kalt an, als Tomoko Mikuriya durch die Tür trat, nachdem sie eine Weile von zu Hause weg gewesen war. Es hatte einen seltsamen Geruch. Keinen schlechten, nur einen, den sie noch nie zuvor bemerkt hatte.

›Riecht mein Haus so?‹, dachte sie.

Tomoko fühlte sich merkwürdig desorientiert. Sie war die letzten zehn Tage im Krankenhaus gewesen und sagte sich, es sei nur natürlich, dass es sich komisch anfühlte, wieder zu Hause zu sein.

»Bin wieder da!«, sagte sie laut, obwohl sie wusste, dass niemand antworten würde. Durch diese gewohnten Worte fühlte sie sich besser. Sie ging weiter ins Wohnzimmer und setzte sich aufs Sofa. Sie hatte ein flaues Gefühl in der Magengegend.

Vor dreiundzwanzig Jahren hatten Tomoko und ihr Mann einen Kredit mit dreißigjähriger Laufzeit aufgenommen, um dieses Haus zu bauen. Sie hatten zwar frühzeitige Tilgungen geleistet, aber noch einiges vor sich, bevor das Darlehen vollständig abbezahlt sein würde. Doch es gehörte ihnen. Ihr Zuhause.

Es stellte sich jedoch heraus, dass ein eigenes Haus viel mehr im Unterhalt kostete, als sie erwartet hatten. Die Fassade musste alle fünf Jahre neu gestrichen und das Dach gleichzeitig überprüft werden. An der Vorderseite des Hauses war ein winziger Fleck Erde, der nicht genutzt werden konnte. Dort hatte sie Efeu gepflanzt, den ihre Schwiegermutter als pflegeleicht empfohlen hatte, da sie sich mit Gartenarbeit gut auskannte. Tomoko hatte außerdem viel Zeit mit Hausarbeit und Putzen verbracht und war stolz gewesen, dass sie in der Lage war, eine angemessene Menge Geld und Mühe in das Haus zu stecken. Doch jetzt war es in einem schrecklichen Zustand und weit entfernt von dem Standard, den sie gewohnt war. Überhaupt nicht einladend.

Nun, vielleicht war es gar kein so großes Durcheinander, wie es sich in diesem Moment für sie anfühlte, denn normalerweise hielt sie das Haus sehr sauber und ordentlich. Doch es lag eine feine Staubschicht in der Luft. Ob ihre Schwiegermutter wirklich ein paarmal gekommen war, um die Grundreinigung zu erledigen, während sie im Krankenhaus gewesen war?

Tomoko hätte gewettet, dass ihr Mann nicht einmal den Staubsauger über den Teppich gezogen oder den Boden mit Reinigungstüchern gewischt hatte. Der Mangel an täglicher Pflege war im Kontrast zum Krankenhaus besonders deutlich, da dort kein Staubkorn zu sehen war. Ihre Frustration nahm zu. Sie wollte putzen. Aber es waren erst zehn Tage seit ihrer Bauchoperation vergangen, und ihr war gesagt worden, sie solle einen Monat lang keine körperlich anstrengenden Tätigkeiten verrichten.

»Bitten Sie Ihren Mann, alles für Sie zu tun, wenn Sie nach Hause kommen«, hatte die Oberschwester in der gynäkologischen Abteilung während ihrer Entlassungsbesprechung gesagt.

»Er wird nie so aufmerksam sein wie jetzt. Er wird alles tun wollen, was er für seine Frau tun kann, also machen Sie das Beste daraus und bitten Sie ihn um alles Mögliche.« Dabei hatte sie schelmisch gelacht.

Die anderen Patientinnen, die mithörten, hatten ebenfalls gelacht, und schließlich auch Tomoko. Aber vielleicht hatte sie das nur getan in Gedanken daran, endlich wieder nach Hause zu gehen, und weil sie sich in einem Zustand der Vorfreude befand.

Wenn du jemanden bittest, etwas für dich zu tun, muss er überhaupt die Fähigkeit besitzen, es tun zu können, dachte Tomoko bitter, als sie auf dem Sofa lag.

Ihr Mann, Kazuhiko, war völlig unfähig, irgendwelche Hausarbeiten zu erledigen. Er versuchte es nicht einmal. Während Tomoko im Krankenhaus lag, war Kazuhiko jeden Abend zum Haus seiner Mutter gegangen, das weniger als eine Meile entfernt war. Anscheinend hatte sie ihm an manchen Tagen sogar ein Bento für die Arbeit zubereitet.

Wie hatte ihre Schwiegermutter, deren Kochkünste und Haushaltsführung bis zu einem gewissen Grad fehlerfrei waren, ihrem Sohn diese Dinge nicht beibringen können? Oder war vielleicht genau das der Grund?

Tomoko hatte im frühen Stadium ihrer Ehe nicht viel dagegen einzuwenden gehabt. Sie war eine Frau aus der Generation, die als »Bürodamen« bekannt war, Frauen, die in den späten 1980er-Jahren in den berauschenden Tagen des Wirtschaftsbooms in die Unternehmen eingetreten waren. Die ›Bubble-Generation‹, wie sie genannt wurden, wurde von älteren Semestern verspottet, da sie angeblich in eine Ära hineingeboren wurden, in der sie es stets leicht hatten. Trotz der wirtschaftlichen Entwicklung zu jener Zeit galten für Tomoko und ihre Kolleginnen noch die Werte früherer Generationen. Es war immer noch selbstverständlich, dass Männer keinerlei Hausarbeiten verrichteten. Sie waren weder wie die Dreißig- und Vierzigjährigen von heute (auf die Tomoko ein wenig neidisch war), ganz und gar nicht, noch wie die Frauen in ihren Zwanzigern, wie ihre Töchter, die weit über all das hinausgingen und auf die Tomoko noch neidischer war. Man hatte ihnen vorgegaukelt, dass es einfach sei, einen Arbeitsplatz zu finden, doch als die Spekulationsblase Ende der 80er-Jahre platzte, waren sie gezwungen, den Müll der älteren Generation wegzuräumen. Sie wurden ausgelacht, weil sie materialistische Wünsche hatten und reingefallen waren. Der Chauvinismus war immer noch tief in der männlichen Denkweise verankert.

Die Zeiten waren längst nicht so glücklich gewesen, wie alle immer behaupteten. ›Wenigstens durften wir figurbetonte Bleistiftkleider mit Blazern tragen und ich hatte einen Pony, nicht wahr?‹, dachte Tomoko sarkastisch. Aber wenn die Schmeicheleien und aufregenden Aufmerksamkeiten vorbei waren, verschwand eine Frau, nachdem sie geheiratet hatte, ins gemeinsame Heim und blieb dort. Ihr Mann ging weiterhin zur Arbeit. Er würde keine Hausarbeiten übernehmen, natürlich nicht, nein, das war selbstverständlich Frauensache.

Tomoko selbst war in einer solchen Familie aufgewachsen. Ihr Vater war bei den Verteidigungskräften. Ein gut ausgebildeter Militärschulabsolvent, der zumindest in der Lage war, zu kochen oder zu putzen, wenn es nötig gewesen wäre. Normalerweise machte er nicht den Haushalt, aber als Tomokos Mutter einmal ins Krankenhaus musste, war sie überrascht gewesen, als ihr Vater Miso-Suppe zubereitete und Reis kochte.

Im Gegensatz dazu wurden die Männer aus Tomokos Generation von ihren Müttern geradezu verhätschelt. Solange sie hart für ihre Aufnahmeprüfungen an der Universität lernten, gab es keine Beschwerden. So wuchsen sie auf, ohne gelernt zu haben, wie man im Haushalt mit anpackte. Tomoko hatte ähnliche Geschichten und Erfahrungen von all ihren Freundinnen gehört.

Eigentlich hätten ihre Töchter sie heute vom Krankenhaus abholen sollen. Aber ihre Älteste, Maho, hatte vor einer Woche panisch angerufen.

»Mama, es tut mir so leid, aber der Tag, an dem du aus dem Krankenhaus kommst, kollidiert mit Sahos Kindergarten-Vorbereitungstag!«

»Schon okay, ich werde irgendwie heimkommen.«

»Mach dir keine Sorgen, ich habe Miho gefragt. Sie sagte, sie würde sich den Tag freinehmen.«

Dann hatte auch Miho angerufen. »Mama, ich habe eine wirklich wichtige Präsentation an dem Tag, an dem du entlassen wirst. Ein Kollege hat mir die Termine eingetragen und ich schaffe es nicht. Oma sollte Zeit haben, soll ich sie fragen?«

»Nein, nein, es ist in Ordnung. Ich kann allein heimgehen.«

In Wahrheit würde es Tomoko beschämen, wenn sie auf ihre dreiundsiebzigjährige Schwiegermutter angewiesen wäre. Das wäre mehr Stress, als sie in der Situation gebrauchen konnte. Außerdem war Kotoko bereits mit Tomokos Töchtern gekommen, um sie im Krankenhaus zu besuchen, und machte zusätzlich Abendessen für Kazuhiko. Ganz zu schweigen davon, dass sie vor sechs Monaten angefangen hatte, Teilzeit zu arbeiten, also wollte Tomoko sie nicht zusätzlich belasten.

»Ich hatte von Anfang an vor, allein nach Hause zu gehen. Mit einem Taxi geht das schneller.«

»Aber du sollst nichts Schweres tragen, oder?«

»Das schaffe ich schon. Wenn nicht, werde ich einen Lieferservice für meine Sachen aus dem Krankenhaus nutzen.«

Keine ihrer Töchter hatte etwas gesagt wie: »Warum fragst du nicht Papa?« oder »Was macht Vater in der Zeit?«.

Das war schon so, seit sie klein waren. Sie waren alle zu sehr an einen Vater gewöhnt, der in Familienangelegenheiten abwesend war.

Dafür hatte Tomoko freie Hand im Haus, bei der Kindererziehung und der Verwaltung der Familienfinanzen gehabt. Kazuhiko hatte nicht ein einziges Mal Einwände erhoben, solange sie im Rahmen ihrer Möglichkeiten blieben. Sie konnte jeden Unterricht besuchen, den sie wollte, oder verreisen, und er hatte sich nie beschwert. Weder trank oder spielte er noch zeigte er Anzeichen von Gewalt gegenüber seiner Familie. Golf war sein einziges Hobby. Einmal monatlich ging er mit unverhohlener Vorfreude aus dem Haus, um zu golfen.

Tomoko wusste, dass seine Gleichgültigkeit keine Bosheit war. Als sie mit Frauen, die älter waren als sie, darüber sprach, sagten sie: »Worüber um alles in der Welt beschwerst du dich?«

Doch jetzt, da sie auf dem Sofa in ihrem staubigen und vernachlässigten Haus lag, nachdem sie gerade aus dem Krankenhaus entlassen worden war, fühlte sie sich unerklärlich elend und im Stich gelassen.

***

Tomoko schaffte es nach ihrer Entlassung lediglich, auf dem Sofa einzudösen. Zu mehr war sie nicht in der Lage gewesen. Eine Textnachricht von Kazuhiko weckte sie auf.

Essen gehen oder etwas bestellen ist zum Abendessen beides in Ordnung.

Oh, richtig, dachte Tomoko, es ist meine Aufgabe, Abendessen zu machen.

Obwohl sie gewusst hatte, dass dies auch heute der Fall sein würde, hatte sie immer noch das Gefühl, laut aufseufzen zu müssen. Kochen war das, wozu ihr Mann am wenigsten fähig war. Nicht ein einziges Mal hatte er in der Zeit, in der sie verheiratet waren, etwas für sie gekocht.

Okay, lassen wir uns etwas liefern, antwortete Tomoko.

Wir könnten Pizza essen, dachte sie und ging in die Küche, um die Speisekarte anzusehen, die an die Kühlschranktür gepinnt war. Es war so eine Faltkarte, die durch den Briefkastenschlitz geschoben worden war. Sie hatte sie in weiser Voraussicht aufbewahrt. Aber nachdem ihre Töchter das Haus verlassen hatten, aßen sie und Kazuhiko so etwas so gut wie nie.

Sie schaute sich die bunten Fotos an und seufzte wieder. Warum mussten sie dieses fettige Zeug essen?

›Ausgehen oder etwas bestellen ist zum Abendessen beides in Ordnung‹, hatte Kazuhiko geschrieben.

Sie war gerade erst aus dem Krankenhaus nach Hause gekommen und hatte einen Lieferdienst vorgeschlagen, weil allein der Gedanke, mit ihrem Mann auswärts zu essen, einfach zu viel für sie war. Und in Wirklichkeit war es das Letzte, worauf sie Lust hatte.

Tomoko fragte sich, ob Kazuhiko auch gedacht hätte, dass es »in Ordnung« wäre, wenn er gerade aus dem Krankenhaus nach Hause gekommen wäre.

Hatte er überhaupt versucht, sich vorzustellen, wie es ihr ging und was sie brauchte?

Tomoko ging zum Kühlschrank, nahm etwas Reis heraus und wusch ihn sorgfältig. Sie kaufte immer Reis in kleinen Mengen, die sie in Plastikgetränkeflaschen abfüllte und in der Gemüseschublade aufbewahrte. Heute fügte sie kleine Mengen gekeimten braunen Reis und gemischten Getreidereis hinzu, die sie auf die gleiche Weise lagerte. Während sie darauf wartete, dass der Reis kochte, machte sie Brühe in einem kleinen Topf und fügte danach kleine, gewürfelte Stücke von frittiertem Tofu und Lauch hinzu, die sie eingefroren hatte. Schließlich durchsuchte sie ihr Regal mit den gelagerten Lebensmitteln und fand eine Stange getrockneten Weizen, die sie hinzufügen konnte.

»Kein Gemüse in der Suppe, aber das kann ich jetzt nicht ändern. Ich kann heute nicht einkaufen gehen«, murmelte sie in der einsamen Küche vor sich hin.

Vor ihrem Krankenhausaufenthalt hatte Tomoko das Haus mit einem fast leeren Kühlschrank zurückgelassen. Sie durchsuchte den Gefrierschrank und fand eine Packung mit in Misopaste mariniertem Schweinefleisch, die sie zum »Tag der wandernden Seelen« geschenkt bekommen hatte. Sie beschloss, sie aufzutauen und als Beilage zu verwenden.

Sie seufzte wiederholt und war ein wenig von sich selbst beeindruckt, dass sie so ein Gericht aus dem Nichts zaubern konnte.

Obwohl sie eine offene Bauchoperation gehabt hatte, hatte sie keine nennenswerten Schmerzen. Doch man hatte ihr geraten, nicht zu viel zu stehen nach dem Eingriff. Also hatte Tomoko sich beim Kochen einige Male hingesetzt. Ihr Handy klingelte und sie erhielt eine weitere SMS von Kazuhiko.

Ich rufe meine Mutter an, wenn es dir zu schwerfällt.

Tomoko glaubte, sie habe ein recht gutes Verhältnis zu ihrer Schwiegermutter, aber wenn sie heute käme, könnte sie sich nicht angemessen um sie kümmern. Tomoko antwortete in Eile.

Aber Schwiegermutter ist wahrscheinlich mit ihrem Teilzeitjob beschäftigt, nicht wahr? Wir fragen sie ein anderes Mal, ja?

Kazuhiko wollte wohl so rücksichtsvoll wie möglich sein, dachte Tomoko. Und obwohl sie seit mehr als dreißig Jahren zusammen waren, taten sie manchmal äußerst absurde Dinge wie diese.

Tomoko seufzte so laut, dass alle Luft aus ihrem Körper entwich.

***

»Du hast gekocht?«, brummte Kazuhiko, als er nach Hause kam. Nachdem er sich umgezogen hatte, schaltete er den Fernseher ein und das Abendessen konnte beginnen.

Sie hatte Befürchtung, dass ihr Ehemann, da sie das Abendessen wie gewohnt zubereitet hatte, denken würde, dass es seiner Frau gut ging und sie ihr Leben wie gewohnt fortsetzen konnten.

Seit ihre Kinder ausgezogen waren, liefen die Mahlzeiten des Ehepaars immer so ab. Tomoko konnte sich eigentlich nicht weiter beschweren. Doch während sie mit den Stäbchen hantierte, wurde ihr bewusst, dass sie ihrem Mann, der vor ihr saß und fernsah, dringend etwas sagen wollte.

»Ich will keine Pizza oder so was essen.«

»Hm, was meinst du?«

Kazuhiko sah Tomoko zwar lächelnd an, aber das Lächeln war noch eine Reaktion auf die Fernsehsendung, die in seinen Mundwinkeln hängen geblieben war.

»Ich habe gekocht und doch nicht richtig gekocht. Ich habe es gemacht, weil ich die letzten Tage nur Krankenhauskost bekommen habe und nicht essen gehen wollte. Ich wollte etwas Einfaches und Normales essen.«

Sie schaute auf die Auswahl an Speisen, die sie gekocht hatte und die vor ihrem Mann standen. Dort waren dieselben Gerichte wie bei ihr selbst aufgereiht. Es gab fünf Stücke in Misopaste mariniertes Schweinefleisch, also servierte Tomoko zwei Stücke für sich und drei für ihren Mann. Sie hatte dieses Gericht nicht für ihn gekocht, sondern für sich selbst. Und doch aß sie nur die Reste. Sie gab ihm immer eine größere Portion, aus Gewohnheit.

›Du musst deinem Mann gutes Essen auf den Tisch stellen, er arbeitet außer Haus und bringt den Lohn nach Hause. Also sollte er besser behandelt werden als jeder andere im Haushalt. Du solltest dankbar sein, dass er seinen Lohn teilt‹, hörte Tomoko eine Stimme in ihrem Innern. Sie wusste nicht mehr, ob es die ihrer Mutter oder ihrer Schwiegermutter war. Doch sie schien sich nicht tatsächlich an die Worte zu erinnern, nein, sie waren ihr in Fleisch und Blut übergegangen. Weil man das so machte.

»Du hast doch gehört, was der Arzt im Krankenhaus am Ende gesagt hat, oder? Er sagte, ich solle etwa einen Monat lang keine stehende Arbeit verrichten.«

Die Erklärung des Arztes war dem Paar am Wochenende vor ihrer Entlassung aus dem Krankenhaus verkündet worden. Kazuhiko war nur in den Betriebsferien ins Krankenhaus gekommen.

»Ich habe dir gesagt, ich hätte meine Mutter bitten sollen herzukommen.«

»Wenn Schwiegermutter zu Besuch käme …«, begann Tomoko ihren Satz, brach ihn jedoch ab, da sie keine Lust und Kraft für diese Diskussion hatte.

»Mutter fragte mich sogar immer wieder, ob sie irgendetwas tun könne, um zu helfen. Wenn du das nicht willst, hättest du Maho oder Miho bitten sollen, herzukommen.«

Sie waren ein Paar mit zwei gänzlich unterschiedlichen Leben.

»Die Kinder sind auch beschäftigt.«

»Was hätte ich dann tun sollen?« Kazuhiko wollte in dem Maße, in dem er dazu in der Lage war, so etwas wie Freundlichkeit in seine Stimme legen. Und das tat er tatsächlich.

»Du bist auch ein wenig selbst schuld«, erinnerte sich Tomoko an die Worte ihrer ältesten Tochter. »Du hättest Vater beibringen sollen, wie man Reis kocht und den Haushalt erledigt. Du hast bereits mehr Zeit mit seiner Mutter verbracht, als du mit deinen eigenen Töchtern hattest. Du kannst nicht sagen, dass es daran liegt, dass Großmutter es dir nicht beigebracht hätte«, hatte Maho ihr eine Predigt gehalten.

Seine beiden Töchter waren die Enkelinnen der Großmutter, sie trugen also die Last ihrer Schwiegermutter auf ihren Schultern. Als Tomoko noch frisch verheiratet war, hatte Kazuhiko allerdings noch mehr auf der Arbeit zu tun gehabt als jetzt. Er kam jeden Tag erst spätabends nach Hause.

Seit die Kinder da waren, hatte Tomoko alle Hände voll mit der Kinderbetreuung und der Hausarbeit zu tun gehabt. Sie hatte es sich nicht leisten können, ihrem erwachsenen Ehemann Kazuhiko die Hausarbeit von Grund auf beizubringen.

Es wäre vielleicht auf lange Sicht einfacher gewesen, ihm zu zeigen, wie alles ging, jedoch hatte Tomoko dafür keine Zeit gehabt und hatte sich sich lieber selbst darum gekümmert. Außerdem war Kazuhiko ungeschickt und der Typ Mensch, der sich für alles Zeit ließ.

Vielleicht war das der Grund gewesen, weshalb ihre Schwiegermutter aufgegeben hatte, überlegte Tomoko. Doch was sollte nun geschehen?

Die Erfahrung mit ihrem Krankenhausaufenthalt brachte Tomoko plötzlich dazu, an ihr eigenes Alter denken. Würde sie noch lange für Kazuhiko kochen können? Wenn sie starb, würde er dann in ein Restaurant gehen oder sich etwas bestellen?, schoss es ihr durch den Kopf, während sie ihn von der Seite aus beim Fernsehen beobachtete.

Darüber macht er sich wohl keine Gedanken, dachte sie sich.

Als Tomoko erfahren hatte, dass sie krank war, musste sie den Englischunterricht, den sie seit Langem besuchte, unterbrechen. Auch der Osechi-Kochkurs, den sie mit ihrer

Schwiegermutter begonnen hatte, musste verschoben werden.

Bestimmt waren diese Gedanken ganz normal und sie fühlte sich nur so seltsam aufgewühlt, weil sie gerade erst aus dem Krankenhaus gekommen war.

***

Ein paar Tage nach der Entlassung aus dem Krankenhaus bekam Tomoko Besuch von ihrer besten Freundin Chisato Kono.

Sie hatte sich angekündigt mit: »Du musst nichts vorbereiten, ich werde mich um die Süßigkeiten und den Tee kümmern.« Und tatsächlich brachte sie einen Kuchen mit viel Obst und grünen Tee mit. Beides waren Luxusgüter aus Kaufhäusern in Ginza. Tee in Weinflaschen war der letzte Schrei. Chisato hatte einen vortrefflichen Geschmack in solchen Dingen.

»Oje, du siehst ja gar nicht gut aus.«

»Es ist ja erst zehn Tage her.«

Als sie das sagte, kam sich Tomoko zum ersten Mal wie eine Krankenhauspatientin vor. Am Tag der Operation waren ihre Tochter Maho und Chisato im Krankenhaus dabei gewesen.

»Weißt du, als sie dich auf diesem Bett aus dem Operationssaal geschoben haben, sahst du so klein aus. Mir war nie aufgefallen, wie klein du eigentlich bist. Ich war so überrascht!«

»Danke, dass du bei mir warst«, sagte Tomoko gerührt.

***

»Okay. Maho, Liebes? Ich bleibe hier und ihr geht nach Hause. Ich rufe an, wenn der Eingriff beendet ist«, hatte Chisato zu Maho gesagt. Tomokos Enkelin Saho war auch mit im Krankenhaus gewesen, aber sie hatte sich bald gelangweilt und war sehr zappelig geworden.

»Als Familienangehörige wirst nur du die Informationen nach der Operation erhalten, aber du musst erst dann wieder da sein. Keine Sorge, heutzutage erkrankt jeder zweite Mensch an Krebs, nicht wahr?« Da sprach die ehemalige Flugbegleiterin in Chisato, die Krisensituationen schnell einschätzen konnte. Sie hatte so überzeugend und effizient geklungen, dass Maho nicht mal Zeit hatte zu protestieren.

»Maho war sehr dankbar für mein Angebot. ›Ich wusste es, auf Tante Chi ist Verlass, danke!‹, sagte sie zu mir. Auch wenn es schön ist, wenn die Familie einen besuchen kommt, dachte ich, das kannst du jetzt vor deiner Operation nicht gebrauchen. Das mit der Familie ist nur ein emotionaler Spießroutenlauf.«

Tomoko war Chisato ebenfalls sehr dankbar, denn sie war zu aufgeregt gewesen und hätte ihre Tochter nie selbst wegschicken können.

»Ist es nun geschafft?«, fragte Chisato. »Sind sie mit der Behandlung fertig? Wurde der Krebs durch die Operation vollständig entfernt?«

»Das ist so eine Sache …«

Vor etwa sechs Monaten hatte man bei einer Routineuntersuchung beim Betriebsarzt ihres Mannes, da sie über ihn versichert war, den Verdacht auf Gebärmutterhalskrebs geäußert. Tomoko war daraufhin zur Untersuchung in mehreren Krankenhäusern und auch Privatkliniken gewesen.

Einige naturheilkundlich orientierte Ärzte boten an, sie

ohne Operation zu behandeln. Nach einigem Zögern und nach einer gründlichen Untersuchung in der Universitätsklinik in Ochanomizu entschied sich Tomoko aber für eine Operation.

Man sagte ihr, sie befände sich im sogenannten Stadium I, aber mehr wüsste man noch nicht. Ihr wurde erklärt, dass alles Weitere sich erst nach der Operation herausstellen würde.

»Sie werden eine pathologische Untersuchung des bei der Operation entfernten Krebsgewebes durchführen, und wenn es sich um ein Stadium 1 A handelt, muss ich keine weitere Behandlung erhalten. Wenn es sich aber um das Stadium 1 B handelt, muss ich mich einer sechsmonatigen Behandlung gegen den restlichen Krebs unterziehen.«

»Wann erfährst du es?«

»In circa zwei Wochen.«

»Bis dahin bleibst du im Ungewissen?«

»Ja, leider. Deshalb bin ich auch etwas nervös.«

Dieses Gespräch hätte Tomoko zu gerne mit ihrem Mann geführt. Aber er schien der Meinung zu sein, dass sie, da sie die Erklärung des Arztes gemeinsam angehört hatten, nicht noch einmal darüber reden müssten.

»Weißt du schon, an welchem Tag die Ergebnisse bekannt gegeben werden?«

»Ja, nächsten Donnerstag.«

»Ich kann dich begleiten, wenn du möchtest.«

»Danke dir«, sagte Tomoko. Diese Worte waren wichtig für sie. »Ich glaube, ich schaffe es allein, aber vielleicht komme ich auf dich zurück.«

»Ich habe frei, du kannst dich jederzeit melden!«

Wieder ein Beweis dafür, dass es Tomokos Freunde waren, auf die sie sich verlassen konnte.

»Aber es ist kein Weltuntergang, auch wenn man eine Chemotherapie braucht. Es ist nur für sechs Monate, und du kannst doch froh sein, dass sie den Krebs in diesem Stadium entdeckt haben«, sagte Chisato tröstend.

»Ja, da hast du recht.«

Tomoko war gerade aus dem Krankenhaus entlassen worden, konnte ihr Haus nicht putzen, wie sie wollte, und war ziemlich langsam unterwegs. Aber es war wirklich schön, mit ihrer Freundin zu sprechen.

Nachdem sie den Kuchen aufgegessen hatte, stand Chisato nicht gleich auf, sondern drehte ihre Tasse hin und her und richtete ihre Gabel auf ihrem Teller neu aus.

Tomoko erzählte gerade eine amüsante Geschichte über eine alte Dame aus dem Krankenhaus, die so etwas wie die Herrin des Krankenzimmers gewesen war, als sie plötzlich etwas an Chisato bemerkte. Sie wirkte anders als sonst. Sie schien niedergeschlagen und schweigsam und fummelte immer wieder an ihrer Teetasse herum. Das war ein ungewöhnliches Verhalten für sie.

»Chisato, gibt es etwas, worüber du reden möchtest?«

»Weißt du, ich denke darüber nach, mich scheiden zu lassen …«

Der Themenwechsel kam so plötzlich, dass es Tomoko regelrecht den Atem verschlug.

»Hast du schon mit ihm darüber gesprochen?«

»Ja-ein, also nein. Ich habe nicht darüber gesprochen, weil es genau zu dem Zeitpunkt war, als wir erfuhren, dass du krank warst.«

»Ihr habt euch doch immer so gut verstanden, du und Yoshiaki?«

Chisato, eine ehemalige Flugbegleiterin, und Yoshiaki, der

bei einer großen Fluggesellschaft arbeitete, hatten sich innerhalb des Unternehmens kennengelernt. Sie waren beide groß und passten von Anfang an gut zusammen.

Als Chisato dreißig wurde und sich Sorgen um ihre Zukunft machte, machte ihr bester Freund und Kollege Yoshiaki ihr einen Heiratsantrag, indem er sagte, dass sie bereits so gut befreundet seien und dass das für ihn ausreiche. Als Tomoko damals davon erfuhr, dachte sie: ›Das ist zwar ein schlüssiger, aber irgendwie auch sehr männlicher und rationaler Vorschlag.‹

Die beiden hatten eine Tochter, Chiaki, die noch an der Universität studierte.

»Und da bist du so oft zu mir ins Krankenhaus gekommen, obwohl es für dich auch eine schwere Zeit war …«

In den letzten Monaten hatte Tomoko nur über die verschiedenen Behandlungen und Therapien, die sie im Krankenhaus erhielt, gesprochen und hatte Chisato kaum noch zugehört.

Als Tomoko sich wegen der Operation nicht sicher gewesen war, hatten Chisatos Worte, die ihr wichtiger waren als die Meinung ihrer Familie, sie ermutigt: »Was mich betrifft, so möchte ich, dass sich meine beste Freundin der neuesten Krebsbehandlung unterzieht. Ich will nicht, dass du später bereust, es nicht probiert zu haben.«

Jetzt nickte Chisato stumm, und Tomoko war über diese einfache Geste sehr froh. »Ist schon gut, ist schon gut. Deine Situation hat mich zum Glück auch etwas abgelenkt, auch wenn das jetzt schlimm klingt.«

»Das sollte deine kleinste Sorge sein …«

Was Chisato dann erzählte, war ein allzu häufiger Grund für Scheidungen.

»Ich hatte ja keine Ahnung! Yoshiaki scheint seit einiger Zeit eine andere Frau zu haben.« Chisato erzählte, wie sie eines Tages per Zufall darauf aufmerksam wurde.

»Im Fernsehen lief mittags eine Sendung über späte Scheidungen von Eheleuten. Als ich die Sendung sah, stellte ich fest, dass Yoshiaki alle Merkmale eines Ehemannes aufwies, der sich scheiden lassen wollte.«

Laut der TV-Sendung waren es vier Hinweise:

1. Auf einmal kommt er immer zu spät nach Hause.
2. Er nimmt das Handy sogar mit ins Bad.
3. Der Mann interessiert sich für die Finanzplanung und die Ersparnisse der Frau.
4. Er sucht im Computer oder Smartphone nach Immobilien.

Nummer 1 deutete daraufhin, dass er sich noch mit einer anderen traf und Gründe wie die Arbeit vorschob für sein spätes Heimkommen. Gleiches galt für Nummer 2. Er wusste nie, wann seine Geliebte sich melden würde, also las er heimlich Nachrichten auf der Toilette. Bei Hinweis Nummer 3 dachte er schon konkret an Scheidung und überschlug, was sie ihn kosten würde.

Dieses TV-Format war eine Comedy Show, die Klischees auf die Schippe nahm, und das gesamte Publikum im Studio lachte sich krumm. Auch Chisato hatte anfangs gelacht, denn sie hatte die ersten Hinweise nicht auf ihre Ehe bezogen. Doch ab der Mitte der Sendung war ihr Lachen immer leiser geworden, dann war es ihr ganz vergangen und schließlich waren ihr die Tränen gekommen.

»Tomoko, alles bis auf Nummer 3 trifft zu. Irgendwann

habe ich gemerkt, dass ich angefangen hatte zu weinen. Mir wurde klar, dass ich es wohl schon immer geahnt hatte. Aber ich hatte weggesehen und die Gedanken in meinem Kopf vergraben, bis dahin. Ich hatte so getan, als würde ich es nicht bemerken. Ich bin ganz schön naiv, nicht? Ich hätte es wissen müssen.« Chisato lachte traurig über sich selbst, während Tomoko ihre Hand hielt und ihr aufmerksam zuhörte.

»Sobald man Hinweis Nummer 4 bemerkt, soll es fast unmöglich sein, wieder zueinanderzufinden. Bei 1 und 2 hat man angeblich noch eine Chance, die Ehe zu kitten. Also ging ich an unseren Computer und sah mir die Suchhistorie an. Ich fand die am häufigsten benutzten Schlagwörter der Suchfunktion: Wohnen, schöne Gegend, Wohnungen. Er hatte sich bei einer Immobilienfirma alle Objekte in der Nähe seines Büros angesehen. Das war wohl für ihn eine Priorität, dachte ich dann. Als ich ihn abends zur Rede stellen wollte, gab er mir die Scheidungspapiere, als hätte er nur darauf gewartet!«

»Er hat vor etwa einem Jahr seinen Job gewechselt, oder?«, hakte Tomoko nach.

Yoshiaki war gerade von einer großen Fluggesellschaft zu einer neuen Billigfluggesellschaft gewechselt, bei der er wie ein Manager behandelt wurde. Also dachte Chisato erst, es wäre normal, dass sich seine Schichten verlängert hätten.

»Doch dann traf er diese junge Saftschubse. Sie war eine Stewardess auf Stundenbasis, kannst du dir das vorstellen? Nur eine Aushilfe!«

Da sie selbst gelernte Flugbegleiterin war, vermied sie normalerweise den Ausdruck »Saftschubse«, aber in der Situation hatte sie wirklich keine andere Wahl, als ihn zu benutzen.

»Er sagte dann nur, dass unsere Tochter Chiaki jetzt erwachsen wäre und es an der Zeit wäre, über seinen Lebensstil nachzudenken. Das war alles. Ich habe das Haus bereits verlassen und bin in Kontakt mit einer Anwaltskanzlei.«

»Chisato … ist das wirklich okay?«

»Hm, ja. Weißt du, zuerst dachte ich, wenn ich die Scheidungspapiere nicht unterschreibe, wird es keine Scheidung geben. Ich wollte ihn nicht gewinnen lassen! Doch dann habe ich mit meiner Anwältin gesprochen und sie meinte, das wäre nicht mehr so einfach wie früher.«

»Ach, und was macht man dann?«

»Sie ist eine Anwältin, die sich auf Scheidungsfragen spezialisiert hat. Sie hat mir alles genau erklärt. Viele Männer sind der Meinung, dass Beziehungen mit einer oder mehreren Geliebten und einer Ehefrau in Ordnung seien. Es ist nicht so, dass sie die Beziehung irgendwann beenden und man nur warten muss, bis sie zu einem zurückkehren. Aber es gibt immer mehr Fälle, in denen die Scheidung bewilligt wird, meinte sie, wenn auf einer Seite ein Scheidungsgrund vorliegt und die Trennungsphase lange genug gedauert hat; einige Fälle würden bereits nach weniger als einem Jahr bewilligt.«

»Ein Jahr ist schnell herum.«

Chisato nickte beipflichtend. Seit die Kinder erwachsen waren, verging die Zeit um einiges schneller.

»Als ich das hörte, hat mich das irgendwie wachgerüttelt. Wenn du mich fragst, ob ich mit einem Mann zusammen sein möchte, der zwischen Geliebter und Ehefrau hin und her schwankt, dann ganz bestimmt nicht. Das möchte ich nicht für mich. Es gibt viele Dinge, die wir unter uns aufteilen müssen. Wie das Geld und die Hypothek auf die Wohnung, vieles muss noch ausdiskutiert werden«, sagte Chisato mit feuchten Augen, aber mit Entschlossenheit und Würde in der Stimme.

Ein berühmtes Sprichwort besagte, dass alle Wege nach Rom führten. Tomoko wurde, als sie das fünfundvierzigste Lebensjahr überschritt, etwas klar.

***

Als Tomoko sich der Fünfzig genähert hatte, ließen sich plötzlich all ihre Probleme und Wehwehchen auf die Wechseljahre zurückführen.

Das erste Mal, als diese Erkenntnis sie traf, war sie gerade einmal fünfundvierzig Jahre alt. Im Nachhinein betrachtet schien das sehr früh. Sie dachte, jeder schwitzt im Frühsommer wegen der höheren Temperaturen. Sie ging davon aus, das sei normal, da der Sommer vor der Tür stand, aber als sie mit schweißgebadetem Gesicht und Dekolleté aufwachte, war ihr ganz anders. Auch ihr Haar war nicht mehr zu bändigen und sie wachte vor Unwohlsein immer öfter frühmorgens auf. Seit das begonnen hatte, lagen immer ein frisches Handtuch und ein trockenes T-Shirt, in das sie schnell hineinschlüpfen konnte, an ihrer Bettseite. Der Schlafanzug war oft klatschnass geschwitzt. Weil sie schon einmal wach war, ging sie häufiger auf die Toilette. Sie hatte schon immer einen leichten und schlechten Schlaf gehabt, sogar so leicht, dass sie manchmal einfach wach blieb. Doch selbst in solchen Nächten war sie nie aufgestanden, um zur Toilette zu wandern.

Als sie hörte, wie ihre verstorbene Großmutter darüber klagte, dass sie zweimal pro Nacht aufstehen musste, um zu pinkeln, war ihr die Bedeutung dessen nicht wirklich klar gewesen.

Um nächtliche Schweißausbrüche zu vermeiden, musste Tomoko nun bei laufender Klimaanlage schlafen. Aber wenn sie das tat, wurden ihre Hände und Füße kalt und unangenehm taub.

Also musste sie improvisieren und tat etwas für sie untypisch Extravagantes: Sie kühlte das Schlafzimmer mittels der Klimaanlage für sie angenehm herunter und deckte mit einer Bettdecke die untere Körperhälfte zu. Auf diese Methode musste sie öfter zurückgreifen, auch außerhalb des Hochsommers. Solche Nächte hatte sie von Mai bis Oktober immer wieder.

Als sie beide über fünfzig waren, begannen Tomoko und ihr Mann, getrennt voneinander zu schlafen. Die Temperaturen, die sie jeweils für guten Schlaf benötigten, passten nicht mehr zueinander. Kazuhiko wurde zusätzlich dadurch gestört, dass sie in den frühen Morgenstunden immer wieder aufstehen musste.

Glücklicherweise verließen die beiden Töchter der Familie bald nacheinander das Haus – die eine, um zu heiraten, die andere, um einen Job zu finden –, so dass ein Zimmer frei wurde. Danach folgte das Herzrasen, und die Kurzatmigkeit wurde schlimmer. Plötzlich, mitten in der Nacht, schlug Tomokos Herz so laut in der Stille, dass es sich ungesund anfühlte. Sie ging bald daraufhin ins Krankenhaus, um sich untersuchen zu lassen, und begann ihre eigenen Recherchen. Zunächst vermutete man Schilddrüsenprobleme, nach genaueren Untersuchungen wurde das jedoch wieder verworfen.

»Es kann zum Teil auch an Ihrem Alter liegen«, sagte ein jüngerer, recht gutaussehender Arzt zu Tomoko. Da wurde ihr klar, dass sie in den Wechseljahren sein musste. Beim Gynäkologen wurde dies durch ihre dramatisch gesunkenen weiblichen Hormonwerte bestätigt. Von da an überrollte die Menopause Tomoko wie eine Flutwelle.

Ihre Symptome kamen immer im Wechsel:
Schlechter Schlaf, Schlaflosigkeit → Menopause
Schwindel, Tinnitus → Menopause
Unerklärlicher Juckreiz an Händen und Füßen → Menopause
Trockene Haut → Menopause

Die nun menopausale Tomoko benutzte immer noch ein Klapphandy. Selbst als ihr Handyverkäufer, ihre Töchter und sogar ihre Schwiegermutter Kotoko ein Smartphone anboten, lehnte sie es mit der Begründung ab, dass ihr altes Telefon völlig ausreichen würde. In der Tat, sie konnte eine Menge Nachforschung auf ihrem Klapphandy durchführen. Wenn Tomoko also das Internet aufrief und als Stichworte ihre Beschwerden eingab, tauchte immer das Wort »Menopause« auf, neben einer Vielzahl anderer Gründe.

Irgendwann begann der Ringfinger ihrer rechten Hand zu schmerzen. Wenn sie ihn beugte, spürte sie ein Ziehen in der Sehne. ›Das kann nicht sein‹, dachte Tomoko, ›das sind doch nicht die Wechseljahre, sondern eine Überbeanspruchung des Fingers oder so.‹

Als sie in ihrem Handy nachschlug, fand sie am Ende der Beschreibungen von »Sehnenscheidenentzündung« und »Schnappfinger« einen Satz, in dem es hieß: »Außerdem ist es ein häufiges Symptom bei älteren Frauen in den Wechseljahren.«

›Was für eine Überraschung. Wer hätte gedacht, dass die Menopause nicht einmal meine Finger in Ruhe lassen würde …‹, dachte sie noch.

Doch sie musste sich eingestehen, dass von nun an fast alles auf ihre Wechseljahre zurückgeführt werden konnte.

Tomoko hatte ein Set Unterwäsche von La Perla, das sie auf einer Italienreise mit einer Schulfreundin während der Bubble-Jahre gekauft hatte, ganz hinten in ihrem Kleiderschrank versteckt. Das Set war aus champagnerfarbener Seide und mit herrlich feiner Spitze veredelt. Mit der Zeit hatte sich die Farbe verwaschen. Ihr Gewicht dürfte sich nicht so sehr verändert haben, aber mit inzwischen wenig Spielraum würde die italienische Unterwäsche Tomokos derzeitige »Masse« nicht stützen können. Sie traute sich nicht, sie noch einmal anzuprobieren. Jetzt wurde Tomokos kalter, menopausaler Körper durch Thermounterwäsche vom Bekleidungsgeschäft Murasaki in der Jujo-Einkaufspassage unterstützt.

Das erste Mal hatte sie diesen Laden betreten, kurz nachdem sie fünfzig geworden war. Sie hatte immer gewusst, dass Murasaki in der Einkaufspassage lag, aber sie hatte nie einen Fuß hineingesetzt, obwohl sie sogar einmal einen Beitrag darüber im Fernsehen gesehen hatte. Das Geheimnis ihrer extrem niedrigen Preise lag darin, dass sie Produkte in nicht zusammenpassenden Farben und Größen von Spitzenherstellern aufkauften, hieß es in der Sendung, und obwohl Tomoko einmal dachte ›Ach, so funktioniert das‹, war sie nie auf die Idee gekommen, den Laden aufzusuchen.

Vor dem Geschäft stand immer ein großer Kartonaufsteller mit handgeschriebenen Preisschildern wie »Socken für 60 Yen« und »Strumpfhosen für 99 Yen«. Alte Männer aus der Nachbarschaft drängten sich davor und feilschten, mit den

Köpfen in den Kartons, um die Ware. Dieser Anblick genügte, um Tomoko vom Betreten des Ladens abzuhalten. Wenn sie da hineinginge, wäre das auch das Ende ihres Frauseins.

Auf jeden Fall trug Tomoko keine Socken und Strumpfhosen von dort, die kaufte sie in größeren Mengen in einem Kaufhaus, wenn sie nach Shinjuku ging. Eigentlich wäre es immer besser, wenn man sorgsam mit seinen Strumpfhosen umginge, um sie häufiger tragen zu können. Das würde eine Menge Geld sparen.

Vor ein paar Jahren musste Tomoko ihren Mann zur Beerdigung seines Chefs begleiten. Sie fand im März statt, der noch ungewöhnlich kalt war. Sie ging in ein Kaufhaus, um sich eine dickere schwarze Strumpfhose zu kaufen, die zu einer Beerdigungsfeier im Freien passte. Sie fand jedoch keine, die warm genug erschien, wahrscheinlich weil es schon Saisonende war und der Frühling vor der Tür stand. Auf dem Rückweg vom Kaufhaus blieb sie in der Jujo-Einkaufspassage vor Murasaki stehen.

»Hätten Sie zufällig extradicke schwarze Strumpfhosen? Ich muss zu einer Beerdigung«, fragte Tomoko die freundliche, bereits etwas ältere Verkäuferin.

»Oh! Da haben wir genau die richtigen, die halten gut warm«, antwortete sie fröhlich.

Bei den schwarzen Strumpfhosen, die sie ihr anbot, handelte es sich um extradicke Strumpfhosen, die man in der Regel nicht in den Kaufhäusern fand, mit einem dichten Innenfutter. Sie waren mit 299 Yen zudem extrem günstig. Bei dieser Gelegenheit ging Tomoko in das Geschäft hinein, das sie zuvor gemieden hatte, und kaufte dicke Socken für zu Hause sowie ein gefüttertes Granny-Shirt. Die extradicke schwarze Strumpfhose schützte Tomokos Füße während der

Beerdigung vor dem Nordwind. Ihre Beine waren die ganze Zeit über warm.

Seitdem war Tomoko ein großer Fan von Murasaki. Wenn sie in der Einkaufspassage einkaufen ging, landete sie zum Schluss immer dort. Besonders beeindruckend fand sie das Angebot an Thermounterwäsche im Winter. Das lag wahrscheinlich daran, dass das Geschäft auf Kundinnen ihres Alters und auch auf ältere Frauen ausgerichtet war. Tomoko besaß eine Schublade voller unbenutzter Unterwäsche von Murasaki. Ihre Töchter zogen sie sogar damit auf.

Aber Tomoko war irgendwie auch erleichtert, wann immer sie den Laden betrat. Es schien an der Erkenntnis zu liegen, dass sie nun eine »alte Dame« war. Sie trug gerne Unterwäsche für alte Leute, denn sie war bequem, angenehm und der Alltag machte dadurch wieder Spaß. Es war ihr neues Motto geworden: warme Unterwäsche tragen und nicht zu schnell gehen.

Die Männer der Bubble-Phase waren verwöhnt und hübsche Unterwäsche gehörte zum Standard. Man musste immer irgendwie fraulich erscheinen oder zumindest eine »hübsche Mutter« darstellen. Als Tomoko Großmutter von Saho wurde, war es eine gewisse Erleichterung für sie. Genau in dieser Zeit bekam sie Krebs.

***

Nachdem Chisato ihr von der Scheidung erzählt hatte, begann sie immer öfter, Tomoko spätnachts anzurufen. Sie wohnte nicht mehr bei ihrem Mann, also führte sie spontan lange Telefonate in der Nacht, als wäre sie noch eine Studentin.

»Wir haben erst mit dreißig geheiratet, weißt du noch? Also teilen wir das, was wir in den fünfundzwanzig Jahren seither gespart haben, genau halbe-halbe. Ich war zwar fast nur Hausfrau in der Zeit, aber ich denke, dass der Verdienst meines Mannes auch mir zu verdanken war.«

Die meisten ihrer Gespräche drehten sich ums Geld, das war nun anders als in ihrer Studienzeit. Es ging um hart erarbeitetes Geld.

»Oh, wirklich? Aber woher weißt du, wie hoch die Ersparnisse deines Mannes vor eurer Heirat waren? Ich kann mich beim besten Willen nicht an die Summe erinnern.«

»Ja, das ist so eine Sache. Aber zu meiner Überraschung erinnert sich mein Mann an viel mehr, als ich dachte. Er erzählte mir, dass wir etwa drei Millionen an Ersparnissen hatten und dass meine Eltern und ich die gesamte Hochzeit bezahlt hatten, mit Ausnahme des Betrags, der durch das Hochzeitsgeschenk abgedeckt war. Er kam sogar auf Sachen, die mir komplett entfallen waren.«

Chisato trug immer schöne Kleidung und war sehr modisch. Es war das erste Mal, dass Tomoko von ihr ihre detaillierte finanzielle Historie erzählt bekam.

»Wirklich? Ich hatte Yoshiaki eher für einen spontanen und unbekümmerten Menschen gehalten.«

»Ich auch. Er hat sich so verändert in letzter Zeit … Was eine Scheidung alles anrichten kann, oder?«

Tomoko erinnerte sich an die Zeit, in der sie viel zu dritt unternommen hatten, noch bevor die beiden ein Paar wurden. Yoshiaki hatte nie die beiden Frauen im Restaurant zahlen lassen. Auch wenn es dem damaligen Trend geschuldet sein mochte, war er eher ein spendabler Typ Mann gewesen. Tomoko horchte bei dem Klang der kichernden Chisato auf.

»Letztens erst, da besuchte ich einen Vortrag über den Zusammenhang von Scheidung und Geld. Du weißt schon, von dieser Suko Kurofune, aus der Fernsehwerbung.«

»Ach, für so was gibt es Kurse?«

»Ich hatte es im Internet rausgesucht, da gibt's echt alles heutzutage … Da habe ich dann diese Beratung gefunden. Sie berechneten mir, wie viel Geld ich in Zukunft bekommen würde und wie hoch meine Lebenshaltungskosten sein würden. Dafür nahmen sie Durchschnittsbeiträge am Beispiel eines älteren Ehepaars und erklärten mir, dass es finanziell gesehen einfacher wäre, wenn wir uns nicht scheiden ließen.«

»Hm, ja … und nun?«

»Wenn wir verheiratet blieben, würde ich insgesamt etwa 230 000 Yen pro Monat an Rente erhalten. Davon wären 130 000 Yen von der nationalen Rente und 100 000 Yen aus dem Rentensystem für Arbeitnehmer. Die durchschnittlichen monatlichen Ausgaben eines älteren arbeitslosen Paares betragen weniger als 250 000 Yen, so dass ich selbst dann, wenn ich meine Ersparnisse zur Deckung des Differenzbetrags anzapfen müsste, nicht in große Schwierigkeiten geraten würde. Natürlich nur unter der Voraussetzung, dass ich nicht krank werde, keine Pflege benötige und nicht reisen würde.«

»Das ist doch mal etwas Handfestes.«

Tomoko war erleichtert zu erfahren, dass es feste Berechnungen für eine Scheidung gab. Auch wenn ihre eigene Familie zum Glück nicht von einer Scheidung bedroht war.

»Wir haben mit dreißig Jahren geheiratet und wir sind gleichaltrig. Mein Mann hat direkt nach seinem Universitätsabschluss eine Stelle gefunden, dreiunddreißig Jahre lang gearbeitet und ist seit fünfundzwanzig Jahren mit mir verheiratet. Wir teilen alles im Verhältnis dreiunddreißig zu fünfundzwanzig. Grob gerechnet ist es also vier zu drei. Auch Renten, Ersparnisse und Abfindungen werden so aufgeteilt. Ich habe gehört, dass die Rente dadurch viel geringer sein wird. Die staatliche Rente wird genau halbiert und aufgeteilt, die Arbeitnehmerrente dagegen im Verhältnis vier zu drei.

In unserem Fall wird die staatliche Rente beispielsweise halbiert und beträgt somit 65 000 Yen für jeden. Die Arbeitnehmerrente liegt bei 57 000 Yen für meinen Mann und 43 000 Yen für mich. Sie wird aber erst ausgezahlt, wenn wir das fünfundsechzigste Lebensjahr erreichen. Außerdem wird in den nächsten fünf Jahren, bis Yoshiaki sechzig wird, wahrscheinlich eine neue Frau für ihn sorgen, von der er sich vermutlich dann wieder trennt, also wird ihr Anteil noch abgezogen.«

»Nur fünf Jahre wird es halten?«, fragte Tomoko nach.

»Davon gehe ich aus. Außerdem haben wir etwas mehr als 20 Millionen Yen aus der Abfindung und anderen Dingen von Yoshiakis altem Arbeitgeber erhalten, als er sein vorheriges Unternehmen verließ und zu einem neuen wechselte. Das sind die Ersparnisse, um die es bei der Scheidung geht«, erklärte Chisato.

Tomoko wusste, dass alle in Chisatos Familie ab der Mittelstufe Privatschulen besuchten. So auch ihre Tochter. Außerdem hatten sie eine Wohnung in Shinjuku gekauft.

Dass sie trotzdem noch 20 Millionen an Rücklagen hatten, das war wohl der Unterschied, den eine Fluggesellschaft als Arbeitgeber ausmachte, dachte Tomoko bei sich.

»Auch da haben wir vier zu drei geteilt. Yoshiaki bekommt circa 11,4 Millionen Yen und ich ungefähr 8,5 Millionen ausbezahlt. In dem Seminar hieß es, dass ein Ein-Personen-Haushalt einer Frau mehr kostet. Der monatliche Durchschnitt lag bei 150 000 Yen. Wenn man, wie ich jetzt, nach der Scheidung noch zehn Jahre bis zur Rente hat, wird, selbst mit einem Teilzeitjob um die 70 000 Yen pro Monat, nach acht Jahren kaum mehr etwas von dem Scheidungsgeld übrig sein. Wenn ich dann wirklich in Rente gehe, werde ich kaum noch Ersparnisse haben!«, beendete Chisato ihre Ausführung über ihre Zukunft.

»Das kann nicht sein. Nur acht Jahre schafft man mit so einer Summe? Dann bist du keine dreiundsechzig Jahre alt!« Tomoko schlug schockiert die Hand vor den Mund. Das Geld würde aufgebraucht sein. Es war schwer für sie, sich Chisato ohne Geld vorzustellen, die sonst am wenigsten mit alldem zu tun hatte.

»Dann ist da noch die Frage, was wir mit dem Haus machen, in dem wir wohnen. Wir haben eine Tochter, und wir werden wahrscheinlich einfach dort wohnen und den Rest der Hypothek abzahlen. Damit wir ihr nicht zur Last fallen im Alter. Mein Noch-Ehemann besteht darauf, den Betrag der Hypothek, den wir gezahlt haben, als Unterhalt zu werten. Anfangs dachte ich, es wäre besser, als kein Haus zu haben, aber ich weiß nicht, wie lange wir uns die Hypothek noch leisten können.«

Tomoko schwieg, denn sie war sprachlos.

»Manchmal, da frage ich mich, wie es überhaupt so weit kommen konnte … Es ist, als ob sich plötzlich alles auf einmal geändert hätte.«

So war es ja auch, dachte Tomoko, sagte aber stattdessen: »Ich kann dir zwar nur zuhören, aber ich will, dass du weißt: Ich bin immer für dich da.«

Das Telefonat endete damit, dass Chisato ihrer Freundin riet, sich einmal gründlich Gedanken über ihr Geld und ihre

Ersparnisse zu machen. Am nächsten Tag beschloss Tomoko, ihr Bankbuch zu öffnen und zu prüfen, wie viel Geld sie tatsächlich hatte. Eine Überraschung erwartete sie. Ihre Ersparnisse, von denen sie dachte, dass sie ziemlich solide seien, waren fast aufgebraucht.

Die Erkenntnis, dass das Geld eines Tages einfach aufgebraucht war, traf sie wie ein Schlag. Es war nicht so, dass sie schlecht gewirtschaftet oder ihr Geld verzockt hätte. Sie hatte es auch nicht zum Fenster rausgeworfen oder war über den Tisch gezogen worden.

Tomoko hatte die letzten Jahre einfach ohne große Einschränkungen gelebt.

Das war alles.

Als Maho, ihre älteste Tochter, die Oberschule abschloss, hatte die Familie Mikuriya etwa acht Millionen Yen an Ersparnissen. Als sie Kazuhiko heiratete, überreichte ihr ihre Schwiegermutter Kotoko ein Exemplar von Motoko Hanis Kakeibo, eine Familienedition, und riet ihr, zwar nicht geizig zu sein, aber zumindest ihre Ausgaben damit im Blick zu behalten.

Tomokos Familie lebte in der Region Chugoku, im Südwesten Japans. Ihr Vater war Beamter der Bezirksregierung, und sie lebten in einem großen Haus, das sie von ihren Großeltern geerbt hatten. Obwohl sie nicht sehr wohlhabend waren, wohnten sie dadurch mietfrei und erhielten oft Lebensmittel von ihren Nachbarn im Austausch, so dass Tomoko in ihrer Kindheit und Jugend nie mit dem Begriff »Sparen« konfrontiert war.

Die meisten Leute hatten die Vorstellung, dass das Leben auf dem Land günstiger sei. Durch die abgelegene und dezentrale Lage war es aber normal, dass eine Familie nicht nur ein Auto besaß, sondern manchmal zwei oder gar drei! Die alle in Schuss gehalten werden mussten und somit Geld kosteten. Doch in solchen Gegenden war man auf das Auto angewiesen, um sich fortzubewegen, soziale Kontakte zu pflegen oder auch mal in die nächstgelegene Stadt zu fahren. Das konnte unerwartet auf den Geldbeutel schlagen.

Bei buddhistischen Gedenkfeiern für Verwandte oder Nachbarn musste man einen bestimmten Geldbetrag beisteuern, und bei Festen war es üblich, Geld an Schreine und Nachbarschaftsverbände zu zahlen und leichte Sommerkimonos, sogenannte Yukata, anzufertigen und zu spenden.

Wenn Verwandte eine höhere Ausbildung abschlossen oder heirateten, musste man ebenfalls Geld für Glückwünsche in die Grußkarten legen. Natürlich erhielt Tomoko ihrerseits das Gleiche. Die Bewohner der eigenen Region waren sich über die finanzielle Situation der anderen immer einigermaßen im Klaren. Jeder kannte jeden, und wenn man diese gegenseitigen Verpflichtungen ignorierte oder mit Essen, Trinken oder dem Auto geizte, wurde hinter dem Rücken desjenigen über ihn gesprochen.

Tomoko hatte Geldsparen nie für erstrebenswert oder gar für eine Tugend gehalten. Als Kotoko und Kazuhiko, die damals im Haus des Schwiegervaters lebten, das Haus von Tomokos Eltern besuchten, um sie kennenzulernen, brachten sie nur Süßkartoffel-Kintsuba als süßes Souvenir zur Begrüßung mit. Sie hatten zwar damals ausgemacht, das Kennenlernen der Eltern schlicht zu halten, doch seit damals war Tomoko in der ganzen Gegend als Braut bekannt, die »nur mit Kintsuba« nach Tokyo ging.

Nach ihrer Heirat war Tomoko als Mädchen vom Lande zunächst vom Stadtleben überwältigt. Die für Tokyo charakteristische Gleichgültigkeit gegenüber anderen Menschen wirkte befreiend auf sie, so als könnte sie sich zu Hause hinlegen und einfach ihre Arme und Beine ausstrecken, ohne verurteilt zu werden.

Hätte sie das bei ihren Eltern damals im Haus gemacht, wäre der Nachbar durch die unverschlossene Haustür gekommen und hätte gefragt: »Was liegst du denn mittags hier auf der faulen Haut?«

Auf der anderen Seite war da ihre Schwiegermutter Kotoko. Sie hatte ihr beigebracht, wie man ein Kakeibo führte, und dadurch war ihr der Umgang mit Geld bewusster geworden.

Tomoko war jedoch sehr überrascht, als sich Kazuhiko und seine Mutter nach der Geburt von Maho über die Anschaffung eines Familienautos berieten. Sie entschieden sich nämlich für ein kleines Modell, was für Tomoko bei einer wachsenden Familie unverständlich war.

Sie vermisste es, sich bei ihrer inzwischen verstorbenen Mutter am Telefon zu beschweren, dass die Menschen in Tokyo unheimlich geizig waren. Trotzdem hatte sie dank diverser Maßnahmen mittlerweile acht Millionen Yen zusammengespart. Und nun war alles aufgebraucht.

Zunächst verschwanden fünf Millionen Yen für Mahos zweijähriges Uniprogramm sowie Mihos Studiengebühren für das vierjährige Studium. Bei Mahos Hochzeit (obwohl ihre Tochter sagte, dass sie viel selbst machen würden und es keine extravagante Hochzeit werden sollte) mussten sie für ein gemeinsames Abendessen für beide Familienseiten, zusätzliche Kosten für Mahos Hochzeitskleid (denn es wurde sich einmal umentschieden und ein schöneres musste her) und die Fahrkosten für die Verwandten, die aus dem Umland kamen, aufkommen. So zahlten Mahos Eltern ganz schnell den Betrag von einer Million Yen für diese »einfache« Hochzeit.

Kurz darauf starben nacheinander Tomokos Mutter und der Vater von Kazuhiko. Sie mussten die Krankenhaus- und Beerdigungskosten mit den verbliebenen Brüdern aufteilen. Die angeblich vorher schon einiges übernommen hatten, wie ihnen mitgeteilt wurde.

Und dann waren da noch die Kosten für Tomokos Krankenhausaufenthalt. Die Operation wurde von der Krankenkasse übernommen, aber vor der Operation musste sie mehrere Kliniken aufsuchen und die Untersuchungskosten waren am Ende höher als erwartet.

Tatsächlich war Kazuhikos Gehalt in den letzten zehn Jahren kaum gestiegen. Das Unternehmen, für das er arbeitete, ein mittelständischer Hersteller von Präzisionsmaschinen, konnte sich seit der Pleite nach dem Lehman-Crash nicht mehr von seiner schlechten Performance erholen. Tomoko konnte kaum mehr zählen, wie viele Fusionen mit amerikanischen oder chinesischen Unternehmen schon im Gespräch gewesen waren. Außerdem hatte es Kazuhiko nicht geschafft, vor seinem fünfzigsten Lebensjahr Abteilungsleiter zu werden. Selbst jetzt war er nur »stellvertretender Manager«, eine Position, von der Tomoko nicht wusste, wie hoch angesiedelt in der Hierarchie sie wirklich war.

Dann kam Tomoko noch der Gedanke an die künftige Pflege ihrer Schwiegermutter. Wie viel sie das wohl kosten würde? Allein daran zu denken, bereitete ihr Kopfschmerzen. Kazuhiko hatte noch einen jüngeren Bruder, der in Osaka lebte und das Familienunternehmen seiner Frau übernommen hatte. Er war zwar nicht der leibliche Sohn der Familie, wurde aber fast wie ein solcher behandelt. Tomoko und er sahen sich nur auf Hochzeiten und Beerdigungen. Sie wusste nicht, wie sie eine solche Verbindung zu Kotoko hätte aufbauen können.

Tomoko fühlte sich jedoch nicht wohl dabei, ihren Mann darauf anzusprechen, denn sie wusste, was dann folgte. Er würde etwas sagen wie: »Nun, wenn es dich stört, Tomoko, kümmere du dich auch darum.« Also tat sie so, als ob sie die lauernden Probleme nicht sehen würde.

Sie hatte das Gefühl, sie könnte dabei zusehen, wie ihr das Geld zwischen den Fingern zerrann, und sie hatte nur noch knapp eine Million Yen Erspartes.

Die 20 Millionen Yen Ersparnisse von Chisato wären für Tomoko ein wahr gewordener Traum.

***

Eine Woche war vergangen, seit sie aus dem Krankenhaus entlassen worden war. Tomoko konnte endlich wieder einkaufen gehen. Im Krankenhaus hatte man ihr gesagt, dass sie etwa einen Monat lang nicht Fahrrad fahren dürfe. Also ging sie die Strecke zur Einkaufspassage in Jujo gemächlich zu Fuß.

Als Tomoko sich als Erstes auf den Weg zum Bekleidungsgeschäft Murasaki machte, wurde sie von der älteren Verkäuferin mit einem Lächeln begrüßt. Sie schien sich an sie zu erinnern, denn sie hatte ihr den Pyjama empfohlen, den sie vor ihrer Einlieferung ins Krankenhaus gekauft hatte.

»Oh, hallo! Sind Sie schon aus dem Krankenhaus entlassen worden?«

»Ich darf noch kein Fahrrad fahren, aber …« Weiter kam Tomoko gar nicht.

Schon nickte die Dame knapp und bot ihr einen Einkaufstrolley für ältere Kundinnen an. Er kostete nur 890 Yen. Die hatten sie in einer Ecke des Ladens gestapelt. Menschen wie diese Verkäuferin, die öfter mit älteren Menschen zu tun hatten, verstanden schnell, welche Bedürfnisse ihre Kunden hatten.

Sie vergaß auch nicht, Tomoko einen Rabatt von 200 Yen als Geschenk für ihre Entlassung aus dem Krankenhaus zu geben. Als sie um die Ladentheke herumkam, konnte Tomoko nicht umhin zu denken: Ich komme dem Großmutter-Sein immer näher.

Ihre eigene Krankheit sowie die Scheidung ihrer besten Freundin und die daraus resultierenden Überlegungen zu ihren eigenen Ersparnissen und denen ihrer Familie führten zu weitreichenden Veränderungen in Tomokos Leben.

Sie musste dringend wieder Geld für ihren eigenen Ruhestand ansparen. Tomoko erkannte auch, dass sie sich in ihrer jetzigen Situation nicht von ihrem Mann scheiden lassen könnte. Sie hegte zwar keinen Groll gegen ihn und hatte eigentlich zuvor gar nicht an eine Scheidung gedacht.

Aber die Tatsache, wie lebensunfähig ihr Ehemann war, auch im Hinblick auf den Haushalt, ließ sie einiges neu überdenken. Gerade jetzt nach ihrem Krankenhausaufenthalt.

Auch wenn Kazuhiko unsympathisch wirken konnte, hielt sie ihn nicht für einen kalten Menschen. Er hatte sein Lebtag für Tomoko und die Töchter gesorgt, indem er arbeiten ging. Ihre Schwiegermutter war eine rüstige Frau, die ihre Enkelkinder immer vermisste.

Sobald Tomoko über ihre eigene Pensionierung nachdachte, kroch langsam die Angst in ihr hinauf. Bei dem Gedanken, alles, so wie es jetzt war, bis ans Ende ihrer Tage machen zu müssen … Tagein, tagaus schweigend mit ihrem Fernsehen schauenden Mann zu Abend zu essen und den Haushalt und die Wäsche zu schmeißen … Ein tiefer Seufzer entfuhr ihr.

Die Lebenshaltungskosten einer alleinstehenden Frau nach einer Scheidung waren, nach den Informationen, die Tomoko von Chisato hatte, katastrophal. Es war wie ein Spiegel, der ihr ihre Situation ganz genau vor Augen führte, auch wenn sie nichts daran ändern konnte. Sie musste sich mit ihrer Unzufriedenheit und ihrem desinteressierten Mann abfinden.

Tomoko hatte bis zu jenem Tag nicht über eine Scheidung nachgedacht, aber jetzt, da sie wusste, es konnte nie dazu kommen, fing sie an, sie herbeizusehnen.

Wenn das Ehepaar Mikuriya schweigend zusammen zu Abend aß, schwoll die Unzufriedenheit an. Warum aß er, was sie kochte, ohne sich zu bedanken, wenn er nicht einmal für sich selbst kochen konnte? Selbst die Wochenenden verbrachte Kazuhiko fast nur im Bett, außer er ging mit seinen Freunden Golf spielen. Das war sein einziges Hobby. Und sie musste mit dem Kochen des Abendessens immer auf ihn warten. Sie fragte sich, ob es so auch in ihrer gemeinsamen Zeit der Rente ablaufen würde.

Tomoko kaufte in einem Supermarkt in der Mitte der Einkaufsstraße etwas Gemüse ein. Am Eingang des Ladens befanden sich die Gemüsearten, die günstig und gut aussahen. Da lohnte sich ein Blick oder zwei. Ein Kohlkopf für 100 Yen, ein halber Chinakohl für 100 Yen, ein Beutel Zwiebeln für 100 Yen und so weiter. Nach dem Gemüse folgte die Fleischabteilung. Heute war das Hähnchenbrustfleisch im Angebot. Es kostete 48 Yen für 100 Gramm statt den üblichen 58 Yen.

Tomoko kaufte gleich die Jumbo-Packung mit vier Stück. Dazu kaufte sie noch zwei Packungen Schweinefleisch zu 98 Yen pro 100 Gramm.

Die Jujo-Einkaufsstraße war berühmt für ihre vielen Imbissbuden und war schon mehrmals im Fernsehen zu sehen gewesen.

Es gab Geschäfte, die Hähnchensnacks für zehn Yen das Stück verkauften und Hühnerschnitzel, die viel größer als eine Handfläche waren, für 160 Yen. Alles war mehr als köstlich.

Vor ihrem Krankenhausaufenthalt hatte Tomoko diese Zutaten oft zubereitet. Aber für zwei Personen war das Kochen von fettigen oder frittierten Speisen sehr aufwendig. Daher wollte sie nun insgesamt weniger kochen.

Wenn sie sich Beilagen überlegte, dann zumeist Gemüse, eine Misosuppe und eine kleine Schüssel Reis. Wobei – sie konnte sich den Luxus von fertig abgepackten Beilagen nicht mehr leisten.

Als sie nach Hause kam, bereitete sie als Erstes die Hähnchenbrust vor. Alle vier Hühnerhäute wurden abgezogen und zwei davon in eine Küchenmaschine gegeben, um sie zu zerkleinern. Anschließend wurde das Ganze in kleinen Portionen zu je 100 Gramm eingefroren. Der Rest wurde ebenfalls zerkleinert und in Sake und Ingwer mariniert. Im Fernsehen hatte sie mal gehört, dass das Essen zarter wurde, wenn man das tat. Davon kam auch die Hälfte ins Gefrierfach, ebenso vom Schweinefleisch. Aus dem halben Kohl machte sie Krautsalat, den sie im Kühlschrank aufbewahrte.

Dann verließ Tomoko plötzlich die Kraft.

Sie musste sich auf einen Stuhl am Esstisch setzen und legte das Gesicht in die Hände. Früher hatte sie diese Vorbereitungen mit links noch vor dem Frühstück erledigt!

Da kaufte sie nach ihrem Teilzeitjob noch für das Abendessen ein, kochte, fütterte ihre Töchter, badete sie und brachte sie rechtzeitig ins Bett. Sobald das erledigt war, wartete sie damals nur noch auf ihren Mann, der spät nach Hause kam.

›Die Mädchen sind doch lange aus dem Haus und haben ihr eigenes Leben aufgebaut und ich stehe immer noch hier und zerkleinere Hühnerbrüste. Und das in meinem Alter‹, dachte Tomoko bei sich.

Tomoko starrte auf die Lebensmittelreste in der Küche. Die Hälfte des Kohls, des Chinakohls und der Zwiebeln war noch nicht verarbeitet. Die schmutzige Küchenmaschine lag in der Spüle, und das Schneidebrett und die Messer waren noch dort, wo sie eben das Huhn zerkleinert hatte.

Sie seufzte und dachte über ihre Situation nach. Sie kam sich arm vor, und weil ihr Erspartes weitgehend aufgebraucht war, hatte sie das Gefühl, ihr restliches Leben lang hart arbeiten zu müssen. Als sie sich an den Vorabend erinnerte, liefen ihr Tränen übers Gesicht.

Sie hatte Oyakodonburi, ein Reisgericht mit Rührei, Zwiebeln und angebratenem Fleisch, mit Misosuppe und Salat serviert.

»Das Fleisch ist heute irgendwie zäh …«, murmelte Kazuhiko in seine Donburi-Schale hinein.

Eigentlich kannte Tomoko ihn als einen Mann, der nicht wählerisch war und den man als »Allesfresser« bezeichnen konnte. Wahrscheinlich hatte er es gesagt, ohne weiter darüber nachzudenken, aber es machte Tomoko wütend. Fast hätte sie ihre Essstäbchen nach ihm geworfen.

Im Geiste hatte sie das bereits getan, aber in der Realität konnte sie es nur schweigend ertragen. Das Fleisch war in der

Tat zäh. Vielleicht war es zerkocht oder falsch geschnitten, aber es hatte nicht geschmeckt. Es war nicht so, dass das Brustfleisch schlecht war. Je nachdem, wie man es zubereitete, konnte es viel schmackhafter und gesünder sein als die Schenkel.

Ihre Englischlehrerin erzählte einmal, dass sie sehr überrascht war, als sie nach Japan kam. Denn in ihrem Heimatland Australien war Brustfleisch um einiges teurer als Schenkelteile.

Tomoko dachte, es kam darauf an, wie man das Fleisch verwertete. Sie war eigentlich eine bewanderte Hausfrau, die in ihrem Leben viel gekocht hatte, aber jetzt schämte sie sich.

Sie wusste, ihre Art der Zubereitung war vielleicht nicht das Nonplusultra, aber hatte sie sich Mühe gegeben und wurde dennoch dieses schlechte Gefühl nicht los.

In einer Woche würde entschieden werden, ob sie eine Nachbehandlung mittels Chemotherapie brauchte oder nicht. Falls ja, würde sie noch einige Tage im Krankenhaus bleiben müssen. Selbst wenn sie danach entlassen wurde, hatte man sie gewarnt, dass sie sich weiterhin krank fühlen würde.

Sie grübelte, was wohl Kazuhiko dann tun würde und ob er etwas tun würde.

Je länger sie darüber nachdachte, desto niedergeschlagener wurde sie. Denn die Entscheidung war eigentlich schon getroffen, jetzt musste nur noch die Behandlung folgen. Sechs Monate sollte diese Art der Nachbehandlung dauern, laut ihrer letzten Information. Selbst wenn die Behandlungskosten aufgrund ihrer Versicherung vielleicht nicht so hoch wären, würde sie die letzten Geldreserven in kürzester Zeit aufgebraucht haben. Gerade wenn sie nicht tagelang vorkochen oder den Haushalt machen konnte.

Tomoko spürte ein Kribbeln im Unterleib, wo sie operiert worden war.

***

»Nach der Operation ein Kribbeln im Unterbauch zu verspüren, dürfte im Rahmen sein. Vielleicht hast du in letzter Zeit einfach zu viele Ärzte und Krankenhäuser besucht«, murmelte Chisato und warf einen Blick auf den Fernseher im Wartezimmer.

Tomoko war hergekommen, um die Ergebnisse ihrer postoperativen Untersuchung zu erfahren. Sie hatte einen Termin um zwei Uhr, aber es waren inzwischen schon zwanzig Minuten vergangen, und sie war noch immer nicht aufgerufen worden. Die Sofas der Wartezimmer waren besetzt mit Frauen zwischen zwanzig und achtzig Jahren.

»Entschuldige …«

»Ich habe es nicht so gemeint. Ich habe mich ja quasi selbst eingeladen, dich zu begleiten.«

Als Tomoko ihrer Freundin Chisato geschrieben hatte, dass sie immer noch etwas nervös war bei der Vorstellung, dass sie die Testergebnisse allein mitgeteilt bekommen würde, sagte diese sofort: »Möchtest du, dass ich mitkomme?« Ja, sie hatte sie tatsächlich nicht gezwungen.

»Wenn du magst, können wir uns bisschen unterhalten, solange wir warten.«

»Wie geht es dir mit Yoshiaki …? Habt ihr Fortschritte bezüglich der Scheidung gemacht?«

»Wir haben beschlossen, das gesamte Geld halbe-halbe

aufzuteilen. Ich dachte, das Gespräch würde deshalb reibungslos verlaufen.«

Sie stritten sich offenbar um die Kosten für die Kinderbetreuung sowie die Schul- und Studiengebühren ihrer zwanzigjährigen Tochter Chiaki.

»Als ich ihn dann schlussendlich um die Scheidung bat, sagte er, er würde sich darum kümmern. Aber jetzt sagt er zu mir, dass ich keinen Unterhalt für eine Tochter zahlen muss, die zwanzig ist. Er will mir durch die Blume sagen, dass ich kein Geld sehen werde im Falle einer Scheidung.«

»Oh? Ist die liebe Chiaki noch Studentin?«

»Ja. Er sagte plötzlich, dass er nur die Hälfte ihres Schulgeldes zahlen würde, oder ich würde keinen Unterhalt erhalten.«

»Das ist unfair.«

»Wenn einmal ein Entschluss gefasst wurde, können Menschen so herzlos sein. Vielleicht hat auch seine neue Freundin ihre Finger im Spiel … Und danach? Dann haben plötzlich alle großes Mitleid mit einem. Was mich tatsächlich beunruhigt, ist, dass Yoshiaki sich an diese komische Situation zu gewöhnen scheint.«

Geld war vielleicht das Letzte, worüber sie und ihr Mann je streiten würden, dachte Tomoko.

»Hm, was meinst du damit?«

»Ich hatte es dir doch schon erzählt, oder? Meine Anwältin sagte, dass es Männern nichts ausmacht, zwischen ihrer Ehefrau und der Geliebten zu pendeln. Sie denken wohl, dass alles wäre nicht so schlimm und sie hätten das Recht oder die Freiheit, zwischen Familie mit Kindern und der Mätresse hin und her zu wechseln, wie es ihnen passt.«

»Das kann doch nicht wahr sein, so ein Idiot!« Es war abstoßend, so etwas zu hören.

Yoshiaki verhöhnte damit gleichermaßen Frauen und Ehefrauen.

»Wenn ich den Kerl höre, der in beiden Häusern herumhängt und darüber jammert, dass ›es für ihn auch schwer ist‹, dann denke ich, ach, wirklich? Ich weiß zumindest, wie es ist, jahrelang mit einem Mann zusammen zu sein, der einen betrügt. Und die Frau? Immerhin ist sie mitschuldig. Aber wenn man sich entscheidet, einen Schlussstrich zu ziehen, weiß man schon, wie man fühlt. Daran ändert auch diese andere Frau nichts mehr.«

»Da sagst du was!«, pflichtete Tomoko ihr bei und beobachtete Chisatos Gesichtsausdruck, der nicht ganz so düster wie die letzten Male erschien.

Wahrscheinlich hatte sie zum ersten Mal laut ausgesprochen, was sie wirklich über ihren Noch-Ehemann dachte. Sie war diejenige, die sich an diese Situation gewöhnte. Sie beschwerte sich zwar, schien aber auch etwas erleichtert zu sein. Tomoko konnte ihrer Freundin die offenen Worte nicht verdenken, denn immerhin hatte sie fünfundzwanzig Jahre ihres Lebens mit diesem Mann geteilt.

»Mikuriya-san, Mikuriya-san? Bitte kommen Sie in den Untersuchungsraum Nummer 3«, rief eine ältere Krankenschwester mit hoher Stimme. Chisatos Augen wurden plötzlich angespannt schmal.

»Tomoko, komm. Du wirst aufgerufen.«

***

Anstatt der Krankenschwester zu antworten, drückte sie Tomokos Hand. Sie betraten gemeinsam den Untersuchungsraum und hielten sich fest an den Händen, als wären sie zwei

Schulmädchen, die zum Direktor mussten. Tomoko spürte, dass Chisato, die sich hinter ihr klein machte, ziemlich besorgt war. Es irritierte Tomoko irgendwie, dass Chisato am Ende die Ängstlichere war, obwohl sie vorher so tapfer gesagt hatte, dass sie ihr Gesellschaft leisten würde, damit Tomoko nicht nur ein Nervenbündel sei. Auch wenn das nun kein Grund für einen Streit zwischen ihnen war. Denn Chisatos Gefühle waren nur ein Spiegel ihrer Sorge um ihre Freundin Tomoko.

Überraschenderweise fühlte sich Tomoko viel entspannter, als sie den Raum betraten. Irgendwas schien anders. Die Atmosphäre im Untersuchungsraum war eine andere als im Wartezimmer. Es war ziemlich hell. Das bemerkte Tomoko erst jetzt, obwohl sie schon so oft hier gewesen war in der letzten Zeit. Der junge Arzt und die Krankenschwestern an seiner Seite strahlten nicht mehr dieses besorgte, düstere Gefühl aus wie früher. Es lag sogar eher eine lockere Stimmung in der Luft.

»Bitte setzen Sie sich, Mikuriya-san.«

»Heute ist eine Freundin bei mir, ich hoffe, das geht in Ordnung.«

»Oh, natürlich. Bitte setzen Sie sich beide.« Es gab zwei Stühle nebeneinander, also setzten sie sich zusammen hin.

»Hier habe ich die Befunde aus der Pathologie von neulich.«

Der Doktor schien sofort zur Sache kommen zu wollen. Er lächelte und öffnete die Krankenakte. Das ist es, dachte Tomoko. Bis jetzt hat er kaum gelächelt, aber heute lächelt er.

»Es war Stadium 1 A! Herzlich Glückwunsch.«

»Bitte?«

»Tomoko, was für ein Glück …!«, sagte Chisato mit erstickter Stimme. Tomoko konnte die Informationen nur mit einem blinzelnden Nicken aufnehmen.

»Folgt nun noch eine Therapie?«, fragte sie direkt, was ihr durch den Kopf schoss.

»Das ist nicht nötig.«

Der Arzt teilte ihr und Chisato anschließend den weiteren Verlauf und Zeitplan für die künftigen Untersuchungen mit – sie sollte einige Monate lang einmal im Monat und dann einmal im Jahr zu einer CT-Untersuchung gehen –, aber Tomoko nickte nur. Sie fühlte sich, als schwebe sie über den Köpfen der Anwesenden, wie bei einer außerkörperlichen Erfahrung.

Sie wusste nicht, ob es jemand wirklich gesagt hatte oder ob es ihre eigenen Gedanken waren, doch die Worte brannten sich in ihren Kopf ein.

»Eine zweite Chance. Von jetzt an. Dein Leben beginnt.«

***

Auf dem Heimweg von der Klinik gingen Tomoko und Chisato in ein Café vor dem Bahnhof Ochanomizu und tranken zusammen noch eine Tasse Tee. Während Tomoko ihrer Freundin zuhörte, kam ihr der Gedanke, dass es vielleicht eine gute Idee wäre, wenn sie mit jemandem über ihre momentanen Sorgen sprechen würden …

***

Einige Zeit später saßen Tomoko und Chisato etwas nervös vor Suko Kurofune, einer leicht übergewichtigen Finanzplanerin.

»Ich verstehe, deshalb sind Sie beide also heute bei mir.«

»Entschuldigen Sie den Überfall. Als ich von meiner Freundin Kono hörte, was Sie ihr geraten hatten, da kamen wir auf Ihr Angebot von Gruppenberatungen zu sprechen.«

»Das ist richtig. Viele Menschen haben eine gewisse Scheu vor privaten Finanzberatungsgesprächen. Die meisten denken, dass sie jeden Cent ihres Bausparguthabens angeben müssen, aber es ist einfacher, mit einer Unterhaltung wie unter Freunden zu beginnen. Das lockert die Sache etwas auf. Es gibt viele Coaches, die nur Einzelberatungen anbieten, aber ich denke, dass zunächst jede Form der Beratung in Ordnung ist. Und je tiefer wir in das Gespräch einsteigen, desto häufiger sagen die Menschen dann, dass sie ein persönliches Einzelgespräch bevorzugen.«

Tomoko konnte gar nicht glauben, dass sie mit *der* Suko Kurofune von Angesicht zu Angesicht sprach, die sie sonst im Fernsehen mit solch einer Freude und Motivation über ihre Lehre »8 x 12 – Eine magische Zahl« informierte. Tomokos Aufruhr in ihrem Inneren schien sich allmählich zu legen.

Chisato, die sich am Ende ihres Scheidungsprozesses befand, hatte die Achterbahnfahrt von Tomokos Gefühlen gar nicht wahrgenommen.

Es war sehr wichtig für sie, hier zu sein, denn das Schrumpfen ihrer Ersparnisse war ein Problem. Auch wenn es noch andere Ängste und Frustrationen gab, die allein durch das Sparen nicht verschwinden würden. Aber es wäre ein Anfang, dachte Tomoko.

Nachdem sie den Befund »Stadium 1 A« erhalten hatte, fühlte sie sich zunächst besser. Doch sie wollte nun ihre finanzielle Situation anpacken. 6000 Yen für eine Stunde bei Suko

Kurofune, 3000 Yen, wenn sie es sich mit Chisato teilte. Tomoko glaubte nicht, dass so eine kleine Summe etwas an ihrer Situation ändern konnte. Doch sie wollte ein professionelles Feedback zu ihrer Lage und wieder die Kontrolle erlangen. Sie hatte außerdem schon für weitaus sinnloseres Zeug 3000 Yen ausgegeben.

»So, dann hören wir uns heute mal ein bisschen was von Ihnen an, Mikuriya-san?«

»Ja. Aber ich weiß nicht, ob ich das alles richtig erklären kann. Es tut mir jetzt schon leid, wenn ich mich nicht verständlich genug ausdrücken kann«, schob Tomoko vornweg und begann zu erzählen.

»Nachdem ich von Chisato und ihrer Scheidung gehört hatte, überprüfte ich unsere Familienfinanzen erneut und stellte fest, dass unsere Ersparnisse auf weniger als eine Million Yen geschrumpft sind. Ich bin mir nicht sicher, ob ich so viel sparen kann wie in meiner Jugend, weil ich körperlich nicht mehr so fit bin wie früher. Und das, obwohl meine Krebsbehandlung erfolgreich abgeschlossen ist. Meine Töchter haben mittlerweile ihre eigene Familie und ihre Arbeit, wissen Sie, ich möchte ihnen in Zukunft nicht zur Last fallen. Außerdem weiß ich nicht einmal, was die Pflege meiner Schwiegermutter uns kosten wird …« Nachdem das nur so aus ihr herausgesprudelt war, machte sie eine kurze Pause, schaute zu Chisato hinüber und fügte leise hinzu: »Und da ist noch etwas, was ich noch keinem erzählt habe. Miho, meine jüngere Tochter, kam vor ein paar Tagen zu mir nach Hause und erzählte mir beiläufig, dass sie sich im Moment mit jemandem träfe.«

»Das ist doch nichts, was man beklagen müsste. Es spricht doch für dich als Mutter, dass sie sich dir anvertraut. Also ist es eine gute Nachricht«, warf Chisato mit ihrer positiven Art ein.

»Na ja, aber sie ist eigentlich nicht die Art Mädchen, die mit ihren Eltern über solche Dinge spricht. Sie hat noch nie zuvor mit mir über so etwas geredet. Wenn sie den ganzen Weg zu mir nach Hause kommt und mir das sagt, dann denkt sie vielleicht ernsthaft über eine Heirat mit diesem Mann nach.«

»Sie sind also besorgt, dass es Sie wieder eine große Summe an Hochzeitsgeld kosten wird?«, merkte Suko Kurofune als Geldsachverständige sofort an.

»Ja, das ist es. Bei meiner ältesten Tochter war es genauso, auch wenn sie gesagt hatte, dass sie vieles selbst machen würden. Das ist dennoch etwas, was viel Geld kostet. Meinen Sie nicht auch? Sie ist meine Tochter, und ich möchte, dass sie ganz nach ihren Vorstellungen heiraten kann. Und es kommt natürlich auf die Location an. Vielleicht möchte sie eine luxuriöse und ganz moderne Zeremonie? Wenn das der Fall ist, wie viel würde das kosten? Daran musste ich die ganze Nacht denken und konnte vor lauter Sorgen nicht schlafen …«

»Ich verstehe …« Suko Kurofune, die Tomokos Erzählung zugehört und sich Notizen gemacht hatte, blickte auf.

Würde sie nun direkt zum Grund des Problems kommen? ›Wir hatten zwar nur eine Stunde für zwei Personen, doch ich möchte auch hilfreiche Antworten bekommen‹, dachte Tomoko.

»Zunächst einmal möchte ich mit Ihnen über die Heirat Ihrer zweiten Tochter sprechen. Das müssen Sie für den Moment ruhen lassen. Denn schließlich ist das nicht Ihr Problem, sondern das Ihrer Tochter. Sie muss sich über ihre eigene Hochzeit klar werden, nicht Sie, Mikuriya-san. Selbst wenn die Eltern des jungen Mannes eine luxuriöse Hochzeit ausrichten wollten, ist das deren Sache und nichts, worüber Sie sich den Kopf zerbrechen sollten. Sie haben Ihre Tochter großgezogen, jetzt muss sie ihre eigenen Entscheidungen treffen. Und es ist sinnlos, sich jetzt schon verrückt zu machen, bevor Sie etwas Genaueres wissen. Sie haben den Freund Ihrer Tochter noch gar nicht kennengelernt, oder? Das wird sich von selbst lösen, wenn wir uns an Ihre eigentlichen Probleme machen.«

»Okay …«, kam es etwas verunsichert von Tomoko, die felsenfest der Überzeugung gewesen war, dass das ihr Hauptproblem in naher Zukunft sein würde. Dass eine außenstehende Person das anders sah, stimmte sie hoffnungsvoll.

»Das Gleiche gilt für die Sorgen um Ihre Schwiegermutter. Ich glaube nicht, dass das Thema Pflege einen Teufelskreis aus Armut bedeuten muss. Kinder sind zwar gesetzlich verpflichtet, für ihre Eltern im Alter zu sorgen, aber die Gesetzesauslegung besagt, dass dies im Rahmen ihrer finanziellen Möglichkeiten geschehen muss. Wenn Sie die Betreuung irgendwann nicht mehr stemmen können, kann Ihre Schwiegermutter Sozialhilfe beantragen, wenn Sie darlegen, dass Sie kein gemeinsamer Haushalt sind. Auch dafür wird sich eine Lösung finden, wenn es so weit ist. Sie müssen sich auf die wichtigsten Probleme in Ihrem Leben konzentrieren, Mikuriya-san«, sagte Suko Kurofune ruhig, während sie einen Schluck von ihrem Tee trank. Nun kam sie erst richtig in Fahrt. »Ich bin ein wenig beunruhigt über das, was Sie uns zuvor erzählt haben. Sie sagten, dass Sie gerne für das Haus sparen wollten und sich nicht sicher waren, ob Sie in der Lage wären, die Unterhaltskosten dafür aufbringen zu können. In

Zuge dessen haben Sie mehrmals Ihren Mann erwähnt und gesagt, er könne keine Hausarbeiten verrichten und dass Sie sich um alles im Haus kümmern müssten.«

›Oh, stimmt. Dabei hatte ich versucht, mich heute nicht über meinen Mann zu beschweren, hier sollte es um die Finanzen der Familie gehen. Kazuhiko ist ja weder verschwenderisch noch verzockt er unser Geld. Und doch musste ich wohl mal Dampf ablassen‹, dachte Tomoko.

»Die Wahrheit ist doch, dass Sie nicht mehr glücklich sind mit Ihrem Mann, nicht wahr?«

»Hm, das ist schwierig, irgendwie stimmt das, aber … wir sind schon viele Jahre zusammen, da kommt Frust auf. Das ist doch bei allen Eheleuten so?«

Tomoko blickte zu ihrer besten Freundin Chisato, die neben ihr saß. Sie sprach nicht viel über ihren Mann und ihre Probleme mit ihm, auch aus Rücksicht auf die bevorstehende Scheidung ihrer Freundin.

Chisato nickte leicht, als wollte sie sagen: »Es ist okay. Sprich darüber.« Der junge Kazuhiko, den Tomoko damals über einen Freund kennengelernt hatte, war ein ernster Mann, der nie über unnütze Dinge sprach. Tomoko sah in ihm das Ebenbild ihres eigenen Vaters, der in der frühen Showa-Zeit geboren war. Sie dachte, sie hätte genug von den frivolen Männern der modernen Zeit. Vielleicht war sie doch zu weltfremd gewesen. Der Mann, von dem Tomoko geträumt hatte, der »wortkarg, aber in der Not verlässlich« sein sollte, war einfach unendlich still und träge.

»Als ich meiner Freundin Kono zuhörte, dachte ich, es sei sehr schwierig, sich von ihm scheiden zu lassen. Selbst wenn wir die Rente und Abfindungen untereinander aufteilen könnten, wäre ich als Frau immer noch im Nachteil. Und wir haben keine großen Ersparnisse, auf die ich zurückgreifen könnte.«

»Es stimmt, ich habe für Chisato Kono einen Lebens- und Finanzplan für den Rest ihres Lebens erstellt. Aber das war in der Hoffnung, dass sie sich der Realität stellt. Sie dürfen niemals rückwärts durch das Leben gehen. Sie können die Vergangenheit nicht ändern.«

»Aber wie soll eine solche Scheidung funktionieren?«

»Ich empfehle Ihnen nicht die Scheidung an sich, Mikuriya-san. Ich möchte nur nicht, dass Sie denken, Sie müssen sich alles gefallen lassen, nur weil Sie finanzielle Probleme haben. Versuchen Sie die wirtschaftlichen Aspekte auszublenden und überlegen Sie sich, was Sie auf lange Sicht wirklich wollen.«

»Gut.«

»Eine Scheidung ist nicht das Ende des Lebens, sondern der Beginn eines neuen.«

»Ah, das ist wahr. Chisato, entschuldige vielmals.« Tomoko wandte sich ihrer Freundin zu.

»Wofür entschuldigst du dich? Ich verstehe sehr gut, wie du dich fühlst!«

»Lassen Sie uns nun zu den Einzelheiten kommen. Ich denke, wir sollten bei Ihnen beiden mit dem beginnen, was wir jetzt tun und ändern können«, sagte Suko Kurofune, und alle drei Frauen lächelten.

***

Als Tomoko vom Einkaufen zurückkam, legte sie die Einkäufe in den Kühlschrank und öffnete ihr Portemonnaie. Sie nahm den Kassenzettel heraus, zählte die Scheine, die noch in der Geldbörse waren, und steckte sie wieder hinein. Sie sah sich die Quittung genau an, überprüfte, wie viel sie ausgegeben hatte, und befestigte den Bon mit einem Magneten an der Kühlschranktür.

Auf diese Weise konnte Tomoko den Inhalt des Kühlschranks aufbrauchen, ohne zu vergessen, was sich darin befand, hatte ihr Suko Kurofune erklärt.

Es war schon ausreichend, den Inhalt des Portemonnaies zu überprüfen, die Belege herauszunehmen und zu ordnen. Sie hatte Tomoko insbesondere empfohlen, sich nicht dazu zu zwingen, günstige Gerichte zu kochen oder sehr billige Lebensmittel zu kaufen, sondern zu versuchen, das Gekaufte zu verbrauchen, ohne es zu verschwenden. Und ihre Kaufgewohnheiten zu regulieren und nicht zu viel zu kaufen. Dies würde schon einen Unterschied machen.

Sie hatte Tomoko auch daran erinnert, dass es keine Schande war, Fertiggerichte zu machen, wenn sie zu müde war oder einmal keine Kraft hatte. Denn ihre Gesundheit war im Moment das Allerwichtigste.

»Ist das wirklich genug?«

»Das ist hundert Prozent in Ordnung. Ihre Töchter sind ausgezogen und unabhängig, nicht wahr? Lebensmittel sollten Sie also nicht mehr so viel kosten. Was immer Sie einkaufen, ist besser und günstiger, als auswärts essen zu gehen. Sparen Sie stattdessen am Ende des Monats ein wenig von Ihrem Geld. Vermeiden Sie es, in der letzten Woche des Monats einkaufen zu gehen. Überlegen Sie sich lieber Rezepte, bei denen Sie alle Zutaten zu Hause haben und die Sie mit Resten kombinieren können. Keine Sorge, in der eigenen Küche gibt es immer genug zu essen für eine Woche oder mehr. Allein dadurch werden Sie sich schon viel besser fühlen.«

»Oh, das muss ich probieren.«

Tomoko erinnerte sich, dass sie an dem Tag, an dem sie aus dem Krankenhaus nach Hause gekommen war, immer noch ein volles Abendessen hatte zubereiten können, obwohl sie gedacht hatte, sie hätte nichts zu essen daheim.

»Am einfachsten ist es, mit dem anzufangen, was da ist. Dann ist da noch eine Sache … Wie wäre es, wenn Sie nicht jeden Abend in der Woche kochen würden?«

»Wie bitte?«

»Sie sagten vorhin, dass Sie einen Englischkurs besuchen. Warum bitten Sie Ihren Mann nicht, an diesem Abend schon mal allein zu essen? Ihr Mann kann entweder für sich selbst kochen oder auswärts essen. Auch wenn Sie ein Paar sind, sollten Sie versuchen, etwas Abstand zueinander zu gewinnen. Dadurch können Sie sich ohne Druck überlegen, wie Sie den Ruhestand als Paar verbringen möchten.«

Das wäre so schön. Und eine Erleichterung, dachte Tomoko.

Nach dem Englischunterricht aßen alle anderen Schüler gemeinsam zu Abend und gingen danach nach Hause. Tomoko hatte sich ihnen jedoch nie angeschlossen, weil sie die Mahlzeiten ihres Mannes zubereiten musste.

Im Gespräch mit Suko Kurofune hatte Tomoko gesagt, während Chisato heftig nickte: »Zum Wohle unserer Beziehung sollte ich wohl aufhören, mich selbst in die Situation zu bringen, mich über meinen Mann zu ärgern. Dann ist es immer seine Schuld und ich werde immer frustriert bleiben. Das wird uns noch ins Unglück stürzen.«

Die heutige Mahlzeit bestand aus einer Miso-Suppe, Reis und Tofu mit Natto, einem Gericht aus fermentierten Sojabohnen, sowie gebratener Leber als Hauptgericht. Die Miso-

Suppe war noch von heute Morgen übrig, der Tofu und das Natto wurden einfach aus einem Fertigpäckchen zubereitet. So musste Tomoko nur das Hauptgericht anbraten. Diese »Eine-Suppe-zwei-Beilagen«-Menüs, bei dem nur ein Teil des Gerichts selbst zubereitet werden musste, hatte ihr ebenfalls Suko Kurofune beigebracht.

Beim Einkaufen besorgte Tomoko neben Tofu und Natto auch Mozuku-Algen, Eiertofu, Surimi und andere Dinge, die man zu Tisch einfach aus der Packung servieren konnte. Diese Beilagen nahm sie auf dem Weg durch die Einkaufspassage mit, während sie sich nun nur noch Gedanken um die Hauptspeise machen musste.

***

Kazuhiko kam nach acht Uhr zurück. Er zog sich wie üblich um und griff nach der Fernbedienung des Fernsehers, sobald sie am Esstisch saßen.

»Kannst du noch kurz mit dem Fernsehen warten? Ich muss mit dir über etwas sprechen.«

»Was gibt's?«, fragte Kazuhiko und sah Tomoko mit klarem Blick an. Er legte sogar die Fernbedienung hin. Tomoko war sich ihrer Zweifel, Gefühle und ihrer Meinung sicher. Doch als sie ihren Mann so ansah, wurde ihr bewusst, wie lange sie sich nicht mehr richtig in die Augen gesehen hatten.

»Also, du weißt doch, dass ich donnerstags Englischunterricht habe?«

»Natürlich«, antwortete er nickend, doch Tomoko war sich nicht sicher, ob er sich wirklich daran erinnerte.

»Ich möchte, dass du dich von nun an donnerstags selbst um dein Abendessen kümmerst.«

»Was meinst du mit ›selbst kümmern‹?«, fragte er wie aus der Pistole geschossen.

»Ich meine das genau so, wie ich es gesagt habe. Du kannst entweder selbst etwas kochen oder auswärts essen gehen. Oder du kannst mit deiner Mutter zu Abend essen. Ich möchte nur, dass du mich donnerstags vom Kochen befreist.«

»Warum das?«, fragte Kazuhiko, der versteinert wie eine Buddha-Statue dreinblickte.

»Nach dem Englischunterricht essen alle anderen gemeinsam im Kurs zu Abend, reden über alles Mögliche und gehen dann erst nach Hause. Ich wollte daran auch teilnehmen, habe aber darauf verzichtet, damit ich dir dein Abendessen kochen konnte. Ich möchte aber nicht länger darauf verzichten.«

Kazuhiko blickte sie an wie ein Kind, das man allein und hilflos am Esstisch zurückgelassen hat.

»Ich war krank, daher habe ich mir Gedanken gemacht. Dass ich mehr Dinge tun möchte, ohne auf etwas verzichten zu müssen. Ist einmal die Woche nicht kochen zu müssen denn so viel verlangt? Deshalb …«

»Hab's kapiert«, unterbrach Kazuhiko sie beiläufig und griff wieder nach der Fernbedienung, um den Fernseher anzuschalten.

Sie wollte eigentlich noch weiter ausholen und mehr als einen Tag vom Kochen befreit werden. Und sagen, dass es nicht nur am Unterricht und dem Kochen lag, sondern dass ihr der Haushalt von Jahr zu Jahr auch immer schwererfiel.

Tomoko holte tief Luft. Da erinnerte sie sich an die letzten Worte im Beratungsgespräch mit Suko Kurofune: »Überstürzen Sie es nicht. Ein Schritt nach dem anderen. Versuchen Sie nicht, alles auf einmal zu ändern.«

Es stimmte. Das hier war ein kleiner Sieg, auch wenn Kazuhiko nur einmal die Woche allein essen musste. ›Vielleicht kommt er dann ja mal selbst drauf, über uns und unsere Situation nachzudenken. Das ist vielleicht sogar besser, als wenn er direkt damit konfrontiert wird‹, überlegte Tomoko rasch.

Sie nahm die Essstäbchen in die Hand und begann mit ihrem Mann gemeinsam zu essen. Die Leber war salzig und blieb ihr ein wenig im Halse stecken, doch sie biss fest zu und schluckte sie entschlossen hinunter.

# Kapitel 6
# Familie »Sparfuchs«

Hallo, ihr Lieben da draußen, hier wieder das Neueste von eurer Sweet Pea. Vor kurzer Zeit stand für mich wieder eine große Entscheidung an, die sich eigentlich alle zwei Jahre wiederholt. Also: Meine zweijährige Vertragslaufzeit für mein Smartphone ist ausgelaufen. Wie wir alle wissen, hat so eine kleine Entscheidung, die wir jetzt treffen, einen erheblichen Einfluss auf unsere finanziellen Ausgaben in den nächsten zwei Jahren. Und damit auch auf unser tägliches Leben.

Übrigens ist mein Freund (der Absolvent einer Kunstuniversität ist, ein Praktikum in einem Designunternehmen gemacht und jetzt einen Job dort bekommen hat) der Typ Mensch, der sich nicht um Vertragslaufzeiten schert. Er kauft sich ein neues iPhone, sobald es im Handel ist, und steigt darauf um. Aus diesem Grund ist er ein langjähriger Nutzer einer bestimmten Firma, die bei jeder Neuveröffentlichung eines Produkts aktiv für einen Vertragswechsel inklusive neuem Smartphone wirbt. Darüber hinaus wählt er immer das teuerste iPhone-Modell.

Doch wie rentabel ist das in finanzieller Hinsicht? Jetzt, da wir übers Heiraten nachdenken, mache ich mir ein wenig Sorgen …

Er sagte einmal: »Wenn man mal an seinen Alltag denkt, da verbringt man doch die meiste Zeit des Tages mit oder an seinem Smartphone? Ich kann gar nicht zählen, wie oft und wie viele Menschen ständig ihr Handy in der Hand oder vorm Gesicht haben. Die meisten meiner Bücher und Songs kaufe ich elektronisch und per Download. Auch wenn es ein bisschen teurer am Anfang ist – wenn man es auf 365 Tage runterbricht und überlegt, wie viel es einen pro Tag kostet, finde ich, dass es gar nicht so eine extravagante Anschaffung ist. Es ist ja nicht so, dass man hochwertigen Schmuck kauft, den man nur ein paarmal im Jahr trägt.«

Aha! So kann man es auch sehen.

Hm ... Heißt das, er denkt, er kann sich den Verlobungsring sparen? Okay, anderes Thema.

Wahrscheinlich hat er sich diese Denkweise auf seinen Auslandsreisen angeeignet. Denn er war sechs Monate in Asien unterwegs und außerdem als Student in Australien.

»Als ich mal in einem Starbucks in Singapur war, kamen andere Gäste zu mir und fragten mich die ganze Zeit nach einem Wi-Fi-Hotspot und woher ich Internet hatte (damals gab es noch nicht überall kostenloses WLAN). Wenn ich dann auf die Toilette gehen musste, boten sie im Gegenzug an, auf meine Sachen aufzupassen. Ich wunderte mich darüber, dass sie einfach einem Fremden so was anboten. Ich war ja nicht in Japan, sondern im Ausland. Auch wenn Singapur ein sicherer Ort ist und Japaner als vertrauenswürdig gelten, war es doch seltsam, nicht? Nachdem ich sie eine Weile beobachtet hatte, wurde mir klar, was mir so eine Glaubwürdigkeit verlieh. Es lag an meinem iPhone und meinem MacBook! Früher hieß es: ›Schau, wie du dich kleidest, trag ordentliche Schuhe und kaufe Markentaschen.‹

Heutzutage ist das alles null und nichtig. Gerade die Leute mit viel Geld tragen oft eher lockere Sachen oder sogar zerschlissene Turnschuhe, Shirts und Jeans. Kleider machen nicht mehr die Leute, es sind die Gadgets. Technik.
Das ist die gemeinsame Sprache der Welt. Ein Reisepass, um überall auf der Welt mit Menschen in Kontakt zu treten.«

Das hat er mir mal erzählt. Auch wenn er vielleicht noch jung war zu der Zeit, ganz unrecht schien er nicht zu haben.

Eure Sweet Pea hat bisher ein iPhone 5s verwendet. Als ich es vor zwei Jahren kaufte, schien es ein solides Modell zu sein. Ich mochte das Design und hatte bis jetzt keine Schwierigkeiten damit. Ich habe auch überlegt, es einfach weiterzuverwenden, über die Vertragslaufzeit hinaus. Da jedoch immer mehr Gerüchte um das neue iPhone im Umlauf sind, denke ich über das 7er nach.
Als ich bei meinem Anbieter nachfragte, war ich ganz schön überrascht. Denn selbst wenn ich kein neues Smartphone dazunahm, würde mein Tarif nicht billiger, sondern sogar eher teurer werden. (Vielleicht war es auch gerade eine schlechte Zeit, um nachzufragen, die Dame am Telefon war nicht gerade freundlich …)

Es ist mir schon aufgefallen, dass viele Anbieter sich nicht groß um ihre Stammkunden kümmern. Sie gehen von einer hohen Kundenfluktuation aus und es ist für den Tarif fast egal, ob man Neukunde oder Bestandskunde ist. Außerdem gibt es mittlerweile neben den großen Anbietern auch viele günstigere Smartphones und billige SIM-Karten. Auf diese Weise kann man einiges sparen.

Stellt sich die Frage, welcher Anbieter nun am besten geeignet ist?

Nachdem sie so viel am Stück runtergeschrieben hatte, atmete Miho erst einmal tief durch. Sie las sich ihren Blogbeitrag noch einmal von Anfang an ganz genau durch.

Nicht schlecht, aber zu lang, dachte sie.

Das heutige Hauptthema sollte eigentlich die Frage sein, welcher Smartphone-Hersteller die besten Angebote machte, aber Miho hatte sich bereits zu Beginn in ihrem Text verirrt, noch bevor sie zum Thema kam. Und obwohl Miho dachte, sie hätte darauf geachtet, den Zeilenabstand zu ändern, war der Text so dicht gedrängt, dass der Bildschirm fast pechschwarz erschien.

Die Geschichte, die sie von Shohei gehört hatte, war wirklich interessant. Als sie ihm sagte, dass sie am Abend einen Artikel über Smartphones veröffentlichen wollte, kam das Thema natürlich auf.

Nach der Trennung von Daiki, mit dem Miho seit der Uni zusammen gewesen war, hatte sie sich immer öfter mit Shohei Numata getroffen. Er hatte neben ihr in dem Spar-Workshop von Suko Kurofune gesessen. Seine schlanke Gestalt und sein durchschnittliches Aussehen waren genau nach Mihos Geschmack. Mit Schönlingen konnte sie nicht viel anfangen.

Er wohnte in Akabane, und als Miho ihn fragte, ob er ihr helfen würde, ein Apartment in Jujo zu finden, kamen sie sich näher. Die Immobiliensuche wurde zu einer guten Ausrede für weitere Dates. Er wohnte nur fünf Minuten mit dem Fahrrad von ihr entfernt.

Shohei hatte jedoch nicht an dem Kurs teilgenommen, weil er besonders an der Kunst des Sparens interessiert war. Er liebte die Stimmung in solchen Workshops, Kursen und Frühstückstreffen. Er suchte ständig im Internet nach günstigen Kursen, die er besuchen konnte. Er meldete sich für alles an, wofür er Zeit fand.

Er dachte daran, sich in Zukunft selbstständig zu machen. Er verstand aber auch, dass Miho im Moment Geld sparen wollte. So besuchten sie sich zu ihren Dates oft gegenseitig zu Hause. Zu Hause zu essen war viel günstiger als in einem Restaurant. Als er umzog, sagte er halb im Scherz und halb im Ernst, dass es am praktischsten wäre, wenn er direkt zu ihr ziehen würde. Doch Miho zögerte noch, mit ihm in der Nähe ihres Elternhauses zusammenzuziehen. Auch weil sie noch nicht verheiratet waren.

Obwohl Shohei nicht mehr viel reiste, hatte er viel zu erzählen und Spaß in seinem Leben. Er lieferte Miho oft Themen für ihren Blog. Das schien bei ihren Lesern gut anzukommen, denn sie hinterließen Kommentare wie »Sweet Peas Freund ist so interessant« oder »Ich stimme der Meinung des Freundes der Autorin zu«.

Also gestaltete Miho ihre Blogbeiträge so, dass der Charakter ihrer Unterhaltungen mitschwang. Doch mit dem gerade geschriebenen Text würde sie die Leser verlieren, bevor sie überhaupt in die Materie eingestiegen war. Miho fuhr beim Lesen mit dem Cursor über den Text. Dabei kürzte sie hier und da etwas raus, das sie verschmerzen konnte.

›Was für eine Verschwendung, aber die gelöschten Abschnitte kann ich vielleicht in einer Extradatei für später speichern‹, dachte sie sich.

Mit voller Konzentration fuhr sie damit fort, den Rest des Artikels zu schreiben.

Wir werden nun untersuchen, welche Methode die wirtschaftlichste ist, wenn man sich nur für iPhones interessiert. Nicht falsch verstehen: Für mich ist das iPhone weder das einzig wahre Smartphone noch bin ich ein Apple-Fangirl.

Meine Schwester nutzt zum Beispiel ein etwas älteres Android-Handy von Google für weniger als 2000 Yen pro Monat bei ihrem Anbieter. Ich denke, das scheint eine gute Option für sie zu sein. Doch es ist für diesen Artikel einfacher, nur innerhalb der iPhone-Generationen zu vergleichen, also lasst uns das tun!

Die effizienteste und günstigste Art, ein iPhone zu nutzen, ist, in einen Apple Store zu gehen, dort ein neues iPhone zu kaufen und einen billigen SIM-Kartenanbieter auszuwählen (so billig wie möglich, von einem Unternehmen, das den eigenen Bedürfnissen nach Gigabytes und Freiminuten entspricht). Das war's auch schon!

›Was? Nie im Leben!‹, denken jetzt wahrscheinlich einige von euch. Aber wenn man es genau berechnet, scheint das wirklich die effizienteste und finanziell logischste Wahl zu sein. Derzeit kostet ein iPhone, zum Beispiel das 16-Gigabyte-Modell, 66 744 Yen. Dividiert man dies durch vierundzwanzig Monate, ergeben sich monatliche Kosten von 2781 Yen. Dieser Betrag wird zu den Gebühren für die SIM-Nutzung hinzugerechnet.

Eine SIM-Karte ohne Vertragslaufzeit kostet etwa 3000 Yen. Wenn man noch Mobile Daten nutzt, zahlt man also knapp 6000 Yen. Ich habe mich für diesen Kurs entschieden, weil ich zu Hause kein Wi-Fi habe, aber es gibt viele billigere SIM-Karten. Verglichen mit der Nutzung eines neuen iPhones bei einem bestimmten Anbieter für zwei Jahre, mit fünf Gigabyte Wi-Fi-Nutzung, für 8000 Yen pro

Monat (tatsächlich kann es etwas mehr kosten, da die Telefonate hinzukommen), ist es im vorigen Beispiel ganze 2000 Yen günstiger. Und wenn man sich für eine Nutzungsdauer beim iPhone für vier statt zwei Jahre entscheidet, sind die monatlichen Kosten sogar noch niedriger.

Deshalb kauft man die aktuellen Produkte lieber direkt. Derzeit bietet kein Händler von Billig-Smartphones das iPhone 7 an.

Der Kauf eines neuen Geräts von Apple selbst ist vor allem dann ein besserer Deal, wenn man plant, es für eine längere Laufzeit als zwei Jahre zu verwenden. Außerdem haben einfache SIM-Karten oft eine kurze oder gar keine Mindestnutzungsdauer. Bei einigen Anbietern kann man nach einiger Zeit – nach sechs Monaten, einem Jahr oder sogar einem Monat schon – wechseln. Es wird aber meistens eine Verwaltungsgebühr erhoben.

Man kann also immer wieder wechseln, wenn ein Anbieter mit besseren Bedingungen auftaucht. Wenn ihr euer Telefon bei Apple gekauft habt, könnt ihr es auch im Ausland verwenden. Kauft einfach eine Einweg-SIM-Karte vor Ort und legt sie ein.

Als Miho zu schreiben begann, war es Sonntag gewesen. Jetzt war es Montagnacht, 1 Uhr. Eine neue Woche war angebrochen, doch Miho schlief nicht. Sie tippte weiter Text in ihren Computer.

***

Miho hatte noch am selben Abend, an dem sie den Suko-Kurofune-Kurs besucht hatte, mit dem Bloggen angefangen.

Erst war sie ganz unbeschwert an die Sache herangegangen.

Wenn sie auf sich allein gestellt sparen wollte, wäre das zum Scheitern verurteilt, denn sie war schnell verleitet, ihr Geld zu verschwenden. Gerade wenn sie Überstunden machen musste und deshalb müde war, wollte sie sich oft einfach etwas gönnen. Zum Beispiel Brot aus einer guten Bäckerei, die bis in die Nacht offen hatte. Wenn es spät wurde, griff sie auch eher zu überteuerten Süßigkeiten im Supermarkt. Diese Stresskäufe fielen ihr erst auf, als sie ihre Ausgaben in einem dafür vorgesehenen Notizbuch festhielt. Maho hatte es ihr für den Anfang empfohlen, da sich Miho nicht sicher war, ob sie ein richtiges Kakeibo dauerhaft führen würde. Maho meinte, ein Notizbuch würde schon helfen. Miho hatte sich zusätzlich noch überlegt, einen Blog über das Sparen und ihre Fortschritte zu führen, dann waren ihre Leser wie Beobachter und sie hatte eine weitere Motivation dranzubleiben.

Das Gefühl der Motivation und Begeisterung nach dem Workshop bei der Finanzplanerin Kurofune wollte sie sich bewahren und direkt in die Tat umsetzen.

Ihr erster Blogbeitrag trug den Titel: »Ich war bei der Vorstellung des Buches ›8 x 12 – Eine magische Zahl‹ von der Finanz-Koryphäe Suko Kurofune!« Der Name war Programm und Miho konnte den Beitrag in einem Rutsch verfassen.

»Peanuts Sparblog – Auf dem Weg zu einem Haus und einem geretteten Hund«.

Der Name des Blogs traf genau den Inhalt, Miho bezeichnete sich in dem Blog jetzt als »Peanuts Sweet Pea«. Gleichzeitig hatte sie einen neuen Twitter-Account eingerichtet, Peanuts@Sparblog, um Updates ihrer Einträge zu twittern.

Wohl durch ein Egosurfing fand Suko Kurofune Mihos

Blogeintrag zu ihrer Veranstaltung und retweetete diesen auf ihrem eigenen Profil, das mehr als zehntausend Follower hatte.

»Hier ist ein Artikel aus einem Kurs, den ich vor ein paar Tagen in einer Buchhandlung zu meinem Buch ›8 x 12 – Eine magische Zahl‹ gegeben habe, und er ist sehr gut zusammengefasst. Danke, Sweet Pea!«, lautete der Tweet.

Das verschaffte Miho einen guten Start mit ihrem Blog und trieb ihre Website-Aufrufe und Seitenansichten in die Höhe einer vierstelligen Zahl. Bevor das passiert war, hatte Miho die Sorge gehabt, dass ihr der Stoff zum Bloggen bald ausgehen könnte.

Just in diesem Moment erinnerte sie sich an die Worte ihrer Großmutter: »Wie du 3000 Yen verwendest, kann über dein ganzes Leben entscheiden.«

Sie schrieb über den Ausspruch ihrer Großmutter, welche Art von Teekanne ihre Mutter und ihre Schwester benutzten und dass sie noch nicht die richtige Kanne für sich selbst gefunden hatte. Dieser Eintrag wurde ebenso oft geklickt wie der Artikel über den Workshop. Daraufhin beschloss Miho, nicht nur über ihre eigenen Einsparmaßnahmen zu schreiben, sondern auch die ihrer Familie von Zeit zu Zeit einzubeziehen.

Als Miho offen darüber schrieb, wie sie sich von ihrem geliebten Hund Peanut verabschieden musste und wie sie anfing zu sparen, um ein Haus für einen Tierheimhund zu kaufen, kamen Antworten wie »Ich verstehe das. Ich habe auch meinen Hund verloren und viel geweint«, und langsam, aber sicher konnte sie ihre Stammleserschaft vergrößern.

***

Es war fast zehn Monate her, dass sie sich kennengelernt hatten, und Mihos Geburtstag rückte näher. Shohei rief sie an, um ihr zu sagen, dass er etwas zu besprechen hätte. Sie hatten sich zwar nicht offiziell verlobt oder Ringe ausgetauscht, aber sie hatten die magischen Worte »Willst du mich heiraten« und »Ja, ich will« ausgesprochen. Für sie beide war es damit beschlossene Sache.

Im Allgemeinen war Shohei immer ein lockerer Gesprächspartner gewesen, wenn es um das Thema Ehe ging. Schon nach wenigen Verabredungen sprach er mit Miho ganz normal über seine ideale Familie und wie viele Kinder er haben wollte. Das war für Miho eine ganz neue Erfahrung gewesen und das Gegenteil von dem, was sie von Daiki gewohnt gewesen war. Der hatte nie über solche Dinge gesprochen, seit er angefangen hatte zu arbeiten.

»Warum möchtest du unbedingt heiraten?«, hatte sie Shohei gefragt.

»Ich möchte so bald wie möglich eine eigene Familie gründen und sesshaft werden«, war seine ehrliche und ernstgemeinte Antwort.

Miho hatte daraufhin weitergeforscht und gefragt, ob er das wolle, weil er es von zu Hause so kannte, oder ob es das Gegenteil war und er in einem problematischen Elternhaus aufgewachsen sei.

»Ich kann es dir nicht genau sagen.«

»Warum nicht?«

»Es ist nicht so, dass es irgendwelche Probleme in meiner Familie gab … Es war irgendwie …« Shohei sah in die Ferne und brauchte eine Weile zum Antworten.

»Es war sehr … bequem.«

»Zu gemütlich?«

»Nun, ich weiß nicht, es gab keine nennenswerten Probleme, mein Zuhause war irgendwie sehr locker und es gab wenig Stress. Na ja, das sage ich jetzt, für mich war das einfach normal.«

»Wie waren dein Vater und deine Mutter so?«

»Vater und Mutter halt, meine Eltern sind ganz normale und freundliche Leute. In keiner Weise gewalttätig oder so was. Auch wenn ich nicht wirklich weiß, wer sie sind. Wir haben kaum jemals echte Gespräche geführt oder über ernstere Themen gesprochen. Als ich in der Oberstufe war, hatte mein Vater wohl seinen Job verloren, aber auch das erfuhr ich erst viel später. Was mich wunderte, da er nichts einzuwenden hatte, als ich ihnen sagte, dass ich auf eine Kunsthochschule gehen wollte. Ich fragte mich damals, ob das wirklich in Ordnung sei, und hatte große Zweifel an mir und meinem Vorhaben, schließlich waren die Studiengebühren sehr hoch. Als ich meine Mutter mal darauf ansprach, hat sie nur gelächelt und gesagt, ich solle nicht so ernst sein. Sie war schon immer der Typ Mensch, der sich lieber zu wenig als zu viel Sorgen machte.«

Miho war erstaunt, dass Shoheis Mutter anscheinend sehr locker drauf war und Wörter wie »Quatsch!« und »Was soll's« so lapidar benutzte.

Die beiden hatten wohl eher eine freundschaftliche Beziehung zueinander als ein strenges Eltern-Kind-Verhältnis. ›Wobei, Mama hat manchmal auch so eine Ausdrucksweise …‹, dachte Miho während Shoheis Erzählung.

Shoheis Eltern wohnten in einem Stadtteil weiter östlich von Jujo, an der Grenze zu Saitama. Er lebte dort bis zu seiner Zeit an der Uni und zog für sein Praktikum allein nach Akabane, in den Norden Tokyos.

Als Shohei plötzlich vom Heiraten gesprochen hatte, hatte Miho kein mulmiges Gefühl gehabt und es bestand auch kein Zweifel, dass sie ihn sehr mochte. Jedes Mal wenn sie sich trafen, fühlte sie sich mehr und mehr zu ihm hingezogen.

Als sie sich kennenlernten, war er noch ein junger Praktikant gewesen. Da war es für sie nicht schwierig gewesen, sich zu treffen. Jetzt war es unter der Woche fast unmöglich. Miho musste morgens um zehn Uhr bei der Arbeit sein, wenn sie ihre Gleitzeit voll ausschöpfte. Shohei fing zwar später an zu arbeiten, aber seine Schichten gingen auch immer bis Mitternacht. Um sich unter der Woche zu sehen, waren sie kreativ geworden und trafen sich oft zum Frühstück. Sie unterhielten sich bei einem günstigen Menü, das »Good Morning« oder so ähnlich hieß.

Jetzt fragte sie sich, was er wohl zu besprechen hatte? ›Vielleicht geht es um die Wahl des Restaurants zu meinem Geburtstag‹, grübelte Miho.

»Ich wollte eigentlich am Wochenende mit dir darüber sprechen. Aber ich dachte, je früher, desto besser«, sagte Shohei mit geröteten Augen, da mal wieder eine Deadline bei der Arbeit anstand.

»Um was geht es denn? Etwas, das du mir nicht schreiben konntest?«

»Darüber muss man persönlich reden. Es ist mir wichtig, mit dir zu sprechen.«

»Das klingt ziemlich ernst, was ist denn los?«

»Vorgestern erhielt ich einen Anruf von einer Nummer, die ich nicht kannte.«

»Und wer war es?«

»Die Person sagte mir, ich sei mit meiner Rückzahlung der Unigebühren in Verzug.«

»Wie? Ein Studiendarlehen?«

Miho hatte nicht gewusst, dass Shohei so etwas bezogen hatte.

»Wahrscheinlich. Ich kannte ihn überhaupt nicht und wusste nicht, wovon er sprach. Meine Eltern hatten sich darum gekümmert. Sie hatten auch den ganzen Papierkram erledigt.«

Miho verschlug es die Sprache.

»Ich fragte meine Eltern und sie erzählten mir, dass sie sich damals Geld geliehen hätten, um meine Studiengebühren zahlen zu können. Sie haben anscheinend schon einen Teil zurückgezahlt, während ich zur Uni ging. Aber da ich jetzt einen festen Job habe, sagten sie, ich müsse das nun selbst zahlen.«

»Hast du mir nicht mal erzählt, dass du neben der Uni gejobbt hast und das Geld deinen Eltern gegeben hast? Auch als du im Ausland warst, hast du ihnen deinen Lohn geschickt, oder?«, kam es Miho plötzlich in den Sinn.

Als er ihr davon erzählt hatte, war sie so beeindruckt gewesen, dass sie es nicht vergessen konnte.

»Ja, das stimmt. Ich habe ihnen circa 50 000 Yen pro Monat gegeben. Das war für die Unterhaltskosten, Wohnung und einen Teil der Schulgebühren, aber das reichte niemals im Leben. Die Kunsthochschulen haben unheimlich hohe Gebühren.«

›Die Eltern von Shohei haben bestimmt ihr Möglichstes getan und recht mit dem, was sie jetzt sagten, aber …‹, dachte Miho. Es ließ ihr keine Ruhe. »Wie hoch ist die Summe? Der Gesamtbetrag der Studiengebühren?«, fragte sie in der Hoffnung, nicht zu panisch zu klingen, doch sie merkte, wie ihr der Atem stockte.

»Sie haben sich für die gesamten Kosten um die 120 000 Yen pro Monat geliehen.«

»Oh … 120 000 … wow!«

»Während meiner Studienzeit zahlten sie keine Zinsen, aber nach dem Abschluss wurden ihnen drei Prozent Zinsen berechnet. Insgesamt 5,76 Millionen Yen, ohne Zinsen. Aber sie haben schon ein bisschen was zurückgezahlt, so dass es jetzt nur noch 5,5 Millionen sind. Ich kann das Geld nicht auf einen Schlag zurückzahlen, sondern muss es nach und nach abstottern.«

Diese Neuigkeiten verschlugen Miho die Sprache.

»Entschuldige, dass ich dich damit so plötzlich belaste …«, kam es bedrückt von Shohei, der Mihos Blick suchte.

Als sie ihn ansah, kamen ihre Lebensgeister zurück.

»Du kannst ja nichts dafür … und trotzdem musst du es zurückzahlen?« Miho wollte es gern so meinen, wie sie es gesagt hatte, aber sie war selbst noch nicht vollends überzeugt.

»Was meinst du?« Er schaute ihr geradewegs in die Augen.

»Na ja, du hast diese Vereinbarung nicht getroffen, oder? Du wurdest quasi aufs Kreuz gelegt, denn es wurde ohne deine Zustimmung etwas vereinbart, um deine Gebühren zahlen zu können.«

»Ja, schon. Darüber habe ich auch schon nachgedacht«, sagte er nickend. »Aber auch wenn ich davon nichts wusste und meine Eltern unterschrieben haben … Sie dachten wahrscheinlich, dass sie aussteigen könnten, irgendwann. Ich weiß auch nicht, aber was ich weiß, ist, dass ich Mitschuld habe. Für mich wurde das Geld schließlich ausgegeben. Ich wurde an der Kunsthochschule meiner Träume angenommen und durfte dort studieren. Das ist eine unbestreitbare

Tatsache. Und dadurch bin ich an den Job im Designbüro gekommen.«

›Das stimmt zwar … Aber es ist auch ein harter Job, der nicht so gut bezahlt wird‹, dachte sich Miho insgeheim.

»Ich kann nicht wegsehen bei der Sache. Ich erbe die Schulden sowieso, wenn meine Eltern irgendwann sterben sollten.«

»Schon, aber das Darlehen betrug 120 000 und du hast monatlich schon 50 000 bezahlt, richtig? Bei 170 000 pro Monat ergibt das 2 Millionen Yen pro Jahr. Ist die Kunsthochschule wirklich so teuer?«

»Die reinen Studiengebühren haben sich auf 1,5 Millionen Yen belaufen, aber ich musste auch für Essen und Wohnen bezahlen.«

Miho fragte sich, warum seine Eltern nicht dafür aufgekommen waren, wenigstens solange er noch keinen Job hatte. Aber es laut auszusprechen traute sie sich nicht.

»Ich habe gerade erst davon erfahren und bin noch dabei, meine Gefühle und Gedanken zu sortieren, daher fällt es mir schwer, mehr dazu zu sagen.« Shohei schien wohl am meisten von diesen Dingen überrumpelt zu sein.

Miho dachte daran, was sie zuvor über seine Eltern gehört hatte. Und ihr fiel ihr auf, dass sie keine Ahnung von Shoheis Elternhaus hatte.

Für Miho waren ihre Eltern diejenigen, die sie umarmten und beschützten. Manchmal stritten sie sich lautstark, und manchmal war sie frustriert wegen ihres Vaters, der kaum Gefühle zuließ oder zeigte. Aber sie hatte sich nie verloren oder unsicher gefühlt. Denn sie hatte nie Gewalt von ihren Eltern erfahren. Solche Eltern verurteilte sie zutiefst, doch im Grunde hatte sie davon keine Ahnung, da sie es selbst nie erlebt hatte.

Sie versuchte sich die Gesichter von Shoheis Eltern vorzustellen. Er sah nicht aus wie ihre bisherigen Freunde. Daher waren ihre Gesichter in ihrer Vorstellung nur ein weißer Fleck. Sie konnte sie sich beim besten Willen nicht vorstellen. Und dennoch gewann sie aus seinen Erzählungen insgesamt einen positiven Eindruck von ihnen.

›Vielleicht sollte ich mit Maho darüber sprechen. Sie kennt sich mit Zinsen und solchen Dingen aus‹, dachte Miho am Ende des Gesprächs.

***

Als sie versuchte, ihrer Schwester Maho Shoheis Situation darzulegen, sagte sie: »Das ist nicht gut. Bei so einer großen Summe sollten wir das nicht allein besprechen.« Sie riet Miho, das Ganze im Kreise der Familie zu erörtern.

»Da ist guter Rat teuer …«

Ihre Mutter, Tomoko, schwieg und eine tiefe Falte erschien zwischen ihren Augenbrauen. Im Wohnzimmer des Hauses der Familie Mikuriya waren Miho, Tomoko, Maho und ihre Großmutter Kotoko versammelt. Kotoko, die normalerweise fröhlich war und auch mal jemandem ins Wort fiel, schwieg.

Es war ein Freitagabend, an dem Mahos Mann Taiyo Nachtschicht hatte, und er sollte Saho zum Abendessen zu ihren Eltern bringen. Mihos Vater wollte mit seinen Kollegen noch etwas trinken gehen, aber er würde wahrscheinlich vor zehn Uhr zurück sein. Miho fühlte sich jedoch nicht wohl dabei, nur mit ihrer Mutter und ihrer Schwester über Geld und ihren neuen Freund zu sprechen. So bat sie aus eigenem

Antrieb ihre Großmutter, ebenfalls zu kommen. Miho hoffte, dass ihre Großmutter in der Lage sein würde, ihre Mutter in Schach zu halten. Diese war in letzter Zeit sehr emotional und aufbrausend, das lag wohl an ihren Wechseljahren.

»Hat er sich schon entschieden, wie er seine Schulden abbezahlen will?«, fragte Maho versöhnlich, aber auch mit Nachdruck.

»Es sind keine Konsumschulden, es sind Studiengebühren. Das ist ein Unterschied. Er kann dem Darlehensgeber etwa 30 000 jeden Monat zurückzahlen.«

»Die ungefähre Summe reicht nicht. Hast du nicht genauer nachgefragt?«

Maho kramte ihr Smartphone aus der Tasche und öffnete die Taschenrechner-App. Miho suchte derweil in ihrer Notiz-App die genauen Zahlen, die Shohei ihr gesagt hatte.

»So um die 35 000 Yen.« Maho tippte murmelnd Zahlen in den Taschenrechner ein.

»Wenn der Kredit 5,5 Millionen Yen beträgt, es 35 000 Yen pro Monat sind, bei einem Zinssatz von drei Prozent ... komme ich auf zwanzig Jahre. Bei der Tilgungssumme wird es zwanzig Jahre dauern, alles zurückzuzahlen.«

»Noch zwanzig Jahre?!«

»Allein die Zinsen belaufen sich auf 182,795 Yen! Also muss man das auf die 5,5 Millionen drauflegen, um die Summe der Rückzahlung inklusive der Zinsen zu erhalten.«

»30 000 Yen pro Monat, die nächsten zwanzig Jahre ... das ist ganz schön viel«, presste ihre Mutter hervor.

Miho wusste das selbst am besten. Sie hatte vor einiger Zeit, seit sie nach Jujo gezogen war, mit dem Sparen angefangen. Sie hatte ihre Fixkosten neu kalkuliert und Miete, Smartphone und Lebensversicherungen angepasst. Sie nahm ihr eigenes Mittagessen mit zur Arbeit und kam so an den Punkt, dass sie 40 000 Yen im Monat zurücklegen konnte. Sie wusste ganz genau, wie viel 30 000 Yen im Monat bedeuteten.

»Ich bin dagegen, dass du ihn heiratest«, sagte Tomoko noch einmal mit Nachdruck.

»Bitte?« Miho hätte nicht gedacht, dass ihre Mutter sich so deutlich gegen Shohei aussprechen würde. Mit etwas Gegenwind hatte sie gerechnet, aber das?

Miho war immer eine Musterschülerin gewesen. Sie besuchte die beste Schule in ihrem Schulbezirk und plante aus eigener Motivation ein Universitätsstudium. Nur selten waren ihre Eltern wütend auf sie gewesen oder hatten sich in der Vergangenheit gegen ihre Entscheidungen gestellt.

»Da ich ihn noch nie getroffen habe, kann ich ihn nicht einschätzen. Du hast ihn ausgewählt, daher muss er etwas Gutes in sich haben. Also werde ich nicht verlangen, dass du mit ihm Schluss machst. Nur, eine Heirat kann ich nicht gutheißen. Warte lieber etwas und überleg es dir noch mal«, fuhr ihre Mutter fort, während Miho etwas murmelte, das so klang wie »Dann triff ihn doch …«.

Auch wenn Tomoko ihre Aussage in Sorge verpackte, war es ein starker Einwand.

»Er kann doch nichts dafür! Er hat das Darlehen nicht unterzeichnet, er wusste nicht mal was davon!«

»Okay, wir sollten im Moment keine voreiligen Schlüsse ziehen«, unterbrach sie Kotoko. »Denk einfach über die Worte deiner Mutter nach, ja? Auch wenn du ihn am liebsten schon gestern geheiratet hättest. Warum bringst du ihn nicht mal mit, dann können wir über die ganze Situation in Ruhe sprechen. Ich würde ihn gern treffen und mir ein Bild von ihm machen.«

»Großmama, das ist eine tolle Idee! Ich glaube, du wirst erkennen, was für ein freundlicher und intelligenter Mann er ist.«

»Ähm, hallo? Entschuldige, aber du wirst schließlich nicht seine Schwiegermutter sein müssen.« Normalerweise widersprach Tomoko ihrer eigenen Schwiegermutter nie. Doch jetzt war ihre Stimme äußerst fest.

»Ach, Tomoko …«

»Ich will verhindern, dass er bei einem Treffen mit deiner Großmutter den Eindruck bekommt, er wäre schon von der ganzen Familie akzeptiert. Denn hier, im Hause Mikuriya, sind wir noch nicht einverstanden!«

Miho hatte noch nie mitbekommen, dass ihre Mutter ihrer eigenen Schwiegermutter so deutlich die Meinung gesagt hatte. Zum ersten Mal wurde ihr richtig bewusst, dass ein Studiendarlehen von 5,5 Millionen Yen eine große Herausforderung für sie alle darstellte.

»Ich will niemanden verletzen, indem ich das sage. Aber ich muss so deutlich sein, damit ihr mich versteht. Es ist nicht nur das Geld und die Probleme, die damit einhergehen. Wenn Miho heiratet, wird sie eine Eltern-Kind-Beziehung zu seinen Eltern haben. Um ganz deutlich zu sein: Ihr Partner ist mir egal, aber ich glaube nicht, dass diese Leute, die sich den vollen Betrag eines Studiums leihen, ohne es ihrem Kind mitzuteilen, und ihn dann zwingen, es zurückzuzahlen, nachdem die Zinsen aufgelaufen sind, gute Schwiegereltern für meine Tochter wären«, sagte Tomoko seufzend.

»Aber Miho heiratet ihn und nicht seine Eltern. Taiyo und ich sind schon lange verheiratet und man weiß nie, was in der Zukunft passieren wird. Ich finde es schön, wenn man seinen

Partner liebt und ihm sagt, dass er gut genug ist und die einzige Familie, die man braucht. Aber Japan ist immer noch rückständig in dieser Hinsicht und das spaltet die Gesellschaft und Generationen. Ich bin auch verheiratet und weiß, wovon ich spreche«, unterbrach Maho sie.

Tomoko warf Maho einen finsteren Blick zu.

»Da hast du nicht ganz unrecht …«

Die Türklingel kündigte die Rückkehr ihres Vaters an. Tomoko stand auf und ging zur Tür.

»Früher war es nicht ungewöhnlich, dass Ehen mit so vielen Schulden begannen«, murmelte Kotoko ihrer Enkelin zu und blickte zur Eingangstür.

»Kopf hoch«, sagte Maho und klopfte Miho auf die Schulter.

»Meine Freundin sollte eine Todesfallversicherung in Höhe von 100 Millionen Yen unterschreiben, die von den Eltern ihres Verlobten abgeschlossen worden war.«

Miho fragte sich, ob diese Story tröstlich für ihre Schwester sein könnte.

»Und was ist jetzt mit ihr?«

»Ihr Verlobter und sie haben viel diskutiert, aber am Ende konnten sie sich nicht einigen und haben die Verlobung gelöst.«

›Das ist nicht gerade beruhigend oder hilfreich‹, dachte Miho.

»Bin wieder da!«

Ihr Vater kam herein, sein und Mihos Blick trafen sich. Wahrscheinlich hatte er auf dem Gang von der Haustür zum Wohnzimmer eine kurze Zusammenfassung von ihrer Mutter erhalten. Doch ihr Vater ließ sich nichts anmerken, wie immer.

»Willkommen daheim!«, antworteten die drei im Chor. Der strenge Blick von Tomoko hatte sich gewandelt.

»Ich geh mich mal umziehen«, sagte er nur und verschwand zügig in sein Schlafzimmer.

»Miho, du musst mit deinem Vater sprechen.«

»Ja, ich weiß schon.«

Als ihre Mutter das Abendessen auf den Tisch stellte, erschien ihr Vater umgezogen in gemütlicher Kleidung – Turnschuhe und Trainingsanzug.

Miho erzählte ihrem Vater, der zu essen begonnen hatte, schnell, was los war. Ihre Schwester und ihre Großmutter beobachteten das Geschehen mit angehaltenem Atem vom Wohnzimmer aus.

»Ich habe als dein Vater nichts dazu zu sagen …«

»Was? Wie?« Es war Tomoko, die sich als Erste zu Wort meldete.

»Ich kann dir als dein Papa nicht widersprechen. Es geht um den, in den du dich verliebt hast, nicht wahr? Besprich das mit deiner Mutter.« Er hörte nicht auf zu essen und sprach ganz sachlich.

»Ernsthaft, ist das alles …?«

»Das ist sein Ernst. Dein Vater zieht sich immer so aus der Affäre und spielt den Netten!«, sagte Tomoko ärgerlich.

»Mama, ich glaube nicht, dass Vater das so gemeint hat.«

»Du machst mich damit zum Bösewicht. Ich bin nämlich gegen alles, was dein Vater sagt.«

Tomoko stand auf und ging in ihr Zimmer. Die Tür fiel laut ins Schloss. Ihr Vater sah ihr mit offenem Mund nach.

›Wenn er weiß, dass er sie verärgert hat, wieso geht er nicht hinterher‹, dachte Miho ebenfalls verstimmt. Doch sie war im Moment nicht in der Lage, sich mit den Eheproblemen ihrer Eltern zu befassen, und sah hilfesuchend ihre Großmutter und Maho an.

»Was soll ich nur tun?«

»Ich bin immer noch der Meinung, dass du mit deiner Mutter und deinem Vater ein vernünftiges Gespräch führen solltest. Es sind deine Eltern, sie machen sich Sorgen um dich. Fast sieben Millionen, das ist schon eine Hausnummer«, antwortete ihre Großmutter Kotoko.

»Es sind 5,5 Millionen …«

»Mit Zinsen sind es über sieben Millionen.«

»Schon, aber …«

Kotoko wandte sich ihrem Sohn zu, der immer noch am Essen war. »Du musst mit Tomoko sprechen!«

Als Miho ihre Schwester Maho ansah, zuckte diese die Schultern. Es sah so aus, als wollte sie sagen »Ich will mich nicht zu sehr einmischen« oder »Das muss du selbst entscheiden«.

***

Jujo war schon ein rauer Stadtteil, aber der, in dem Shohei geboren und aufgewachsen war, erschien ihr noch viel rauer.

Es war nicht so, dass Miho das nicht gewusst hätte. Sie hatte erst letztens mehrmals in Late-Night-Fernsehsendungen Berichte darüber gesehen.

Es war ein Stadtteil, der niemals schlief, mit Bars, die bis zum Mittag und nicht nur bis zum Morgen geöffnet waren. Es gab sogar ein kleines Rotlichtviertel hinter dem Bahnhof. Nicht gerade ein Ort, an den Miho freiwillig gehen würde. Sie hatte in einer Zeitschrift gelesen, dass es dort viele heruntergekommene Kneipen gab. Dort konnte man sich für nur 1000 Yen richtig die Kante geben.

Jetzt war sie genau in diesem Stadtteil, weil sie die Eltern von Shohei kennenlernen sollte. Sie stieg etwas nervös am Bahnhof aus. Shoheis Familie wohnte in einem traditionellen Haus aus Holz, etwa zehn Minuten Fußweg vom Bahnhof entfernt. Nachdem man eine Einkaufsstraße mit zahlreichen Lokalen durchquert hatte, kam man direkt in eine Straße mit einigen Holzhäusern und Wohnungen. Shohei hatte zwei ältere Brüder und war der dritte Sohn. Das Haus war gemietet und gehörte ihnen nicht, so viel wusste Miho.

»He, Kanako! Bin zurück!«, schrie Shohei plötzlich, als sie an einem der Häuser ankamen. Er schob die erste Tür mit einem Ruck auf. Das Geräusch hallte in Miho nach und fühlte sich ungut an.

»Wer ist denn Kanako?«

»Mama, also meine Mutter.«

Kaum hatte er geantwortet, öffnete sich die Innentür. Eine Frau mittleren Alters, die einen kleinen Hund hielt, sah ihn an und lächelte. »Schön, dass du da bist.«

»Danke dir. Ich habe jemanden mitgebracht.«

Sie sah Miho forschend an. »Jemanden? Du meinst deine Freundin!«

Seine Mutter trug ein rosa Strickkleid über einer Jeans. Es war die Art von Kleidung, die normalerweise von Zwanzigjährigen getragen wurde, aber es passte zu Kanako, die ihr Haar in einem modernen Braun gefärbt hatte.

»Oh, hallo! Schön, Sie kennenzulernen, ich bin Miho Mikuriya«, sagte Miho hastig mit einer tiefen Verneigung.

»Schon gehört, von Sho. Es ist etwas unordentlich bei uns, aber bitte kommen Sie herein.«

Sie war normaler und freundlicher, als Miho erwartet hatte. Sie verspürte ein wenig Erleichterung. Im Korridor, der von der Haustür zum Wohnzimmer führte, stapelten sich viele alte Zeitschriften vor den Schränken.

»Wenn Besuch kommt, hättest du das ruhig mal wegtun können«, beschwerte sich Sho in Richtung seiner Mutter.

»Na ja, es war schon ein wenig überraschend …!«

»Ah, sorry.«

Vor ein paar Tagen, als sie wieder über das Darlehen gesprochen hatten, hatte Miho ihn direkt gefragt: »Was sind das für Eltern, die so etwas tun?« Auf diese furchtlose Frage hin hatte Sho sie einfach eingeladen, mit in sein Elternhaus zu kommen.

Miho war sich wegen der Sache mit den Schulden noch nicht sicher, aber sie war eigentlich auch mehr daran interessiert, seine Eltern zu treffen.

»Schon okay. Du weißt doch, selbst wenn du früher Bescheid gegeben hättest … Hier sieht es nun mal so aus«, sagte seine Mutter etwas unwirsch und lachte dann. Das Wohnzimmer bestand aus zwei großen Sofas, einem Tisch und zwei Fernsehern. Alle Möbelstücke waren irgendwie zu groß für diesen Raum, so dass er sehr erdrückend wirkte. Auf dem einen Fernseher spielte Shoheis Bruder, ein erwachsener Mann, wie Miho annahm, Videospiele, auf dem anderen sah sich sein Vater ein Golfspiel an. Der Bruder und der Vater waren beide übergewichtig und sahen sich sehr ähnlich.

›Shohei kommt vielleicht mehr nach seiner Mutter‹, dachte Miho.

Der älteste Sohn arbeitete für eine benachbarte Baufirma und wohnte noch zu Hause, während der zweite Sohn, der verheiratet war, nur selten nach Hause kam, wie ihr gesagt wurde. Sie saßen jeder auf einem Sofa, und Miho stand etwas unsicher daneben.

»Hey, ihr zwei, rutscht mal rüber! Shoheis Freundin kann sich nirgendwo hinsetzen!«, schimpfte Kanako.

Der Vater stand einfach auf und stellte sich neben seinen Sohn, der gerade in sein Videospiel versunken war. Miho sahen sie kaum an. Miho hatte das Gefühl, sich vorstellen oder zumindest ihren Namen sagen zu müssen, aber sie wagte nicht, die beiden zu unterbrechen.

»Nimm einfach irgendwo Platz.«

Kanako empfahl Miho, sich dort hinzusetzen, wo bis eben noch der Vater gesessen hatte. Der Platz war immer noch warm, rau und ungemütlich. Shoheis Mutter brachte Tee für Miho, ihren Sohn und sich selbst.

Miho bedankte sich und nahm einen Schluck, konnte aber aus Höflichkeit keinen weiteren Schluck nehmen, da Shoheis Vater und Bruder nichts serviert wurde. Weil sie sich alle irgendwie nichts zu sagen hatten, schaute die Familie gemeinsam fern.

»Spielst du Golf?« Der Vater drehte seinen Kopf ein wenig und sah Miho an. Es überraschte sie so sehr, angesprochen worden zu sein, dass sie auf sich selbst zeigte und fragte: »Ich?«

»Ja, du.«

»Ach so, nein. Mein Vater spielt, aber …«, antwortete Miho verlegen.

»Hmm«, kam es, gefolgt von Stille.

»Ähm, spielen Sie Golf?«, fragte Miho, die diese unangenehme Stille nicht mehr aushielt.

»Ich?«, fragte der Vater ebenfalls verdutzt zurück.

»Ja, spielen Sie?«

»Nee«, antwortete er lachend.

»Eita, mein Mann, hat ein Motorrad«, sagte Kanako. Shohei hatte es Miho gegenüber schon mal erwähnt.

»Ein Motorrad also?«

»Eita fährt manchmal damit«, erklärte Kanako, als wäre nicht klar gewesen, was sie meinte. Miho begriff nun, warum sich die Eltern auch im Beisein ihrer Kinder mit Vornamen anredeten und nicht in ihren Rollen als »Mama« und »Papa«, so wie es in den meisten Familien üblich war. Shohei bemerkte es nicht, da er sie ebenfalls mit ihren Vornamen ansprach.

»Ach ja, so ist das also … Fahren Sie oft mit dem Motorrad raus?«

»Hm, ich weiß nicht genau. Ich habe bisschen zugelegt, stimmt's? Ich fahr nicht mehr so viel. Bin schnell müde und wohl zu alt. Aber ich habe mir ein neues schickes Maschinchen gekauft. Dafür brauchte ich nur einen Kredit über zwei Millionen. Aber fahren tu ich trotzdem nicht so oft.«

Und aus irgendeinem Grund fingen alle außer Miho bei dieser Erzählung an, laut zu lachen.

»Das hättest du nicht machen sollen, haha!«, kam es lachend von Shohei.

»Ach, was soll's! Schwamm drüber«, war Kanakos Reaktion. Genau wie bei dem Studiendarlehen von Shohei.

Als die Zeit zum Abendessen näher rückte, stand Shohei auf und sagte: »Nun, wir werden bei uns zu Hause essen.«

»Oh, okay.«

Nur Kanako begleitete die beiden bis zur Tür. Der älteste Sohn spielte bis zum Schluss sein Videospiel und hatte sie nicht einmal angesehen.

»Also, hm …«, begann Miho vorsichtig, während sie zum Bahnhof gingen.

»Was gibt's?«

»Kann es sein, dass ich etwas falsch gemacht habe?«

»Was? Wie kommst du darauf?«

»Ich glaube, ich habe etwas getan, worauf man einfach nur schlecht reagieren konnte.«

»Wieso …? Ich komm nicht mehr mit.«

Miho sah Shohei an, dessen Gesichtsausdruck verriet, dass er wirklich nicht wusste, was das alles zu bedeuten hatte oder worauf sie hinauswollte. Sie beschloss, das Thema fallen zu lassen. Sie waren eben diese Art Familie, dachte Miho.

Sie boten ihr nur Tee an, es gab keine Begrüßung, keine Vorstellung, kein ordentliches Gespräch, kein Abendessen. Aber es schien nicht so, als ob sie Miho hassten oder ihr gegenüber irgendwelches Misstrauen hegten. Also war es vielleicht auch nicht so. Sie schienen sich auch nicht viel aus Schulden zu machen.

Andererseits hatte sie den Eindruck, dass sie Shoheis Gefühle gegenüber seiner Familie nun besser verstehen konnte. Er konnte ihnen wegen der Schulden nicht böse sein. Sie waren keine schlechten Menschen. Sie waren allesamt einfach noch nicht erwachsen geworden.

Möglicherweise hatte Shoheis künstlerisches Talent nur in solch einer Familie wachsen können. Shohei und Miho tranken noch etwas in einer der billigen Kneipen vor dem Bahnhof (es kostete wirklich nicht mehr als 3000 Yen für sie beide!). Dann kehrten sie nach Jujo zurück.

›Was soll ich jetzt tun … Was nur?‹, fragte sich Miho, als sie allein nach Hause kam.

***

Beim heutigen Eintrag geht es nicht darum, über etwas zu schreiben, was passiert ist oder was mir in den Sinn gekommen ist. Stattdessen möchte ich euch, meine Leser, etwas fragen.

Was würdet ihr tun, wenn euer Verlobter oder Ehepartner euch etwas sagt, das euch total überrascht?

Etwas, das ein großes Hindernis für eure zukünftige Beziehung und die Ehe sein könnte. Und was ist, wenn es nicht seine Schuld war, sondern die seiner Angehörigen?

Und wenn noch hinzukommt, dass eure eigenen Eltern von dem Schlamassel erfahren und strikt gegen euren Freund sind?

Wenn ich ihn wirklich heirate … Dann rückt mein Ziel, ein eigenes Haus für mich und einen Hund aus dem Tierheim zu haben, in weite Ferne. Mein Leben würde dem Blognamen dann nicht mehr gerecht werden.

Solch eine Schwere hätte das Gesagte. Was würdet ihr an meiner Stelle tun?

***

Als Machie vor dem Bahnhof Asagaya, weiter westlich von Shinjuku, in ihrem üblichen braunen Aufzug um die Ecke bog, nämlich in einer braunen Strickjacke und einem braunen Rock, war Miho von Nostalgie erfüllt.

»Lange nicht mehr gesehen! Ich bin so froh, dass du mir geschrieben hast, Miho. Ich wollte dich auch gern treffen.«

Miho war glücklich gewesen, als Machie ihre Hilfe anbot.

»Entschuldige, Miho, dass du den ganzen Weg nach Asagaya kommen musstest. Meiner Mutter geht es nicht gut. Ich kann nicht allzu lange von zu Hause wegbleiben, und das Haus, in dem ich jetzt wohne … Na ja, es ist nicht gerade ein Ort, um Besuch zu empfangen.«

»Deiner Mutter geht es nicht besser?«, fragte Miho mit ehrlicher Besorgnis.

Als sie ein Café vor dem Bahnhof betraten, begann Machie zu erzählen. Vor etwa einer Woche hatte Miho aus einer E-Mail erfahren, dass ihre ehemalige Kollegin Machie und ihre Mutter aus dem villenartigen Haus ausgezogen waren. Sie sagte, dass sie jetzt in einer Mietwohnung gegenüber dem Bahnhof lebten.

»Ich glaube, der Umzug war zu anstrengend für sie. Ende letzten Jahres hatte sie einen Herzanfall. Jetzt ist es wieder okay, sie muss nur viel zu Hause bleiben und sich ausruhen.«

»Hm, was wurde aus eurem …?«

»Wir haben es verkauft.«

»Oh!«

»Zum Glück sehr vorteilhaft.«

Tatsächlich hatte ein benachbarter Immobilienmakler schon seit Langem mit Machie über den Verkauf des Grundstücks ihrer Mutter gesprochen.

»Sie reißen unser altes Haus ab und bauen auf dem Grundstück ein neues Wohnhaus, aber ein kleineres. Mutter und ich wohnen jetzt in einer der provisorischen Unterkünfte hier in der Nähe, aber nur für den Moment.«

Machie schien etwas abgenommen zu haben, aber ihr Teint und ihr Gesichtsausdruck wirkten klarer als je zuvor. Auch ihre Frisur hatte sich ein wenig verändert. Statt des schweren Ponys hatte sie einen Scheitel, die Stirn blieb frei.

»Mein Ausscheiden aus der Firma war wohl ein guter

Grund, endlich aus diesem Haus auszuziehen. Obwohl meine Mutter sehr viel damit verband.«

Auch wenn Machie es nicht laut aussprach, schien sie viel Geld bekommen zu haben, dachte sich Miho.

»Mir gefällt es in der Übergangswohnung durch die Nähe zum Bahnhof sehr gut. Sie ist viel kleiner als unser Haus zuvor, dafür umso wärmer. Das Bad ist schnell sauber gemacht und es ist so viel einfacher, nur einen Hausschlüssel bei sich tragen zu müssen. Selbst Mutter sagt nun oft zu mir: ›Machie, wären wir nur früher ausgezogen!‹«

»Dann hat sich ja alles zum Guten gewendet … Ach ja, was machst du jetzt eigentlich beruflich?«

»Ich mache eine Ausbildung zur Altenpflegerin. Meine Mutter wird nicht mehr jünger, wenn ich sie mir so ansehe, wird sie eines Tages auf Hilfe angewiesen sein. Eigentlich ziemlich naheliegend, nicht? Außerdem ist es schwer, in meinem Alter noch mal irgendwo richtig einzusteigen.«

»Wow, das muss aufregend sein, etwas Neues zu lernen. Ich denke, es ist eine sinnvolle Arbeit.«

»Wenn es Mutter bald etwas besser geht, werde ich versuchen, in einer Einrichtung zunächst in Teilzeit zu arbeiten. Und dann will ich, wenn es geht, eine weitere Ausbildung zur Verwaltungsjuristin machen. Ich habe gehört, dass ich mit dieser Fortbildung die Vormundschaft für Erwachsene übernehmen kann. Es gibt auch die Möglichkeit, sich als Pflegemanagerin zu qualifizieren.«

Miho nickte beeindruckt.

Machie strahlte, denn sie hatte ihren Lebenszweck, ihr persönliches Ziel gefunden. Es ging aber nicht nur um sie oder darum, dass sie umgezogen war oder dass sie ihr Haus zu einem guten Preis hatten verkaufen können.

»Miho, sag, was ist mit dir? Wolltest du mir nicht etwas erzählen?«

»Ehrlich gesagt …« Miho wusste gar nicht, wo sie anfangen sollte.

»Ich treffe mich im Moment mit jemandem.«

»Ah, ja?«

»Er hat gesagt, er möchte mich heiraten … aber …« Dann erzählte Miho von Shoheis Geldproblemen, dem Darlehen, einfach alles. Machie hörte ihr aufmerksam zu.

»Also, mir ist bewusst, dass 5,5 Millionen Yen eine enorm hohe Summe ist.«

Machie schwieg eine Weile.

Miho dachte, dass jeder auf die gleiche Weise reagierte, wenn er diesen Betrag hörte. Zuerst dachten sie, es gehe nur um die Studiengebühren, aber wenn sie dann den vollen Betrag hörten, wurden alle immer still.

»Weißt du, ich kann dir nur sagen, was ich herausgefunden habe, als ich die Firma verließ … Es gibt Dinge, die man zu jedem Zeitpunkt in seinem Leben tun kann. Ich war über zwanzig Jahre in der gleichen Firma und dachte immer, wenn ich von dort weggehe oder weggehen muss, dann ist mein Leben vorbei. Das war es aber nicht.« Machie schaute Miho bei diesen Worten an.

»Wirklich?«

»In der heutigen Zeit gibt es im Leben keine Absolutheit oder Sicherheit mehr.«

»Meinst du?«

»Ich denke, es kommt auf den Willen an. Und dass jeder bereit sein muss, wann und wo immer er will, mit etwas Neuem anzufangen. Und das gilt unabhängig davon, ob man Schulden hat oder nicht.«

Miho hatte früher gedacht, dass Machie einfach ein netter und freundlicher Mensch sei. Nun sah sie sie mit neuen Augen. Sie war erwachsener geworden.

***

Heute habe ich eine ehemalige Kollegin aus meiner Firma getroffen. Sie verließ das Unternehmen aus verschiedenen Gründen und macht nun eine Weiterbildung in der Krankenpflege. Gleichzeitig möchte sie sich als Verwaltungsfachangestellte qualifizieren und überlegt, ob sie in Zukunft Pflegemanagerin werden soll.

Sie geht davon aus, dass man im Pflegebereich nie arbeitslos werden wird, selbst wenn man keine besonderen Fertigkeiten hat. Gerade wenn man sich in der Verwaltung und als Pflegemanagerin weiterqualifiziert hat. Es gibt anscheinend genügend Stellen in diesem Bereich.

Unser Gespräch hat mich irgendwie ermutigt. Mir ist klar geworden, dass man selbst dann, wenn man alles verliert, noch einmal von vorne anfangen kann. Ich war wegen meiner Situation ein wenig deprimiert, aber ich habe das Gefühl, dass ich durch das Gespräch mit meiner ehemaligen Mentorin eine neue Perspektive erhalten habe.

***

Jetzt liebe ich die Arbeit in meinem Unternehmen umso mehr und sie fühlt sich erfüllend an. Ich komme mit meinen Kollegen gut zurecht. Aber ich will auch weiter ernsthaft an diesem Blog arbeiten. Deshalb möchte ich euch heute von meinen wahren Gefühlen und Sorgen erzählen. Ich habe nämlich herausgefunden, dass mein Freund Schulden in Höhe von 5,5 Millionen Yen hat.

Die Summe ist komplett auf seine Studiengebühren und ein Darlehen zurückzuführen, von dem er nichts wusste. Seine Eltern hatten sich das Geld geliehen. Wenn wir heiraten würden, müsste er in den nächsten zwanzig Jahren mehr als 30 000 Yen pro Monat zurückzahlen. Das ist machbar, wenn wir beide gut verdienen. Aber wir würden auf alles verzichten, was wir ursprünglich mit diesen 30 000 Yen hätten tun können. In zwanzig Jahren werde ich Mitte vierzig sein. Selbst wenn wir es abbezahlen könnten, wären wir dann wieder bei null. Wenn ich daran denke, auch wenn ich ihn liebe, macht es mir ein bisschen Angst.

Ich weiß ehrlich gesagt nicht, was ich tun soll. Wenn ich verheiratet bin, möchte ich natürlich irgendwann Kinder haben und ein Haus kaufen können. Wird mein Leben zu einem Leben, in dem ich mir nicht einmal solche bescheidenen Träume erfüllen kann?

***

Am Tag nachdem Miho den Blogbeitrag gepostet hatte, rief Shohei sie mit müder Stimme an.

»Ich habe es gelesen.« Der Anruf war ohne Video, nur seine Stimme. Dann folgte Stille.

»Entschuldige«, sagte Miho, ohne genau zu wissen, wofür sie sich entschuldigte.

»Nein, schon okay … Ich denke, das ist eigentlich eine normale Reaktion auf so eine Summe an Studienschulden. Ich war ja selbst schockiert, also ist es in Ordnung, dass auch du dir Sorgen machst.«

»Hm, ja.«

»Es ist schön, endlich deine ehrlichen Gefühle und Gedanken zu kennen.«

»Mhm.«

»Aber es ist schon schmerzhaft, es so zu erfahren. Ich hatte nicht erwartet, dass es dir so viel ausmachen würde«, sagte er mit einem übertriebenen Lachen, um den Schmerz etwas zu überdecken.

»Erwartet? Was meinst du damit?«

»Ich dachte, vielleicht sagst du ja auch so was wie ›Kein Problem, das schaffen wir schon gemeinsam‹ oder so ähnlich.«

»Shohei, deine Art, damit umzugehen … Es scheint dich nicht so zu belasten.«

»Was genau?«

»Die Schulden, oh, ich meine, die Studiengebühren.«

»Natürlich belastet es mich. Wie sollte es das nicht?«

»Na ja, du lässt es dir nicht anmerken, daher …«, stammelte Miho.

»Nicht anmerken?«

›Okay, das bringt so nichts. Ich muss es richtig erklären‹, dachte Miho.

»Als ich deine Eltern das erste Mal traf, erwähnten sie das Studiendarlehen mit keinem Wort. Erinnerst du dich? Ich konnte es nicht als Erste ansprechen, aber ich hatte irgendwie die Hoffnung, dass du es vielleicht tun würdest. Damit wir mit deinen Eltern darüber reden und sie uns erklären können, was sie sich dabei gedacht haben und wie es weitergehen soll.«

»Oje nein, so einfach ist das mit meiner Familie leider nicht. So sind die nicht.«

»Sie redeten auch ganz locker über die Schulden für das Motorrad. Es kam mir so vor, als bedeuteten ihnen Schulden gar nichts«, sagte Miho, doch sie wollte nichts Negatives über seine Eltern sagen, denn sie waren auch nett gewesen.

»Ich sehe einfach nicht, wo das alles hinführen soll«, schloss sie.

»Dann sprechen wir später noch mal darüber?«

»Das ändert doch nichts …«

»Wie?«

»Wir müssen darüber reden, es bringt nichts, um den heißen Brei herumzureden. Mir ist klar, dass jemand für die Summe aufkommen muss. Ich hatte nur geglaubt, dass deine Eltern mir wenigstens eine nachvollziehbare Erklärung geben würden.«

»Hm, das scheint schwierig zu sein …«

»Genau.«

Miho brauchte es nicht mehr von Shohei zu hören, sie wusste auch so, dass sie beide diejenigen sein würden, die die Summe zurückzahlen müssten.

»Das Einzige, was dir bleibt, ist, einen Weg zu finden, mich und dich selbst davon zu überzeugen, etwas zu unternehmen. Und nicht zu erwarten, dass andere es vielleicht tun werden. Die Dinge werden sich nicht von selbst ändern, also musst du sie in Angriff nehmen«, sagte Miho mit Bestimmtheit, denn es ging hier auch um sie. Schulden von 5,5 Millionen würden auch ihr Leben überschatten.

»Ich glaube, ich kann dir folgen, aber es noch nicht ganz begreifen.«

»Das heißt?«

»Ich glaube, wir brauchen beide noch ein wenig mehr Zeit, um darüber nachzudenken.«

›Ja‹, dachte Miho sich, ohne laut zu antworten.

»Nachdem ich deinen Blog gelesen hatte, verstand ich. Miho, ich kann dich nicht zwingen, irgendetwas zu tun oder dich in diese Angelegenheit mit einzuklinken. Ich werde dich eine Zeit lang nicht von mir aus kontaktieren. Wenn du mit mir sprechen möchtest, kannst du mich per LINE-Messenger oder E-Mail erreichen.«

›Nein, das wollte ich doch nicht! Ich will Ja sagen, es macht mir nichts aus … aber ich kann es noch nicht‹, dachte Miho und schwieg.

»Also dann. Miho, pass bitte auf dich auf.«

Shoheis Stimme war ganz sanft, und bevor Miho etwas erwidern konnte, wurde der Anruf beendet.

***

Ich habe beschlossen, euch heute ein bisschen von meiner Großmutter Funeko (Pseudonym) zu erzählen. Bald ist ja der Feiertag des Respekts für ältere Mitbürger.

Ich habe schon öfter über Funeko und ihre Ratschläge geschrieben. Danach erhielt ich viele Kommentare von euch Lieben wie »Deine Oma ist interessant« oder »Ihre Geschichten muntern mich auf« und andere mehr. Also fragte ich sie, worüber sie schreiben würde, wenn sie einen eigenen Blog hätte. Sie gab mir eine erstaunlich lange Liste an Themen mit. Zum Beispiel: »Warum ich mit dreiundsiebzig noch mal einen Job gesucht habe« oder »Wie man im Handumdrehen eine leckere Beilage aus Reiskleie macht – supereinfach« oder »Eine Geschichte, die mir meine Mutter vor langer Zeit über den Tag des Putschversuchs im Jahre 1936 erzählt hat«. Sie hat jede Menge solcher Ideen.

Heute möchte ich jedoch über ihre Gartenarbeit sprechen, die euch sicher interessieren wird und die meine Großmutter 1 a beherrscht.

Die Überschrift lautet:
Gärtnern mit 100 Yen. Ein Beitrag von Funeko.

»Viele Menschen wünschen sich ein bisschen mehr Grün und etwas Natur in ihrem Zuhause. Aber sie wissen nicht, wo sie anfangen sollen, oder ihre Zimmerpflanzen gehen immer wieder ein, egal was sie machen.

Wenn ich also eine alleinstehende Frau wäre, welche Pflanzen wären die richtigen für mich? Ich habe genau darüber nachgedacht. Die Pflanzen sollen einfach und schön sein. Und am besten noch ins eigene Budget passen.

Dafür gehen Sie zunächst in einen 100-Yen-Laden. Kaufen Sie Nährboden und den größten Plastiktopf, den es dort gibt. Je größer, desto besser. Die Form ist Geschmackssache. Ein Pflanzgefäß für Setzlinge ist genauso in Ordnung.

Nachdem Sie den Topf gekauft haben, füllen Sie ihn mit Erde. Im Boden befindet sich ein Loch, also legen Sie am besten ein Mandarinennetz hinein, damit sie nicht rausfällt. Dann gehen Sie in den Supermarkt. Kaufen Sie einige grüne Zwiebeln, Dreiblätterkraut oder Pak Choi. Wie Sie möchten, die Wahl liegt ganz bei Ihnen.

Allerdings sollten Sie darauf achten, dass Sie Wurzelgemüse wählen. Ich empfehle herzhaftes Gemüse, weil man nur wenig Gewürze zum Zubereiten braucht. Vor allem, wenn man allein lebt oder nur eine kleine Familie hat, bleibt vom Kauf oft zu viel übrig. Es ist sehr praktisch, dass man zu Hause angebautes Gemüse jeweils in der passenden Menge verbrauchen kann.

Haben Sie das Gemüse gekauft, schneiden Sie die Blätter etwa fünf Zentimeter oberhalb der Wurzel ab (die Blätter können nach dem Schneiden für ein Reisgericht oder Ähnliches verwendet werden. Wenn Sie sie gerade nicht aufbrauchen können, zerkleinern Sie sie und frieren alles ein).

Dann weichen Sie die Wurzeln ein oder zwei Tage in einem Glas Wasser ein, lassen sie abtropfen und pflanzen sie in Ihren Topf. Sie brauchen keine Schaufel. Stechen Sie einfach mit einem Stäbchen ein Loch in die Erde und pflanzen Sie die gezogenen Wurzeln so ein.

Man kann bei der Pflanzmethode auch ein wenig kreativ werden. Entscheiden Sie, wo die Vorderseite des Topfes sein soll, und pflanzen Sie die Frühlingszwiebeln hinten und das Dreiblätterkraut und den Pak Choi vorne ein.

Wenn Sie Petersilie häufiger verwenden als Pak Choi, können Sie in einer Gärtnerei Setzlinge kaufen (auch für etwa 100 Yen) und alles zusammen einpflanzen. Wenn Sie dies tun und sie dabei stufenweise anordnen, sieht es aus wie eine kleine grüne Plantage. So können Sie mit ein bisschen herzhaftem Gemüse Ihre Küche schön dekorieren.

Danach gießen Sie den Topf großzügig, bis das Wasser aus dem Loch im Boden abfließt. Es wird alles in etwa einem Monat erntereif sein. Schneiden Sie die Blätter nach und nach ab, und neue Triebe werden sprießen.«

Hier habe ich ein Foto von der Gemüsesammlung meiner Großmutter Funeko angepinnt. Sieht sehr schmackhaft aus!

»Ich frage mich, ob das die richtige Geschichte für deine Leser ist …« Funeko, also Großmutter Kotoko, schaute besorgt auf Mihos Computerbildschirm. »Das ist doch etwas, das jeder so macht, oder?«

»Ich glaube, nicht wirklich, nein.«

Während Miho am Erscheinungsbild ihres Blogs werkelte, kochte Kotoko eine Kanne duftenden Tee in ihrer schönen Teekanne.

»Oma, der ist wirklich lecker!«

»Das ist Darjeeling. Ich kaufe immer nur eine kleine Menge in einem Teespezialitätengeschäft. Man misst die Dosierung mit einem Teelöffel ab, gießt den Tee mit sprudelnd kochendem Wasser auf, setzt einen Deckel auf die Kanne und lässt ihn ziehen.«

Neben der Kanne lag ein von ihrer Großmutter selbstgenähter gesteppter Topflappen.

»Du hattest doch gestern frei und hast dich mit Shohei getroffen, wie war es?«, fragte Kotoko.

Miho hatte ihrer Großmutter schon vorher von ihrem Blog erzählt. Sie hatte ihn auf ihrem Smartphone mit einem Lesezeichen markiert. Von Zeit zu Zeit las Kotoko ihn wohl tatsächlich.

»Hm.«

»Habt ihr über die Geldsache gesprochen?«

»Als ich im Blog über das Studiendarlehen geschrieben habe, hat er ziemlich heftig reagiert.«

Es war nicht nur Shoheis Anruf, der sie aus der Bahn geworfen hatte. Es gab auch die unterschiedlichsten Reaktionen ihrer Leser. Am nächsten Tag wurde der Eintrag nämlich von einem anderen bekannten Blogger und Autor auf Twitter gepostet. Mit Link zu ihrem Blog und dem Kommentar: »Eine Frau, die mit den Studienschulden ihres Verlobten kämpft. Ich möchte sie dabei unterstützen, ihr Bestes zu geben, aber ich kann mir gar nicht vorstellen, wie schwer 5,5 Millionen Yen Schulden wiegen müssen. Kann man das System ändern?« Andere hatten diesen Post dann retweetet, ihre eigene Meinung dazu abgegeben, ihn zitiert und wieder retweetet. Dadurch stiegen die Seitenaufrufe ihres Blogs auf eine fünfstellige Zahl und die Kommentare unter dem Beitrag wurden immer mehr. Es waren aber nicht nur positive Rückmeldungen.

Manche lauteten nur »Viel Glück« oder »Ich verstehe, wie du dich fühlst, Sweet Pea. Das scheint aussichtslos«. Während andere Dinge sagten wie »Ich glaube nicht, dass diese Person zum Heiraten geeignet ist« oder »Deine Herangehensweise ist von vornherein falsch«. Es gab auch mehrere Kommentare wie »Wenn dir Geld wichtig ist, dann such dir von Anfang an den entsprechenden Typ Mann«, »Dein Freund tut mir leid, wenn du so über ihn schreibst« und »Das geliehene Geld nicht zurückzahlen zu wollen, ist das Gleiche wie Raub«.

Es ist schwer, vielen Leuten zu sagen, was man fühlt, dachte Miho.

Sie kommentierte eilig: »Danke für alle eure Meinungen. Ich werde in mich gehen und darüber nachdenken.« Seither hatte sie sich nicht mehr getraut, über das Studiendarlehen zu schreiben. Das Bloggen wollte sie dennoch nicht aufgeben, deshalb hatte sie ihre Großmutter um Hilfe beim nächsten Beitrag gebeten.

»Hast du nicht Wichtigeres zu tun, als zu bloggen?«

»Was denn?«

»Hast du denn noch einmal mit deiner Mutter gesprochen?«

»Nein, ich wollte erst noch Shoheis Familie kennenlernen«, erwiderte Miho und erzählte ihrer Großmutter, wie das Treffen in Shoheis Elternhaus abgelaufen war. Miho war immer noch ziemlich überrascht, wie anders die Atmosphäre im Haus von Shoheis Eltern war als in dem ihrer eigenen Eltern, und dass es anscheinend weitere Schulden in der Familie gab und sie eine andere Beziehung zu Schulden hatten. Aber sie erwähnte auch, dass sie im Grunde keine schlechten Menschen zu sein schienen.

»So ist das also.«

»Was denkst du, Oma? Was würdest du als Großmutter tun?«

»Das ist alles nicht so einfach«, sagte Kotoko vorsichtig.

»Neulich bei meinen Eltern, da hast du gesagt, dass es früher normal war, viele Schulden zu haben. Dass so was ständig passierte.«

»Da waren die Preise aber auch noch ganz andere. Früher stiegen die Preise bis zu einem gewissen Grad an und die Löhne stiegen mit. Innerhalb von zehn Jahren änderte sich der Wert der Schulden damit von selbst. Wenn man sich also anstrengte, konnte man seine Schulden zurückzahlen. Heutzutage ist das anders. Die Wirtschaft ist derzeit im Aufschwung, aber wenn wir zu einer deflationären Wirtschaft zurückkehren würden, würde die Schuldensumme tatsächlich ansteigen.«

»Mach mir doch nicht noch mehr Angst!«

Kotoko schüttelte den Kopf. »Das wollte ich nicht. Es ist außerdem wahr, was deine Schwester gesagt hat. Dass es richtig ist, eine ehrliche Person zu heiraten. Ein von Grund auf guter Mann ist mittlerweile eine Seltenheit.«

»Shohei ist so einer, oder?«

»Wenn er einer anständigen Arbeit nachgeht, nicht zu Gewalt neigt und auch nicht spielt oder zu viel trinkt … Ja, dann könnte das schon ausreichen.«

Mihos Großmutter begann dann von zwei ihrer Bekannten zu erzählen, einem Freiberufler namens Yasuo und einer Journalistin namens Kinari, die seit Kurzem zusammenlebten.

»Yasuo verdient zwar nicht viel Geld, aber Kinari hat entschieden, dass er gut genug für sie ist.«

»Und was genau findet sie an ihm gut?«

»Sie dachte sich wohl, dass sie lieber ihn und in Zukunft vielleicht Kinder mit ihm haben würde als mehr Geld. Das war vielleicht ihr Grund.«

»Hm, so gesehen …«

»Letztendlich hängt es von dir ab, nicht wahr? Du bist diejenige, die die Verantwortung für dein eigenes Leben übernehmen muss. Egal, wie sehr deine Eltern und ich uns bemühen, wir können dein Leben nicht für dich führen.«

Miho fand diese Worte tröstlich, aber zugleich beängstigend.

Im folgenden Monat erhielt sie eine Mail von Shohei, von dem sie seit längerer Zeit nichts mehr gehört hatte.

***

»Man hat mich beauftragt, ein Plakat für das europäische Klassik-Duo ›Favorite‹ zu gestalten. Ich bin seit meinem Eintritt in das Unternehmen in einer unterstützenden Funktion tätig gewesen, aber dies ist mein erstes eigenes Projekt als Grafik-Projektleiter. Die Plakate werden ab Anfang des Monats an allen größeren Bahnhöfen platziert, wobei die bestätigten Standorte Ueno, Roppongi und Shibuya sind. In der Nähe der Konzerthalle. Wenn Sie die Gelegenheit haben, sie sich anzusehen, würde ich mich freuen, wenn Sie einen Moment innehalten und denken: ›Das hat Shohei Numata gemacht …‹«

Die E-Mail war nicht nur an Miho gerichtet, es war eine Art Newsletter. Miho hatte seit mehreren Wochen nicht mehr mit Shohei gesprochen. Als sie seinen Namen in ihrem Maileingang sah, war sie überglücklich, ihr Herz machte einen Satz. Doch als sie erkannte, dass es sich um eine Rundmail mit vielen Empfängern handelte, fühlte sie sich sehr niedergeschlagen. Sie musste an die Worte ihrer Großmutter denken und rief sie an.

»Hi, Oma, du hast doch gesagt, es wäre besser, wenn ich Shohei treffen würde, nicht? Willst du nicht mitkommen und die Plakate ansehen, die er für seine Arbeit entworfen hat?«

Es war das erste Mal, dass Miho seine fertigen Poster sah. Sie kannte jedoch den grafischen Entwurf für sein Abschlussprojekt und war sicher, dass seine Arbeit gut sein würde.

»Es freut mich sehr, dass du an mich denkst, Miholein, aber solltest du nicht lieber mit deiner Mutter gehen?«

»Was? Sie wird niemals mitkommen! Sie ist doch total gegen Shohei …«

»So ist das bestimmt nicht. Es geht um ihre kleine Tochter, ich denke, ich weiß, wie sie sich fühlt. Falls sie Nein sagt, kommt deine Oma mit. Versprochen.«

»Aber …«

»Miho, es sind deine Eltern.«

Es war das erste Mal, dass Miho ihrer Mutter schrieb, seit diese sich gegen die Heirat ausgesprochen hatte. Es war ihr etwas unangenehm, also hielt sie die Textnachricht kurz und knapp mit den nötigsten Fakten.

»Demnächst wird ein von Shohei entworfenes Plakat an verschiedenen Bahnhöfen ausgehängt. Ich würde es mir gern die Tage ansehen, hast du Lust mitzukommen?«

»Okay, ich komme mit.«

Sie beschlossen, sich in Shibuya zu treffen, auf Mihos Heimweg von der Arbeit.

Nach der Arbeit machte sich Miho auf den Weg zur Hachiko-Statue am westlichen Ausgang des Bahnhofs Shibuya, den sie als Treffpunkt ausgemacht hatten. Sie sah zuerst ihren Vater im Anzug mit steifem Gesichtsausdruck neben ihrer Mutter stehen. Er trug seine Aktentasche, was darauf schließen ließ, dass er ebenfalls auf dem Heimweg von der Arbeit war.

»Papa, du bist auch gekommen?«

»Ich habe es ihm erzählt und er wollte mit«, erklärte Tomoko.

Miho sah ihren Vater an und dieser nickte nur.

»Es ist wichtig.«

»Echt?«

»Weil es wichtig für dich ist.«

Als Miho nicht wusste, was sie sagen sollte, meinte ihre Mutter: »Dann lasst uns mal suchen!« Sie gingen zuerst an die eine Seite des Gebäudes und sahen sich um.

»Geht das mit dem Laufen, Mama?«, fragte Miho und ihre Mutter, die erst vor einem Monat operiert worden war, schenkte ihr ein kleines Lächeln.

»Ein bisschen mehr laufen ist okay. Es soll sogar helfen, dass sich keine große sichtbare Narbe bildet.«

»In letzter Zeit gehen wir an freien Tagen oft spazieren«, fügte Mihos Vater hinzu.

»Ach, wirklich?!«

Als Miho noch bei ihnen gewohnt hatte, wäre es undenkbar gewesen, dass die beiden zusammen spazieren gingen. Hatte sich der Alltag ihrer Eltern derart verändert, seit sie nur noch zu zweit waren?, fragte sie sich insgeheim.

»Dein Vater geht zu meiner Überraschung gern spazieren! Er trainiert etwas, spielt Golf, da fällt ihm ein wenig spazieren leicht.«

Bildete sie sich das nur ein oder war der Gesichtsausdruck ihrer Mutter etwas schüchtern und verliebt, als sie das sagte, schoss es Miho durch den Kopf, während sie ihre Eltern beobachtete.

Sie liefen die eine Seite des Bahnhofs entlang und gingen bis zum nahegelegenen Kaufhaus, aber nirgends gab es Plakate, die nach denen aussahen, die sie suchten. Wann immer ein Konzertplakat auftauchte, rannte Miho hin, um es sich anzusehen, und ihre Eltern folgten ihr gemächlich. Miho fühlte sich dadurch wieder wie ein Kind.

Miho war die zweite Tochter, deshalb waren sie nur selten zu dritt unterwegs gewesen. Maho, als Ältere, war immer mit von der Partie. Das einzige Mal, dass Miho mit ihren Eltern allein war, war bei ihrer Abschlussfeier an der Universität gewesen …

Nein, es gab noch ein weiteres Ereignis: Am Tag ihres Sportwettkampfes in der zweiten Klasse hatte Maho die Grippe und musste zu Hause bleiben. Sie wurde bei ihrer Großmutter geparkt und ihre Eltern gingen mit Miho zum Sportfest. Auf dem Heimweg von der Schule gingen Miho, ihr Vater und ihre Mutter Seite an Seite und hielten sich an den Händen. Obwohl sie sich wegen der Krankheit ihrer Schwester Sorgen machte, war Miho an diesem Tag froh, ihre Eltern wenigstens ein Mal ganz für sich allein zu haben. Auch wenn Maho und sie eine enge Bindung hatten, wollte Miho damals oft die Aufmerksamkeit ihrer beider Eltern auf sich lenken, erinnerte sie sich in diesem Augenblick.

»Hier sind keine.«

Sie sahen nirgends Poster, die nach Shoheis aussahen.

»Dann müssen sie wohl in der U-Bahn aushängen«, sagte ihr Vater langsam und mit ruhiger Stimme.

»In der U-Bahn und …«

»Lasst uns erst zur U-Bahn gehen. Die anderen Bahnhofsplattformen können wir auf dem Rückweg nach Jujo prüfen.«

Das war ein Ort, den man möglichst vermeiden wollte. Miho, die diesen Bahnhof nicht regelmäßig benutzte, wusste dennoch, wie groß, mehrstöckig und verwinkelt die Shibuya-U-Bahn-Station war. Darüber hinaus waren die Gänge nach sechs Uhr abends überfüllt mit Menschen. Berufspendler. Allein die Menschenmassen waren schon anstrengend.

»Mama, bist du sicher? Kannst du noch so weit laufen?«

»Mach dir keinen Kopf, das geht noch«, sagte Mihos Mutter mit einem breiteren Lächeln als zuvor. Sie wollte ihre Tochter damit wohl beruhigen.

»Dann gehen wir mal zu dem Eingangsbereich mit der Fahrkartenkontrolle«, sagte ihr Vater mit kräftiger Stimme.

»Okay!«

›Sie sind also doch meine Eltern. Das reicht mir schon, dafür hat sich das hier gelohnt‹, dachte Miho, als sie hinter ihrem Vater und ihrer Mutter herlief, die auf die nächste Treppe zusteuerten. Auch wenn sie gegen Shohei waren, konnte Miho es nicht glauben, wie sehr sie sich bemühten, die Poster zu finden. Doch auch hier waren keine Poster von ihm zu sehen.

»Das bedeutet wohl, wir müssen durch die Schranken durch und auf dem Bahnsteig nachsehen«, schlussfolgerte ihr Vater.

»Ach, schon okay. Das ist genug. Ich werde einfach an einem anderen Tag und vielleicht an anderen Bahnhöfen danach suchen. Wenn ich sie gefunden habe, rufe ich euch an.«

»Nein, ich bin den ganzen Weg hierhergekommen, jetzt bin ich neugierig. Werfen wir noch einen letzten Blick in die U-Bahn.«

Mihos Vater ging voraus und stellte sich an, um Tickets für sie zu kaufen.

»Du, kann es sein, dass Großmutter auch zu dir etwas gesagt hat?«, fragte Mihos Mutter sie, während sie in der Schlange warteten.

»Großmutter? Was denn?«, fragte Miho.

»Sie sagte zu mir, ich solle mich in der Beziehung zu unserer kostbaren Tochter besser und aktiver einbringen, sonst würde ich es später bereuen.«

»Ach, wirklich?«

»Sie sagte, dass wir als Familie von nun an immer weniger mit dir zu tun haben würden. Wenn du heiraten und Kinder bekommen würdest, wäre das vielleicht die letzte Gelegenheit, dass wir an deinem Leben und deinen Entscheidungen beteiligt sein können, nicht wahr?«, sagte ihre Mutter mit einem traurigen Lächeln.

»So ist das doch nicht!«

»Kommt, gehen wir.« Mit diesen Worten kam ihr Vater zurück und verteilte die U-Bahn-Tickets.

»Ich habe noch nie ein Ticket aus Papier für die U-Bahn gekauft«, sagte Miho belustigt. »Ich benutze sonst immer die App.«

»Wenn du nicht willst, ich nehme es.«

Verdutzt blickte Miho ihre Mutter an und lachte. ›Sie sind deine Eltern.‹ Die Worte ihrer Großmutter gingen ihr nicht mehr aus dem Kopf.

»Lasst uns zuerst in die unterste Etage fahren, zur Fukutoshin-Linie. Von dort aus können wir uns nach und nach hocharbeiten.«

»Ich habe diese Linie noch nie benutzt, aber sie liegt wirklich tief unten.«

»Die Fukutoshin-Linie war die letzte U-Bahn, die in Tokyo gebaut worden war. Sie hatten keinen Platz mehr, um weitere Plattformen anzubauen«, erklärte Mihos Mutter, während sie sich über die Schulter hinweg zu den beiden umblickte. Als sie am Bahnsteig ankamen, war gerade ein Zug eingefahren, der vollkommen überfüllt war.

»Entschuldigt. Ich gehe schon mal vor, nach dem Plakat suchen. Ich komme zurück, wenn ich es gefunden habe, also lasst euch Zeit.« Miho wollte gerade loslaufen, als ihre Mutter sie festhielt.

»Es ist gefährlich, in diesem Gedränge zu rennen. Ich schaffe das schon, lass uns gemeinsam gehen. Wenn wir etwas langsamer machen, können wir beide Seiten des Bahnsteigs absuchen. Das ist effizienter.«

Mihos Vater nickte zustimmend.

»Oh, okay. Sorry und danke.« Miho entschuldigte sich erneut.

Sie befanden sich genau in der Mitte des Bahnsteigs. Miho konnte das Plakat aus zehn Metern Entfernung sofort vor sich sehen. Es hatte etwas an sich, das ihr einen wohligen Schock versetzte. Genau wie der, den sie damals in ihrer Brust gespürt hatte, als sie zum ersten Mal eine Arbeit von Shohei sah.

»Oh, was ist denn, Miho?«, fragte ihre Mutter, als sie bemerkte, dass ihre Tochter anfing schneller zu gehen.

»Das dort, ich denke, das ist es.« Miho zeigte auf das Poster. Als sie näher kamen, sah man das Duo, für dessen klassisches Konzert es werben sollte, genau wie Shohei in seiner E-Mail geschrieben hatte.

»Ist es das?«

»Ja, ohne Zweifel!«

Die drei stellten sich direkt vor das Plakat und betrachteten es eingehend. Es war viel größer, als sie erwartet hatten. Es hatte einen schwarzen Hintergrund, wie der Nachthimmel, mit sehr kleinen goldenen Punkten. Es sah aus wie ein Stern, und wenn man genau hinsah, erschienen darin das Profil einer Frau und der Mond. Nur auf den Lippen der Frau befand sich ein kleiner roter Fleck, der wie ein im Nachthimmel schwebendes Herz aussah. In demselben Gold waren Ort und Zeit des Konzerts sowie der Name des Duos diskret in das Kunstwerk eingearbeitet.

›Es ist wirklich toll geworden. Auf den ersten Blick sieht es schlicht aus, aber es war bestimmt aufwendig für ihn‹, dachte Miho.

»Das muss eine Lackarbeit sein«, murmelte Mihos Vater.

»Hm?«

»Es sieht zwar aus, als wäre es nur ein Bild als Poster, aber ich vermute, dass er es vorher extra in Lackfarben angefertigt und dann ein Foto davon gemacht und es hinterher noch digital arrangiert hat.«

»Ah, stimmt. Papa, das hast du gut erkannt.«

»Das ist in der Tat aufwendig«, murmelte Mihos Mutter anerkennend.

Kazuhiko legte seine Hand auf Mihos Schulter. »Wir sollten ihn bald zu uns nach Hause einladen, damit er uns erzählt, wie er es hergestellt hat.«

»Ah, wirklich? Ist das okay?«, fragte Miho und blickte ihrer Mutter ins Gesicht. Diese starrte immer noch auf das Poster und eine nachdenkliche Falte erschien zwischen ihren Augenbrauen.

»Na ja, auch falls wir nicht mit ihm einverstanden wären, sollten wir ihn einmal getroffen haben. Es wäre schade, den Künstler dieses Werkes nicht kennenzulernen. Das ist eine sehr anspruchsvolle Arbeit«, sagte Mihos Vater und ihre Mutter nickte leicht.

***

Beim Mittagessen am nächsten Feiertag äußerte Shohei, der die Familie Mikuriya in seinem besten Anzug besuchte, seine Überraschung über die Erkenntnis von Mihos Vater.

»Das haben Sie sehr gut bemerkt! Es ist wahr, ich habe das Original aus Lack gefertigt und dann ein Foto davon gemacht, es in eine Computersoftware importiert und es arrangiert. Um ehrlich zu sein, hat das viel Zeit und Geld gekostet. Meine Vorgesetzten sagten mir immer wieder, ich hätte alles in der Software erstellen und zeichnen sollen, für dasselbe Ergebnis. Aber ich bestand darauf, es auf meine Weise zu tun, weil das Bild sonst nicht diese Tiefe bekäme.«

Es war ziemlich schwierig gewesen, sagte Shohei noch, und dass er froh war, verstanden zu werden. Daraufhin verbeugte er sich sehr tief, bis er sich daran erinnerte, dass er sich im Wohnzimmer seiner Freundin befand. Er lächelte schüchtern und trank den Tee, den ihm Mihos Mutter serviert hatte.

»Also haben Sie diese Technik an der Universität gelernt?«,

fragte Tomoko, als sie sich neben ihren Mann setzte. Das Wichtigste war, dass man die Menschen, mit denen man sich umgab, richtig kennenlernte, bevor man sich in ein Abenteuer stürzte.

»Ja, genau. Ich habe alle Grundlagen an der Universität gelernt. Außerdem habe ich in den letzten Monaten seit meinem Eintritt in das Unternehmen unendlich viel dazugelernt. Die Technologie ist auf dem neuesten Stand und das Niveau der Führungskräfte ist sehr hoch, so dass ich viel lernen kann.«

Obwohl er wusste, dass Mihos Eltern von dem Studiendarlehen wussten und ihn deshalb ablehnten, antwortete Shohei recht selbstbewusst. Er schien sich sogar über das Gespräch zu freuen.

»Das klingt nach einer guten Firma«, sagte Mihos Vater, der außergewöhnlich viel sprach im Vergleich zu seiner sonst so wortkargen Art.

»Vor langer Zeit sagte mir ein Lehrer, dass man vieles erst lernt, wenn man bezahlt wird. Das stimmt wirklich! Es ist eine anspruchsvolle Firma, aber sie haben es sich zum Ziel gemacht, möglichst viel weiterzugeben. Die Arbeit ist anstrengend und zuweilen schlecht bezahlt, aber es hilft, dass meine Arbeit mich erfüllt und die Stimmung in der Firma gut ist.«

Mihos Vater nickte, als wolle er sagen: »Genau. Genauso ist es.«

»Das ist auch noch etwas, das ich von meinem Professor gelernt habe. Er sagte, dass man weitermachen kann, wenn ein Unternehmen in mindestens einem der drei Bereiche Gehalt, Arbeitsinhalt oder zwischenmenschliche Beziehungen gut zu einem ist, aber wenn alle drei Bereiche schlecht wären, sollte man besser kündigen. Es bricht einem sonst den eigenen Geist. In meiner Firma sind zwei von drei Kriterien in Ordnung, also dachte ich, es ist einen Versuch wert.«

Shohei kratzte sich am Kopf und lachte verlegen, auch Mihos Eltern lachten. Während die drei weiterplauderten, erinnerte sich Miho an viele Dinge vom Anfang ihrer Beziehung. Als sie begonnen hatte, mit Shohei auszugehen, hatte sie sich ein Kleid in einem Geschäft in Shinjuku gekauft.

Als sie nach Hause kam, bemerkte sie, dass der Saum des Kleides ein wenig ausgefranst war. Sie brachte es in Begleitung von Shohei sofort in den Laden zurück, aber der Angestellte war abweisend und sagte, sie könne es nicht zurückgeben. Shohei verhandelte mit ihm, ohne pampig oder wütend zu werden. So brachte er ihn dazu, das Kleid doch noch zurückzunehmen.

Von da an wusste sie, dass sie sich auf ihn verlassen konnte, da er auch solch unangenehme Situationen bewältigen konnte. Seitdem war er in die Firma eingetreten, seine Sprache und sein Auftreten hatten sich verfeinert und er schien noch stärker geworden zu sein. Nachdem sie angefangen hatten, miteinander auszugehen, trafen sie sich oft bei ihr oder ihm zu Hause, so dass Miho diese Veränderung zunächst nicht wirklich bemerkt hatte.

»Wissen Sie, eigentlich wollte ich ein Mittagessen für uns alle vorbereiten, aber ich war vor nicht allzu langer Zeit im Krankenhaus und bin noch nicht wieder auf der Höhe«, erklärte Mihos Mutter, während sie zu ihrem Mann sah.

»Das hat mir Ihre Tochter erzählt. Entschuldigen Sie die Mühe, die ich mit meinem Kommen verursacht haben muss.«

»Nein, nein, schon gut, wir haben Sie ja eingeladen. Also, wir haben darüber gesprochen, ob wir Sushi oder Aal essen sollen, was würden Sie bevorzugen, Shohei? Sushi oder Aal?

Wenn Sie keinen Fisch mögen, ist alles andere natürlich auch in Ordnung.«

Shohei sah zu Miho. Miho nickte ermutigend und flüsterte: »Sei jetzt bloß nicht schüchtern.«

»Also, dann gerne Sushi?«

»Dann bestell ich welches.«

Das Gespräch riss nicht ab, nachdem das Sushi aus einem nahegelegenen Restaurant geliefert worden war. An welchen Clubaktivitäten Shohei in der Mittel- und Oberschule beteiligt gewesen war, warum er sich für ein Kunststudium entschieden hatte und was für ein Kind Miho gewesen war, als sie noch kleiner war ... Solche Dinge wurden gefragt und beantwortet.

»Diese klare Suppe haben Sie selbst gekocht, oder?«, bemerkte Shohei, während er nach seiner Schale neben dem Sushi griff.

»Ach ja, stimmt. Das ist das einzig Selbstgemachte heute.«

Es war kein Zufall, dass ausgerechnet heute, an dem Tag, an dem Mihos vielleicht zukünftiger Ehemann zu Besuch war, in der Suppe leckere Muscheln schwammen.

»Köstlich! Die Brühe ist wirklich gelungen.«

»Normalerweise verwende ich eine Basis aus Granulat, aber heute haben wir Gäste zu Besuch, also habe ich echten Seetang verwendet.«

»Wow. Meine Mutter ist eine furchtbare Köchin, daher ist es das erste Mal, dass ich so etwas außerhalb eines Restaurants esse.«

Sobald Shohei seine Familie erwähnte, spürte Miho eine kleine Anspannung zwischen ihren Eltern.

»Miho hat es uns erzählt ...« Tomoko legte ihre Stäbchen ab und richtete sich im Sitzen etwas auf.

»Oh, hm, das mit dem Studiengeld?«

»Genau.«

Shohei, der fast das ganze Sushi aufgegessen hatte, legte ebenfalls seine Stäbchen nieder. Bei näherer Betrachtung hatte Mihos Mutter kaum etwas von dem Sushi angerührt. Sie schien ihre Fassung bewahren zu wollen, aber in Wirklichkeit war sie wahrscheinlich einfach ziemlich nervös.

»Miho, dein Vater weiß auch Bescheid, oder?«

Ihre Eltern sahen sich an und nickten.

»Mama, wir müssen nicht jetzt darüber reden.«

»Aber, Miho, das ist ...«

»Schon okay. Ich verstehe es ja«, unterbrach Shohei ihre Mutter.

»Ich weiß, dass du und deine Eltern euch über viele Dinge Sorgen macht. Es geht um sehr viel Geld, da ist das nur natürlich. Aber was mich betrifft, so ist das eine Schuld, die aufgrund meines Studiums entstanden ist, also muss ich mich selbst darum kümmern«, erklärte Shohei mit gesenktem Kopf. »Es tut mir leid. Wenn Sie damit und mit meiner Beziehung zu Ihrer Tochter nicht einverstanden sind, verstehe ich das. Aber können Sie sich noch eine Weile gedulden? Selbst wenn eine Heirat im Moment nicht in Frage kommt, hoffe ich, dass ich die Schulden zurückzahlen oder das Problem anders lösen kann, solange ich mit Miho zusammen bin.«

Danach erzählte Shohei ihnen von seinem Plan, den er sich wohl schon länger zurechtgelegt hatte.

»Seit dem Gespräch mit Miho habe ich darüber nachgedacht. Ich glaube, wenn ich an einen günstigeren Ort ziehen und meine Lebenshaltungskosten senken würde, könnte ich schon eine Menge Geld sparen. Ich habe mit meiner Firma gesprochen und sie sagten, ich dürfe an meinen freien Tagen einen zweiten Job ausüben. Also werde ich das Geld mit Hilfe eines Teilzeitjobs, den ich am Wochenende mache, zurückzahlen.«

Die Eltern sahen sich an, während Shohei sprach.

»Du hast dir viele Gedanken gemacht …«

»Ja, entschuldige, Miho, dass es so lange gedauert hat, bis ich zu einer Lösung gekommen bin.«

»Das reicht, oder, Tomoko?«, sagte Kazuhiko, als er das hörte. Mihos Vater sandte einen fast flehenden Blick zu ihrer Mutter. Diese nickte kaum merklich.

»Es ist so, wir haben da auch ein paar Ideen.«

»Wie bitte?«

Mihos Herz zog sich zusammen, als ob sie gleich etwas Schreckliches erfahren würde. Ihre Mutter sah ihr in die Augen und schüttelte leicht den Kopf. Als wollte sie sagen: »Du brauchst dir keine Sorgen zu machen.«

»Wir haben darüber gesprochen, wie es nach diesem Treffen weitergeht. Wir haben auch mit deiner Großmutter, meiner Mutter, darüber gesprochen. Also haben wir beschlossen, dass wir von den 5,5 Millionen Yen Schulden die 500 000, die wir Miho als Hochzeitsgeld geben würden, für eine Sondertilgung verwenden werden. Außerdem, wie wäre es, wenn wir die restlichen 5 Millionen Yen von meiner Mutter bekämen und somit Ihre Schulden komplett beim Gläubiger begleichen könnten? Die geliehenen 5 Millionen können dann über die nächsten zehn Jahre zu einem Zinssatz von einem Prozent bei meiner Mutter beglichen werden. Das wären ungefähr 43 800 Yen pro Monat. Natürlich erwarten wir einen ausgefüllten Schuldschein, damit alles seine Richtigkeit hat. So ist es aber ein Betrag, den Sie innerhalb von zehn Jahren zurückzahlen können, und ihr könnt euch trotzdem eine gemeinsame Zukunft aufbauen. Die zwei Millionen Zinsen bei der längeren Ratenzahlung wären doch Verschwendung. In zehn Jahren wärt ihr fertig, bevor ihr wirklich Geld braucht für Kinder und was ihr euch sonst noch aufbauen wollt.«

»Papa …« Miho hatte ihren Vater schon sehr lange nicht mehr so ausführlich und eindringlich über etwas sprechen gehört.

»Wenn ihr Kinder kriegt oder etwas mit Großmutter sein sollte, werden wir uns noch einmal zusammensetzen und die Rückzahlungsmodalitäten überprüfen«, unterbrach Tomoko ihren Mann.

»Wa-warum sollten Sie so etwas für mich tun? Warum tun Sie so viel für mich, für einen Fremden?«, stieß Shohei hervor, so überwältigt, dass er sich weder bedankte noch entschuldigte.

»Weil wir eine Familie sind. Miho ist unsere Tochter. Und ich möchte, dass sie glücklich wird«, antwortete Mihos Mutter wie aus der Pistole geschossen.

»Ich will ehrlich zu euch sein. Das Geld, unsere 500 000 und die fünf Millionen meiner Schwiegermutter, sind nicht wenig Geld für uns. Es ist auch ziemlich dringend benötigtes Geld für unsere Zukunft. Bitte stellen Sie also sicher, dass Sie das verinnerlichen. Und wir hoffen, dass es Miho zu ihrem Glück verhilft.«

»Papa … Mama … Ich danke euch.« Als Miho den Kopf senkte, fügte ihre Mutter hinzu: »Bedank dich auch bei deiner Großmutter. Sie war es, die all das vorgeschlagen hat.«

»Wie Sie sicherlich von Miho gehört haben, habe ich von meinen Eltern nie eine solche Liebe erfahren. Es kann also sein, dass ich Ihrer Tochter in Zukunft etwas Kummer bereiten werde. Aber wenn ich das tue, dann bitte ich Sie, als Teil meiner Familie, mich mit Ihrer Freundlichkeit zu leiten.« Shohei stand erneut auf und verbeugte sich noch tiefer als zuvor. »Ich danke Ihnen von Herzen. Ich kann Ihnen nicht genug danken, ich werde Ihre Fürsorge nie vergessen.«

»Ich verlasse mich auf Sie, Shohei«, war alles, was Mihos Vater antwortete.

Miho bemerkte, dass nicht nur sie, sondern auch Shohei weinte. Damit war das Thema der Studienschulden vorerst erledigt. Sie würden das Geld in den nächsten zehn Jahren zurückzahlen können.

***

Manchmal habe ich trotzdem noch Angst. Ich bin sicher, dass es lange und harte Tage geben wird. Wir, mein Verlobter und ich, versuchen nun, ein Zimmer in der Nähe von Großmutter Funeko zu mieten. Damit wir am Tag der Rückzahlung direkt zum Haus meiner Großmutter gehen können. Aber Oma macht das erstaunlicherweise nicht so viel aus.

Sie sagte: »Heutzutage ist es schwer, eine Bank zu finden, bei der man einen garantierten Zinssatz von einem Prozent erhält.« Sie sieht in allem das Gute und Praktische, so eine Großmutter ist sie.

Was denkt ihr, wie ich mich selbst beruhigt habe?
Ich glaube, dass alles im Leben eine Erfahrung und eine Chance sein kann. Auch Schulden. Deshalb werde ich hier in aller Ruhe beschreiben, wie wir diese Schulden zurückzahlen werden.

Seid gespannt und freut euch auf das, was da kommt.
Es gibt viele Dinge im Leben, die man nicht kontrollieren

kann. Zum Beispiel das Alter, Krankheit, sein Geschlecht oder die Zeit. Ich denke, dass Schulden der einen oder anderen Art dazugehören. Wäre es dann nicht seltsam, dass wir, die wir verschuldet sind, deswegen nicht glücklich sein dürften? Sollten wir es nicht ansehen als das, was es ist? Geld und Sparen sind dazu da, dass Menschen ihr Glück finden.

Es sollte nicht das endgültige Ziel sein, reich zu sein. »Wie man 3000 Yen verwendet, kann über das eigene Leben entscheiden …« Das waren die Worte meiner Großmutter, und nun glaube ich wirklich daran.

# Kommentar der Übersetzerin Cheyenne Dreißigacker

Liebe Leser:innen,
der vorliegende Roman wurde für Sie aus dem Japanischen übersetzt. Mit einer anderen Sprache und kulturellen Gepflogenheiten konfrontiert, wird man manchmal etwas stutzig beim Lesen. In der japanischen Kultur spricht man sich zum Beispiel selbst unter Kollegen oder Schulfreunden mit dem Nachnamen an. Hätten Sie es gewusst? Das Leben ist heutzutage für viele Japaner:innen immer noch geteilt in einen inneren kleinen Kreis (die Familie, die eigene Wohnung) und einen äußeren Kreis (Schule, Universität, Arbeitsplatz, Freunde und Bekannte). Wie man sich ausdrückt oder verhält, hängt vom jeweiligen Ort und Gegenüber ab. Hinzu kommen diverse Hierarchien, bedingt durch Alter, Geschlecht und Position, die im Miteinander durch den Sprachgebrauch und das eigene Verhalten markiert werden und einzuhalten sind. Die berühmte Höflichkeit Japans. Ein Beispiel, welchem Sie auch in diesem Buch begegnen werden, ist, wenn eine Person mit seiner Mutter spricht oder über die eigene Mutter nachdenkt. Dann spricht man in der Regel einfach von seiner Mama oder Mutter. Erwähnt man sie jedoch gegenüber anderen ohne ihr Beisein, dann spricht man nur von der (ehrenwerten Frau) Mutter. Die vielen Nuancen im Umgang

miteinander sind tief in der japanischen Sprache und Kultur verankert. Auch haben wir japanische Gerichte und Bräuche weitgehend bei ihrem japanischen Namen genannt, da dies gerade in der Familie wichtige Begriffe, Themen und Anlässe sind. Keine Sorge, Sie werden schon erkennen, was dort gegessen wird, und die Gerichte werden Ihnen bestimmt Lust auf das ein oder andere kulinarische Abenteuer machen. Ich hoffe, es wird Ihnen auch Spaß bereiten diese »Andersartigkeiten«, die doch nicht so anders sind als bei uns, beim Lesen zu entdecken und zu reflektieren. Für die ganz Neugierigen unter Ihnen haben wir eine Übersicht der handelnden Charaktere, Beispielseiten eines japanischen Haushaltsbuchs (Kakeibo) zum Download sowie ein Glossar zusammengestellt.

Viel Freude mit der Familie Mikuriya und ihren Spartricks für alle Lebenslagen!

# Übersicht der handelnden Charaktere

Hika Harada – Autorin

Chef Minamiyama – Abteilungsleiter
Chiaki Kono – Tochter von Chisato und Yoshiaki Kono
Chisato Kono – Freundin von Tomoko Mikuriya
Daiki Hasegawa – Freund von Miho Mikuriya
Eita Numata – Vater von Shohei Numata
Engelchen – Tierheim
Frau Kurofune – Finanzplanberaterin, Autorin
Ikuno – Freundin von Maho
Kanako Numata – Mutter von Shohei Numata
Kazuhiko Mikuriya – Vater von Maho und Miho
Kinari Motoki – On/Off-Freundin von Yasuo Komori
Koharu – Freundin von Maho Mikuriya
Kotaro – Verlobter von Koharu
Kotoko Mikuriya – Mutter von Kazuhiko, Großmutter von Maho und Miho
Machie Oda – Arbeitskollegin von Miho Mikuriya
Maho Ido – Mihos große Schwester, Mutter von Saho
Miho Mikuriya – Mahos jüngere Schwester, Tochter von Kazuhiko und Tomoko Mikuriya
Mine Ushio – Mutter von Kotoko Mikuriya
Motoko Hani – Journalistin, hat das Kakeibo erstmals erwähnt/erfunden

Nami – Freundin von Miho Mikuriya

Peanuts – Hund der Mikuriyas

Rena – Jobberin, Bekannte von Yasuo Komori

Saho – Tochter von Maho und Taiyo Ido

Saito – Konbini-Chef in der Einkaufspassage

Shohei Numata – junger Künstler aus einem Designbüro

Taiyo Ido – Maho Idos Mann, Vater von Saho, Feuerwehrmann

Tomoko Mikuriya – Mutter von Maho und Miho, Ehefrau von Kazuhiko

Yasuo Komori – Nachbar von Kotoko Mikuriya

Yoshiaki Kono – Ehemann von Chisato Kono

# Glossar

Arbeitnehmerrente – Die japanische Alterssicherung erfolgt über ein zweigliedriges Rentensystem, die staatlichen Volksrenten und die gehaltsabhängigen Arbeitnehmerrenten.
Bento-Box – Lunchbox; Behälter mit Unterteilungen für die verschiedenen Bestandteile einer japanischen Mahlzeit
Bubble-Phase – Wirtschaftsphase in Japan vor dem Platzen der Spekulationsblase Ende der 1980er Jahre
Chikuzen-ni – japanischer Gemüseeintopf der Saison
Dango – süße Klöße aus Reismehl auf Spießen, i. d. R. weiß, rosa, grün eingefärbt
Gomama – ein Snack aus gewürzten, getrockneten Sardellen
Kakeibo – Haushaltsbuch zur detaillierten Planung des Familienbudgets
Kintsuba – Süßigkeit aus Mehl und Bohnenpaste oder Süßkartoffelmus, auch süßer Bohnenkuchen genannt
Konbini – 24-Stunden-Minisupermarkt, Convenience Store
Kurobuta – Bezeichnung für das auch in Japan gezüchtete schwarze Berkshire-Schwein, dessen gleichnamiges marmoriertes Fleisch hoch geschätzt wird
LINE – Messengerdienst ähnlich wie WhatsApp, in großen Teilen Asiens der meistgenutzte Dienst
Nabe – eine Art Eintopf
Natto – vergorene Sojabohnen als Beilage

**Mochi** – klebrige Süßigkeit aus Reismehl, für gewöhnlich in mundgerechter Größe

**Neujahrsmochi** – große, besondere Form von Mochi-Nachspeisen, die zu Neujahr gegessen werden

**NHK** – staatlicher Fernsehsender Japans

**Onsen** – Bad, das aus einer heißen Quelle gespeist wird

**Osechi** – das traditionelle Neujahrsessen, welches aus verschiedenen Speisen zusammengestellt wird

**Shabu-Shabu** – Fondue mit Brühe, in der Fleisch und Gemüse gegart werden; die Teilnehmenden bereiten sich ihre Mahlzeit am Tisch selbst zu.

**Showa-Zeit** – Regierungszeit des Kaisers Hirohito von 1926 bis 1989

**Tag der wandernden Seelen** – jap. Chûgen; am 15. Tag des siebten Monats nach dem Mondkalender. Zur Ehrung der Toten beschenkt man sich gegenseitig, um das Leben zu feiern. Im Süden Japans wird Chûgen gefeiert, im Westen und Norden des Landes wird es als O-Bon abgehalten.

**Topix** – Tokyo Stock Price Index

**Yokan** – eine Art süßes Gelee; Nachspeise

**Yukata** – Sommerkimono aus dünnerem Baumwollstoff, der ohne Untergewand getragen wird

**Wasabi** – grünliche scharfe Meerrettichpaste

**Adzuki** – rote süßliche Bohnenpaste